रामधारी सिंह 'दिनकर'

जन्म : 23 सितम्बर, 1908 को बिहार के मुंगेर जिले के सिमरिया नामक गाँव में हुआ था। शिक्षा मोकामा घाट के रेलवे हाईस्कूल तथा फिर पटना कॉलेज में हुई जहाँ से उन्होंने इतिहास विषय लेकर बी.ए. (ऑनर्स) की परीक्षा उत्तीर्ण की। एक विद्यालय के प्रधानाचार्य, सब-रजिस्ट्रार, जन-सम्पर्क के उप-निदेशक, भागलपुर विश्वविद्यालय के कुलपति, भारत सरकार के हिन्दी सलाहकार आदि विभिन्न पदों पर रहकर उन्होंने अपनी प्रशासनिक योग्यता का परिचय दिया। 1924 में पाक्षिक 'छात्र सहोदर' (जबलपुर) में प्रकाशित पहली कविता से साहित्यिक जीवन का आरम्भ।

प्रमुख कृतियाँ : कविता–रेणुका, हुंकार, रसवन्ती, कुरुक्षेत्र, सामधेनी, बापू, धूप और धुआँ, रश्मिरथी, नील कुसुम, उर्वशी, परशुराम की प्रतीक्षा, कोयला और कवित्व, हारे को हरिनाम आदि। **गद्य–**मिट्टी की ओर, अर्धनारीश्वर, संस्कृति के चार अध्याय, काव्य की भूमिका, पन्त, प्रसाद और मैथिलीशरण, शुद्ध कविता की खोज, संस्मरण और श्रद्धांजलियाँ आदि।

सम्मान : 1959 में 'संस्कृति के चार अध्याय' पर साहित्य अकादेमी पुरस्कार और पद्मभूषण की उपाधि। 1962 में भागलपुर विश्वविद्यालय की तरफ से *डॉक्टर ऑफ लिटरेचर* की मानद उपाधि। 1973 में 'उर्वशी' पर भारतीय ज्ञानपीठ पुरस्कार। अनेक बार भारतीय और विदेशी सरकारों के निमंत्रण पर विदेश-यात्रा।

निधन : 24 अप्रैल, 1974

लोकदेव नेहरू

रामधारी सिंह 'दिनकर'

लोकभारती पेपरबैक्स में
पहला संस्करण : 2019
पाँचवाँ संस्करण : 2026

लोकभारती पेपरबैक्स : उत्कृष्ट साहित्य के लोकप्रिय संस्करण

लोकभारती प्रकाशन
पहली मंजिल, दरबारी बिल्डिंग, महात्मा गांधी मार्ग
प्रयागराज-211 001
द्वारा प्रकाशित

शाखाएँ : 1-बी, नेताजी सुभाष मार्ग, दरियागंज, नई दिल्ली-110 002
अशोक राजपथ, साइंस कॉलेज के सामने, पटना-800 006
1, अनमोल सोराबजी सन्तुक लेन, धोबी तलाव, मरीन लाइंस, मुम्बई-400 002

वेबसाइट : www.lokbhartiprakashan.com
ई-मेल : info@lokbhartiprakashan.com

बी.के. ऑफसेट
नवीन शाहदरा, दिल्ली-110 032
द्वारा मुद्रित

मूल्य : ₹250

LOKDEO NEHRU
Memoirs by Ramdhari Singh 'Dinkar'

ISBN : 978-93-89243-12-3

प्राक्कथन

पूज्य राष्ट्रकवि रामधारी सिंह 'दिनकर' को गुजरे छियालीस वर्ष हो गए। अब उनकी 110वीं जयन्ती का वर्ष बीत रहा है।

यूँ तो महाकवि दिनकर जी को राष्ट्रकवि कहा गया है पर महीयसी महादेवी वर्मा ने कहा था कि वे विश्वकवि हैं, क्योंकि उनकी कविताओं में मात्र राष्ट्रीयता की वाणी और उसकी स्वायत्तता का गौरवगान और संघर्ष नहीं है वरन् प्रेम का एक व्यापक क्षितिज है जो उन्हें विश्वकवि की श्रेणी में ले आता है। वस्तुतः दिनकर जी एक ही साथ विश्वकवि, महाकवि, राष्ट्रकवि और जनकवि–सभी हैं। उनकी विभिन्न कविताओं में भिन्न-भिन्न तौर पर उनके काव्य-व्यक्तित्व का वैशिष्ट्य प्रकट होता है।

दिनकर जी आज भी पाठकों के सर्वाधिक प्रिय कवि हैं और प्रासंगिक भी। उनकी कविताओं में आग है, राग है और अध्यात्म है। उनकी कविताओं का अवगाहन कर प्रतीत होता है कि वे अपने समकालीन कवियों से अलग तरीके से पाठकों के समक्ष प्रकट होते हैं।

दिनकर जी ने कहा था कि सच्चा कवि हमेशा जीवित रहता है–उसके प्रति राग और द्वेष के कारण उसके सामने उसका सही मूल्यांकन नहीं हो पाता। किसी कवि का सही मूल्यांकन उसके निधन के पचास वर्ष बाद होता है। और हम देख रहे हैं, जैसे-जैसे समय गुजरता जा रहा है, दिनकर जी की कविताओं की लोकप्रियता बढ़ती जा रही है।

पूर्व में दिनकर जी की सभी किताबें लोकभारती प्रकाशन से कुछ नवीन स्वरूप और अलग नाम देकर प्रकाशित हुई थीं। अब सभी पुस्तकें अपने पुराने नाम और प्रारूप में प्रकाशित हो रही हैं। आशा है, इससे दिनकर-प्रेमी हिन्दी साहित्य जगत् संतुष्ट होगा।

—अरविन्द कुमार सिंह

दिनकर भवन
आर्य कुमार रोड
पटना-800004

निवेदन

अपने यौवन-काल में पंडित जवाहरलाल नेहरू युवक-हृदय-सम्राट कहे जाते थे। बाद को चलकर हम उन्हें जनता का हृदय-सम्राट कहने लगे। किन्तु उनका असली स्वरूप उनके स्वर्गारोहण के बाद प्रकट हुआ। जब विनोबा जी उन्हें अपनी श्रद्धांजलि अर्पित करने लगे, उन्होंने जवाहरलाल जी को 'लोकदेव' के नाम से अभिहित किया। यही कारण हुआ कि इस छोटी-सी पुस्तक का नाम मैंने 'लोकदेव नेहरू' रखना पसन्द किया। पंडित जी, सचमुच ही, भारतीय जनता के देवता थे।

जैसे परमहंस रामकृष्णदेव की कथा चलाए बिना स्वामी विवेकानन्द का प्रसंग पूरा नहीं हो पाता, वैसे ही गांधी जी की कथा चलाए बिना जवाहरलाल जी का प्रसंग अधूरा छूट जाता है। इसीलिए एक लम्बे विवरण में मैंने यह समझाने की कोशिश की है कि इन दो महापुरुषों के पारस्परिक सम्बन्ध कैसे थे और गांधी जी के दर्पण में जवाहरलाल जी का रूप कैसा दिखाई देता है।

गांधी जी और जवाहरलाल जी के प्रसंग में स्तालिन की चर्चा, वैसे बिलकुल बेतुकी-सी लगती है। मगर पंडित जी के जीवन-काल में छिपे-छिपे यह कानाफूसी भी चलती थी कि पंडित जी के भीतर तानाशाही की भी थोड़ी-बहुत प्रवृत्ति है। इस शंका की परीक्षा करने के लिए ही मैंने एक दिन, कौतुकवश, स्तालिन का आइना जवाहरलाल जी के सामने कर दिया

सब मिलाकर यह पुस्तक पंडित जी के प्रति मेरी विनम्र श्रद्धांजलि है।

—दिनकर

पटना
24 मई, 1965 ई.

द्वितीय संस्करण की भूमिका

'लोकदेव नेहरू' के इस द्वितीय संस्करण में संशोधन कम, परिवर्द्धन अधिक किया गया है। प्रथम संस्करण में जिस अध्याय का नाम 'स्तालिन और जवाहरलाल' था, द्वितीय संस्करण में उसका नाम 'क्या वे तानाशाह थे?' कर दिया गया है। परिवर्द्धन के सबसे प्रमुख अंग दो नये अध्याय हैं, जो क्रमशः 'पंडित जी का जीवन-दर्शन' तथा 'पंडित जी और भारतीय एकता' के नाम से पुस्तक के अन्त में जोड़े गए हैं। मेरा खयाल है, यह पुस्तक अब पहले की अपेक्षा अधिक उपयोगी और पठनीय हो गई है।

1 नवम्बर, 1967 ई.

–दिनकर

अनुक्रम

पंडित जी के संस्मरण

1

पूज्यवर पंडित जवाहरलाल नेहरू को दूर से देखने के अवसर तो मुझे भी कई बार मिले थे, किन्तु नजदीक से पहले-पहल उन्हें मैंने सन् 1948 ई. में देखा, जब वे किसी राजनीतिक सम्मेलन का उद्घाटन करने को मुजफ्फरपुर आए थे। उस दिन सभा में मुझे एक कविता पढ़नी थी, अतएव लोगों ने मुझे भी मंच पर ही बिठा दिया था। जिस मसनद के सहारे पंडित जी बैठे थे, मैं उसके पीछे था और मेरे ही करीब बिहार के मुख्यमंत्री डॉक्टर श्रीकृष्ण सिंह तथा एक अन्य कांग्रेस नेता श्री नन्दकुमार सिंह भी बैठे थे। उससे थोड़े ही दिन पूर्व मुंगेर में श्रीबाबू को राजर्षि टंडन जी ने एक अभिनन्दन-ग्रन्थ भेंट किया था। इस अभिनन्दन-ग्रन्थ के आयोजक श्री नन्दकुमार सिंह थे तथा उसके सम्पादकों में मुख्य नाम मेरा ही था। सुयोग देखकर नन्दकुमार बाबू ने ग्रन्थ की एक प्रति जवाहरलाल जी के सामने बढ़ा दी। पंडित जी ने उसे कुछ उलटा-पलटा और देखते-देखते उनके चेहरे पर क्रोध की लाली फैल गई। फिर वे हाथ हिलाकर बुदबुदाने लगे, 'ये गलत बातें हैं। लोग ऐसे काम को बढ़ावा क्यों देते हैं? मैं कानून बनाकर ऐसी बातों को रोक दूँगा।'

आवाज श्रीबाबू के कान में पड़ी, तो उनका चेहरा फक हो गया। नन्दकुमार बाबू की ओर घूमकर वे सिर्फ इतना बोले, 'आपने मुझे कहीं का नहीं रखा।'

अजब संयोग कि उन्हीं दिनों अज्ञेय जी और श्रीलंकासुन्दरम् नेहरू-अभिनन्दन-ग्रन्थ का सम्पादन कर रहे थे। यह ग्रन्थ सन् 1950 ई. में तैयार हुआ और उसी वर्ष 26 जनवरी के दिन पंडित जी को अर्पित भी किया गया। उस समय तमाशा देखने को मैं भी दिल्ली गया हुआ था। जब राजेन्द्र बाबू ने राष्ट्रपति भवन में प्रवेश किया, उसके एक दिन पूर्व मैं उनसे मिलने गया था। बातों के सिलसिले में मैंने राजेन्द्र बाबू से जानना चाहा कि पंडित जी को अभिनन्दन-ग्रन्थ कौन भेंट करेगा। राजेन्द्र बाबू ने कहा, 'लोगों की इच्छा है कि ग्रन्थ मेरे ही हाथों दिया

जाना चाहिए, मगर पंडित जी इस विचार को पसन्द नहीं करते। वे मेरे पास आए थे और कह रहे थे कि कल से आप राष्ट्रपति हो जाएँगे। मैं नहीं चाहता कि अभिनन्दन-ग्रन्थ जैसे फालतू काम के लिए राष्ट्रपति इम्पीरियल होटल में कदम रखें, न मैं यही चाहता हूँ कि यह समारोह राष्ट्रपति भवन में मनाया जाए। जिन लोगों ने यह तमाशा खड़ा किया है, उन्हें भुगतने दीजिए।' जरा चुप रहकर राजेन्द्र बाबू बोले, 'समारोह, शायद, इम्पीरियल होटल में ही होगा और ग्रन्थ भेंट करने को टंडन जी जाएँगे। और तो कोई रास्ता दिखाई नहीं देता है।'

और, सचमुच, समारोह का आयोजन होटल में ही हुआ तथा ग्रन्थ टंडन जी ने ही भेंट किया। पंडित जी की मुद्रा समारोह में आकर कड़ी नहीं रही। उस दिन वे काफी खुश नजर आए और जब बोलने लगे, तब उन्होंने कहीं से भी कंजूसी नहीं दिखाई। दक्षिणी अमरीका की किसी कवयित्री ने उन्हीं दिनों उन्हें एक कविता भेजी थी, जिसके एक भाव का जिक्र पंडित जी ने अपने भाषण में किया था : 'ओ जेल के पंछी, जब तुम जेल में थे, तब चहारदीवारी के बाहर तुम्हें केवल तारे दिखाई देते थे। उन सितारों की याद अब तुम्हें आती है या नहीं?'

लालकिले का कवि-सम्मेलन उस वर्ष 26 जनवरी को हुआ था या 25 जनवरी को, यह बात मुझे ठीक-ठीक याद नहीं है। किन्तु उस सम्मेलन में पंडित जी भी आए थे और, शायद, उन्हीं को मौजूद देखकर मैंने 'जनता और जवाहर' कविता उस दिन पढ़ी थी। श्रोताओं ने तो तालियाँ खूब बजाईं, मगर पंडित जी को कविता पसन्द आई या नहीं, उनके चेहरे से इसका कोई सबूत नहीं मिला।

पंडित जी कवियों का आदर करते थे, किन्तु कविताओं से वे बहुत उद्वेलित कभी भी नहीं होते थे। संसद-सदस्य होने के बाद मैं बहुत शीघ्र पंडित जी के करीब हो गया था। उनकी आँखों से मुझे बराबर प्रेम और प्रोत्साहन प्राप्त होता था और मेरा खयाल है, वे मुझे कुछ थोड़ा चाहने भी लगे थे। मित्रवर फीरोज गांधी मुझे मजाक में 'महाकवि' कहकर पुकारा करते थे। सम्भव है, पंडित जी ने कभी यह बात सुन ली हो, क्योंकि दो-एक बार उन्होंने भी मुझे इसी नाम से पुकारा था। किन्तु 'आओ महाकवि, कोई कविता सुनाओ', ऐसा उनके मुख से सुनने का सौभाग्य कभी नहीं मिला।

कविताएँ सुनकर उनकी प्रतिक्रिया क्या होती है, यह जानने को मैं बराबर उत्सुक रहता था, किन्तु उनकी प्रतिक्रिया पकड़ में बहुत कम आती थी। एक बार होली के अवसर पर प्रधानमंत्री के घर पर जो जलसा हुआ, उसमें 'जोश मलीहाबादी' भी आए थे और उन्होंने 'उठो कि नौबहार है' नामक अपनी नज़्म

पढ़ी थी। इस कविता को पंडित जी ने बड़े ध्यान से सुना था और एक बार बेताब होकर कुछ बोल भी पड़े थे। फिर मैंने भी एक कविता पढ़ी, मगर पंडित जी का चेहरा मैं देख नहीं सका। जब मैं बैठ गया, पंडित जी उठ खड़े हुए और उन्होंने ऐलान किया, 'जाहिर है कि अब कविता का सिलसिला बन्द कर देना चाहिए।' मुझे ठीक-ठीक पता नहीं चला कि ऐसा उन्होंने खुश होकर कहा या इस आशंका से कि दो कवियों के बीच कहीं कोई स्पर्धा न आरम्भ हो जाए।

सन् 1958 ई. में लालकिले में जो कवि-सम्मेलन हुआ, उसका अध्यक्ष मैं ही था और मुझे ही लोग पंडित जी को आमंत्रित करने को उनके घर पर लिवा गए थे। पंडित जी आध घंटे के लिए कवि-सम्मेलन में आए तो जरूर, मगर खुश नहीं रहे। एक बार तो धीमी आवाज में बुदबुदाकर उन्होंने यह भी कह दिया कि 'यही सब सुनने को बुला लाए थे?'

एक बार साहित्य अकादमी के वार्षिक अधिवेशन के अवसर पर पंडित जी ने सभी साहित्यिकों को अपने घर पर सान्ध्य-पार्टी दी। उस भीड़ में फैज़ भी मौजूद थे। उस दिन भी पंडित जी को घेरकर काव्य-पाठ का कार्यक्रम, आप-से-आप आरम्भ हो गया। फैज़ ने अपनी कई गजलें पढ़ीं, और कवियों ने भी अपनी कविताएँ सुनाईं, मगर पंडित जी के चेहरे पर कोई भी भाव नहीं आया। वे आँखें नीचे किए सभी कविताएँ सुनते रहे।

मेरी कविता पर वाहवाही उन्होंने सिर्फ एक बार दी थी। टंडन जी जब पचहत्तर वर्ष के हुए, तब संसद-सदस्यों ने उनका अभिनन्दन किया। उस समारोह में पंडित जी प्रसन्नता के उभार पर थे। राजर्षि की सहधर्मिणी को उन्होंने बड़े ही सम्मान के साथ राजर्षि की बगलवाली कुर्सी पर आसीन किया, उनके गले में खुद ही फूलों की माला डाली और टंडन जी की अभ्यर्थना में उन्होंने जो भाषण दिया, उससे सभी श्रोता बाग-बाग हो उठे। उसी समारोह में मैंने 'राजर्षि-अभिनन्दन' नामक कविता पढ़ी थी, जिसके अन्त में ये पंक्तियाँ आती हैं :

एक हाथ में कमल,
एक में धर्मदीप्त विज्ञान
लेकर उठनेवाला है
धरती पर हिन्दुस्तान।

ये पंक्तियाँ सुनते ही पंडित जी 'वाह! वाह!' बोले उठे।

पता नहीं, यह वाहवाही कवित्व के लिए थी या भारत के भविष्य की उस कल्पना के लिए जो उनके समान मुझे भी आलोड़ित करती रही है!

संसद-सदस्य होने के बाद जब मैं पहले-पहल पंडित जी से मिलने गया, मैं उनके लिए थोड़ी-सी पुस्तकें साथ ले गया था। पंडित जी ने पुस्तकों को इस भाव से ग्रहण किया, मानो इतना कीमती उपहार उन्हें पहले कभी और न मिला हो। फिर बड़े प्यार से बोले, 'आप मेरे लिए कविताएँ ले आए हैं। अच्छा, मैं इन्हें देखूँगा।'

मैंने कहा, 'पंडित जी, देखने का समय आपको कहाँ से मिलेगा? मैं तो सिर्फ इसलिए ले आया हूँ कि आपके पुस्तकालय में ये भी पड़ी रहें।'

वे बोले, 'नहीं, इन्हें मैं अपने सोने के कमरे में रखूँगा। सोने के पहले थोड़ा-बहुत पढ़ लेता हूँ।'

पहली ही मुलाकात में मैंने एक ढिठाई की थी। बातों के सिलसिले में मैंने उनसे पूछ लिया था, 'पंडित जी, आपने क्या-क्या पढ़ा है?' प्रश्न का आशय मुझे समझाना नहीं पड़ा।

वे खुद ही बोले, 'फारसी का ज्ञान मुझे नहीं है। अंग्रेजी और फ्रेंच के सिवा मैंने हिन्दी पढ़ी थी। थोड़ी-सी संस्कृत भी पढ़ने का मौका मिला था, किन्तु संस्कृत में जो कुछ पढ़ा था, वह सब-का-सब मुझे याद है।'

गीता वे जब-तब पढ़ा करते थे, यह खबर उनके मरने के बाद छपी है; किन्तु फीरोज से एक बार सुना था कि गीता का द्वितीय अध्याय पंडित जी बार-बार पढ़ते हैं और वह अध्याय उन्हें लगभग कंठस्थ है।

पंडित मोतीलाल जी के विषय में श्री प्यारेलाल जी ने जो लेख लिखा है, उससे एक और बात प्रकाश में आती है। मोतीलाल जी का स्वर्गवास प्रातः छह बजे के आसपास हुआ था। जवाहरलाल जी रात में उनके पास रहे थे। सुबह को जवाहरलाल जी ने गांधी जी से कहा कि 'रात पिताजी ने मुझसे यह कहा था कि गायत्री-मंत्र बचपन में तुम्हें सिखाया गया था, किन्तु तुम उसका जाप नहीं करते हो। मैं यह मंत्र सचमुच ही भूल गया था। किन्तु विचित्र बात, कल रात खाट पर पड़े-पड़े मंत्र याद हो आया।'

स्वर्गीय पंडित रामनरेश त्रिपाठी संसद में आना चाहते थे। उनकी इच्छा थी कि इस विषय की चर्चा पंडित जी से मैं ही करूँ। इसी सिलसिले में त्रिपाठी जी ने मुझे बताया था कि एक समय, मोतीलाल जी के कहने से वे जवाहरलाल जी को तुलसीकृत 'रामायण' पढ़ाया करते थे।

हिन्दी और संस्कृत का महत्त्व पंडित जी खूब समझते थे। जब चीन का सांस्कृतिक शिष्टमंडल दिल्ली आया, तब एक दिन प्रधानमंत्री-निवास में काफी धूमधाम रही। ठीक उसी दिन शाम को चीनी दूतावास ने एक विशाल पार्टी दी।

उसमें मैं भी गया था। अचानक बारी-बारी से दो-तीन आदमियों ने आकर कहा, 'पंडित जी आपको खोज रहे हैं।'

मैं दौड़ा-दौड़ा उनके सामने हाजिर हुआ तो वे बोल पड़े, 'दिनकर, अपने देश में यह सब कब तक होगा?' उनका आशय सामूहिक नृत्य, सामूहिक गान और कला-विषयक सामूहिक उत्साह से था।

मैंने कहा, 'धीरे-धीरे यहाँ भी सब कुछ हो जाएगा।'

वे बोले, 'हाँ, शायद, छह-सात सौ वर्ष के बाद।'

मैंने उनके कान में कहा, 'नहीं, आपके जाने के पहले ही।'

बात सिर्फ भरोसे और सौजन्य की थी, मगर वे खुश हो गए। बोले, 'इन्दिरा को हिन्दी क्यों नहीं पढ़ा देते हो?'

इन्दु जी पास ही खड़ी थीं। मैंने कहा, 'पंडित जी, हिन्दी का काम आपके घर में चल रहा है। इन्दिरा जी ने मुझसे कहा था कि बच्चों को हिन्दी पढ़ानी है, सो कोई शिक्षक ठीक कर दीजिए। मैंने एक तेजस्वी विद्वान को इस काम पर लगा रखा है। मेरा खयाल है, इन्दु जी भी अपनी हिन्दी ठीक कर रही हैं।'

पंडित जी ने इन्दु जी की ओर इस भाव से देखा, मानो एक बड़े भारी कौतुक का उन्हें पता नहीं रहा हो। फिर इन्दिरा देवी हँसने लगीं और पंडित जी टहलकर एक ओर को निकल गए।

राजनीति में सर्वत्र पंडित जी का यह भाव था कि पूर्व और उत्तर, दोनों ही पक्ष अपनी-अपनी बातें खुलकर बोलें। फिर कट-छँटकर जो बात बचेगी, वही राष्ट्र की नीति होगी। हिन्दी के बारे में भी उनकी यही नीति थी। एक बार यह प्रबन्ध किया गया कि डॉक्टर रघुवीर अपनी भाषा-सम्बन्धी नीति का स्पष्टीकरण पूरे कांग्रेस दल के समक्ष करें और हमें यह समझने दें कि संस्कृतीकरण साध्य है या नहीं। उस सभा में, सदा की भाँति, उस दिन भी पंडित जी मौजूद थे। डॉक्टर रघुवीर ने कोई डेढ़ घंटे तक बड़ी ही प्रखरता से भाषण दिया और यह प्रमाणित कर दिया कि संस्कृतीकरण दुःसाध्य भले ही हो; किन्तु उसे छोड़कर देश के सामने और कोई मार्ग नहीं है। उस दिन डॉक्टर रघुवीर अंग्रेजी में बोले थे, इसलिए अहिन्दीभाषी सदस्यों की समझ में भी उनके तर्क भली भाँति आ गए थे। हिन्दी-प्रेमी सदस्य उस भाषण से फूले नहीं समाए, किन्तु हिन्दी-विरोधी सदस्यों को भी डॉक्टर रघुवीर के तर्कों की काट नहीं सूझी। सभा एक प्रकार से सन्न थी और उस पर डॉक्टर रघुवीर का रंग छाया हुआ था। किन्तु पंडित जी जब बोलने को खड़े हुए, उन्होंने कहा, 'डॉक्टर रघुवीर की विद्वत्ता का हमें पूरा लाभ उठाना है, मगर उनकी जो बातें मुश्किल हैं, उनका हम विरोध करेंगे।'

पिछले साल जब अंग्रेजी समर्थक विधेयक संसद के समक्ष आया, उस समय संसद में हिन्दी का समर्थन करनेवाले कांग्रेसी सदस्य कठिनाई में पड़ गए और समझौते की कोई राह निकालने को मुझे कई बार पंडित जी के पास जाना पड़ा; किन्तु अपनी नीति पर वे चट्टान के समान अडिग खड़े रहे। जिसे पूरा देश चलाना है, वह उस व्यक्ति के साथ बहुत दूर तक नहीं जा सकता, जो हिन्दी चलाने के कार्य को सबसे प्रमुख मानता है। इस संघर्ष की झाँस हमें कई बार महसूस हुई थी; किन्तु अंग्रेजी समर्थक विधेयक से जो निराशा फैली, उसका पंडित जी पर कुछ थोड़ा प्रभाव अवश्य पड़ा था। इसका प्रमाण यह था कि इस विधेयक के बाद अक्सर वे यह कह देते थे कि 'बिना शोर मचाए हिन्दी का काम करो।'

संसद में जाने के थोड़े ही दिनों बाद हिन्दी के प्रश्न पर मौलाना साहब के साथ मेरी थोड़ी खटपट हो गई। संसद में या संसद के बाहर मैंने कभी भी कोई ऐसी बात नहीं कही थी, जो मौलाना साहब की शान के खिलाफ हो, मगर मुझे जिन थोड़ी-सी बातों का पता चला था, उन्हें जनता में प्रकट कर देने के कारण मौलाना के पास मेरी शिकायतें पहुँचने लगीं। बिहार प्रादेशिक हिन्दी साहित्य सम्मेलन के रजत जयन्ती समारोह के अध्यक्ष पद से मैंने जो भाषण दिया, उसमें शिक्षा मंत्रालय पर मैंने दो-एक आरोप लगाए थे। इसके लिए मौलाना ने मुझे अपने घर पर बुलाकर कहा कि 'आप हमारी नीयत पर शुब्हा करते हैं।' पीछे इस बात को लेकर हम दोनों के बीच कुछ लिखा-पढ़ी भी हुई। इस क्रम में एक दौर यह भी आया कि पत्रों की कॉपियाँ मुझे प्रधानमंत्री के पास भेजनी पड़ीं। पंडित जी ने इस पर मुझे कोई भी जवाब नहीं दिया; किन्तु जब भेंट हुई, तब बोले, 'मैं मौलाना साहब से बातें करूँगा।'

मैंने निवेदन किया, 'पत्रों की कॉपियाँ मैंने आपको इसलिए नहीं भेजी हैं कि आप मेरी ओर से हस्तक्षेप करें। मेरा उद्‌देश्य आपको केवल यह बताना है कि शिक्षा मंत्रालय में धाँधली चल रही है। सारा देश हिन्दी चाह रहा है; शिक्षा मंत्रालय चुन-चुनकर उन लोगों को बढ़ावा देता है, जो हिन्दुस्तानी के बहाने हिन्दी को बर्बाद करना चाहते हैं। मैं मौलाना साहब से सिर्फ यह चाहता हूँ कि वे हिन्दुस्तानी लादने की कोशिश न करें। यदि हिन्दी थोपी नहीं जा सकती, तो हिन्दुस्तानी थोपना तो और भी मुश्किल काम है।'

पता नहीं, पंडित जी ने मौलाना साहब से क्या बात की, मगर हुआ यह कि मौलाना साहब ने मुझे दुबारा याद किया और कहा कि 'अपनी बातें ठीक से समझा दीजिए।'

पंडित जी हिन्दुस्तानी के बहुत बड़े हामी थे, यह बात सारे देश को मालूम है; किन्तु श्रोताओं के स्वभाव के अनुसार उनकी शैली बदल जाती थी। बिहार और मध्य प्रदेश में बोलते समय वे संस्कृत शब्दों का कुछ अधिक प्रयोग करते थे; किन्तु दिल्ली और पंजाब में वे ज्यादातर उर्दू बोला करते थे। मगर नाम उन्हें संस्कृत के ही पसन्द आते थे। एक बार मध्य प्रदेश से वे बाघों के दो बच्चे ले आए थे, जिनमें से एक नर था और दूसरी मादा थी। मुझसे उन्होंने पूछा कि इनके नाम क्या होने चाहिए। मैंने कहा, 'भीम और हिडिम्बा।'

पंडित जी नाम सुनकर बड़े ही प्रसन्न हुए और बाघों के ये ही नाम उन्होंने रख भी दिये।

दिल्ली में बच्चों के लिए एक पार्क बन रहा था, जिसके लिए एक नाम की खोज की जा रही थी। इन्दिरा जी ने मुझसे पूछा, 'आनन्द-ग्राम कहें तो आपको कैसा लगेगा?'

मैंने पूछा, 'पंडित जी को नाम पसन्द आया है या नहीं?'

इन्दिरा जी ने कहा, 'अभी उनसे नहीं पूछा है।'

मैंने सुझाव दिया, 'आनन्द ग्राम से तो मुझे खेल गाँव ज्यादा जँचता है।'

इन्दिरा जी इस नाम से बहुत खुश हुईं और पंडित जी ने भी उसे पसन्द किया।

चाणक्यपुरी में सड़कों के जो संस्कृत नाम रखे गए हैं, वे पंडित जी को कुछ खास पसन्द नहीं थे और कभी-कभी वे इन नामों का मजाक भी उड़ाया करते थे; किन्तु ऐसी बातों को लेकर बहस में उतरना उन्हें अच्छा नहीं लगता था।

संस्कृत भाषा पर पंडित जी को बहुत अधिक श्रद्धा थी, किन्तु न जाने क्यों हिन्दी में संस्कृत शब्दों का आधिक्य उन्हें पसन्द नहीं आता था। एक बार बम्बई में या कहीं और रवीन्द्रनाथ पर बोलते हुए उन्होंने यह कह दिया कि रवीन्द्रनाथ ने जैसी बंगला लिखी है, वैसी हिन्दी हिन्दीवाले क्यों नहीं लिखते हैं?

पीछे, जब उनसे मुलाकात हुई, मैंने उन्हें उस भाषण की याद दिलाई और निवेदन किया, 'रवीन्द्रनाथ के प्रसिद्ध होने के पूर्व हिन्दी में संस्कृत शब्दों का उतना बाहुल्य नहीं था, जितना रवीन्द्रनाथ के बाद हुआ है। तब भी रवीन्द्रनाथ आपको पसन्द आते हैं, मगर हिन्दी बहुत कठिन मालूम होती है।'

पंडित जी ने कहा, 'संस्कृत शब्दों के कम या ज्यादा होने से भाषा बनती-बिगड़ती नहीं है। सवाल भाषा की शक्ति (जीनियस) का है। मुझे लगता है, तुम लोग हिन्दी को उसकी अपनी जीनियस से अलग लिये जा रहे हो।'

सन् 1960 ई. में राष्ट्रपति के आदेशानुसार जब सरकार के कानून और विज्ञान-विषयक शब्दों के लिए दो आयोग कायम किए, तब बाकी शब्दों को

अन्तिम रूप देने के लिए उसने एक 'निरीक्षण और समन्वय समिति' की स्थापना की जिसका अध्यक्ष मैं बनाया गया। कोई छह मास तक काम करने के बाद मुझे ऐसा भासित हुआ कि जो काम समिति को सौंपे गए हैं, वे समय पर पूरे नहीं होंगे तथा सरकार के लिए यह दावा करना मुश्किल होगा कि ये शब्द सारे देश ने मिलकर बनाए हैं। अतएव अपने विचार मैंने अपने मंत्रियों और अफसरों को समझाए और अन्त में प्रधानमंत्री से भी भेंट की।

मैंने पंडित जी से निवेदन किया, 'समिति को लगभग डेढ़ लाख शब्दों को अन्तिम रूप देना है; किन्तु हर महीने केवल दो सौ शब्द निपटा रहे हैं। अगर कार्य की गति यही रही तो काम सौ साल में खत्म होगा। यह पहली कठिनाई है। दूसरी कठिनाई यह है कि भाषा आयोग, संसदीय समिति और राष्ट्रपति– सबने इस मत पर काफी जोर दिया है कि जहाँ तक सम्भव हो, पारिभाषिक शब्द सभी भाषाओं में एक ही रखे जाएँ। यह कार्य तभी सम्भव होगा, यदि समिति में सभी भाषाओं के विद्वान नियुक्त किए जाएँ और शब्दों को अन्तिम रूप देते समय सभी भाषाओं के कोशों को छान लिया जाए।'

पंडित जी बोले, 'इसके मानी ये हुए कि हिन्दी की जीनियस को आप खराब करना चाहते हैं। हर भाषा से शब्द लेकर आप जो हिन्दी तैयार करेंगे, वह अस्वाभाविक होगी। और, शब्द क्या हर भाषा में आपको मिल ही जाएँगे?'

मैंने कहा, 'अन्य भाषाओं में जो शब्द प्रचलित हैं और वे यदि हिन्दी की जीनियस के अनुरूप पड़ते हैं, तो उन्हें हम अवश्य ले लेंगे। और दिन भर कोश उलटने के बाद अगर शब्द नहीं मिले, तब भी हमारा काम पूरा हो गया। यही एक रास्ता है जिस पर चलकर देश से हम यह कह सकते हैं कि हमने जो शब्द बनाये हैं, वे सारे देश के मत से तैयार हुए हैं।'

बात पंडित जी को थोड़ी दूर तक पसन्द आ गई थी, मगर सचिवालय ने उसे चलने नहीं दिया और अन्त में हार मानकर मैंने इस समिति से इस्तीफा दे दिया और वह समिति विघटित कर दी गई।

पंडित जी के बारे में इतिहास और चाहे जो बातें लिखे या न लिखे; किन्तु यह बात वह अवश्य लिखेगा कि भारत के मन को आधुनिक बनाने की दिशा में जवाहरलाल ने जो अथक प्रयत्न किया, वह विस्मयकारी था। किन्तु आधुनिकता के इतने बड़े ध्वजधारी होने पर भी प्राचीन भारत के प्रति उनमें एक प्रकार की ममता थी, जो कभी-कभी ही प्रत्यक्ष होती थी।

एक बार मिलने को उन्होंने मुझे विदेश मंत्रालय में बुलाया और बात खत्म होने के बाद अपने साथ मुझे वे एक छोटी-सी गोष्ठी में ले गए, जहाँ अफ्रीका

के छात्रों का दल उनकी इन्तजारी कर रहा था। उन्हें सम्बोधित करते हुए पंडित जी ने कहा, 'आप जिस देश में आए हैं, वह बड़ा ही पुराना देश है। इसकी सभ्यता की कई परतें हैं और देश में घूमने पर इनमें से हर परत आपको कहीं-न-कहीं देखने को मिल जाएगी। यहाँ कुछ चीजें आप ऐसी देखेंगे जो यूरोप और अमरीका में भी हैं और कुछ बातें ऐसी मिलेंगी, जिन्हें समझने में आपको परेशानी होगी। मगर यहाँ की हर चीज अहमियत रखती है, क्योंकि हिन्दुस्तान जैसा भी है, वह इन सभी चीजों के मेल से बना है। सभ्यता की जो परतें आपको खोखली मालूम हों, उनके बारे में यह समझिए कि किसी समय वे भी सारपूर्ण थीं।'

एक बार संसदीय हिन्दी परिषद की गोष्ठी पंडित जी के घर पर हो रही थी। पंडित जी उस समय घर पर नहीं थे, भाषण देने को शहर में कहीं बाहर गए हुए थे। जब वे आए, गोष्ठी में मेरा व्याख्यान चल रहा था और मैं लोगों को यह बता रहा था कि भारतीय जनता के पूर्ण रूप से एक होने में बाधाएँ कहाँ-कहाँ पर हैं। जब पंडित जी के बोलने की बारी आई, उन्होंने कहा, 'अभी मैं उड़ीसा गया हुआ था। सुना, वहाँ के आदिवासी भाई आर्य रक्तवालों से नाराज हैं। वे कहते हैं कि एकलव्य अनार्य था और द्रोणाचार्य आर्य थे। इसी कारण द्रोणाचार्य ने उस अनार्य नौजवान का अँगूठा कटवा लिया।' यह बात सुनकर सभी श्रोता हँसने लगे; किन्तु पंडित जी को हँसी नहीं आई; बल्कि विचलित होकर उन्होंने कहा, 'और अपनी बात मैं आपको बताऊँ? यह सब सुनकर द्रोणाचार्य पर मुझे गुस्सा हो आया।'

द्वापर से कलियुग बहुत दूर पड़ता है। लेकिन सच्ची मानवता इस दूरी को नहीं मानती। किन्तु कितनी सजीव थी उस पुरुष की मानवता, जो कलियुग में खड़ा होकर द्वापर के अन्याय से तिलमिला उठता था!

3

पंडित जी की कार्य-क्षमता अपार थी। उन्हें देखकर यह अनुमान आसान मालूम होता था कि ईश्वर एक ही है और वह सारे जगत की सुधि लेता है। उनका शरीर हलका, किन्तु स्फूर्ति से पूर्ण था। लॉबी में मैं अक्सर कहा करता था कि खाट से उठकर तैयार होने में जिसे देर लगे, उसे भारत के प्रधानमंत्री की गद्दी की ओर बढ़ने की ख्वाहिश छोड़ देनी चाहिए। भारत का प्रधानमंत्री अमरीका के राष्ट्रपतित्व और रूस के प्रधानमंत्रित्व से कहीं मुश्किल काम है। पंडित जी

मेधावी मनुष्य थे, किन्तु केवल मेधा के बूते वे उतने काम नहीं कर सकते थे। उनकी कर्मठता का रहस्य उनके ठोस स्वास्थ्य में था। मेरा खयाल है, प्रधानमंत्रित्व का दायित्व निभाने के लिए पहला और आखिरी गुण यह है कि आदमी की तन्दुरुस्ती खूब मजबूत हो।

पंडित जी अपेक्षाकृत नाटे मनुष्य थे और उनकी गरदन लम्बी नहीं थी। संसार में जिन लोगों ने बहुत अधिक काम किया है, उनमें से अधिकांश लोग लगभग इसी कद और काठी के आदमी थे। लम्बे लोगों का प्रभाव संसार की संस्कृति पर पड़ा है, किन्तु सभ्यता के कार्य में नाटे कद के लोग बहुत आगे रहे हैं।

पंडित जी काम के लिए आठ-साढ़े आठ बजे भोर ही तैयार हो जाते थे। ऊपर की मंजिल से उतरते ही उन्हें दो प्रकार के लोगों से मिलना पड़ता था। एक तो वे लोग, जो समय लिये बिना ही सीढ़ी के नीचेवाले ड्राइंग हॉल में जमा हो जाते थे; और दूसरे वे लोग, जो गाँवों से आते थे और अहाते में खड़े या बैठे रहते थे। इनसे निबटकर पंडित जी दफ्तर चले जाते थे, फिर वहीं से संसद पहुँचते थे, अगर संसद का सत्र चल रहा हो। दोपहर के भोजन के बाद वे तीन से पहले ही फिर दफ्तर या संसद पहुँच जाते थे। शाम को भोजन वे आठ बजे करते थे और नौ से फिर काम पर बैठ जाते थे। सोने का समय उनका एक बजे रात से छह बजे भोर तक का था।

संसद के दोनों सदनों पर उनकी भक्ति एक समान थी। आवश्यकतानुसार वे बारी-बारी से दोनों सदनों में आते-जाते रहते थे और दिन भर में उन्हें बोलना भी कई बार पड़ता था। इतनी मेहनत वे कैसे कर पाते थे, इस पर आश्चर्य हमें पहले भी होता था और अब भी होता है।

वे संचिकाओं पर केवल 'यथा प्रस्तावित' लिखनेवाले मंत्री नहीं थे। जो संचिकाएँ उनकी मेज से निकलती थीं, उनमें से अधिकांश पर अच्छी अंग्रेजी की दो-चार सतरें अवश्य रहती थीं। उनका सचिवालय इतना चुस्त और दुरुस्त था कि टेलीफोन से भी समय माँगने पर हमें कोई-न-कोई जवाब ठीक समय पर अवश्य मिल जाता था। संसद-सदस्यों के पत्रों का वे अत्यन्त सम्मान करते थे। ऐसा शायद ही कोई संसद-सदस्य होगा, जिसके पत्र का उत्तर पंडित जी ने अपने हस्ताक्षर से नहीं दिया हो। अक्सर तो यह होता था कि आज आपने पत्र लिखा और कल नौ बजे भोर में ही प्रधानमंत्री का चपरासी उत्तर लिये आपके घर पर मौजूद है। और इतना अधिक काम करते हुए भी वे जितने लोगों से मुलाकात करते थे, उतने लोगों से कोई और नेता नहीं मिल सकता था। इतना

ही नहीं, अक्सर सन्ध्या समय वे सभा, सम्मेलन या सांस्कृतिक महफिल में भी जाते ही रहते थे और तब भी उनके चेहरे पर झुँझलाहट, परेशानी या असन्तोष के भाव हमें कम ही दिखाई पड़ते थे।

आश्चर्य की बात है कि इतना व्यस्त रहने पर उन्हें इस काम के लिए भी समय मिल जाता था कि रूस में अगर किसी ने अपनी बेटी का नाम इन्दिरा रखा है और पंडित जी को 'गॉड-फादर' बनाया है, तो उस बच्ची के लिए वे उपहार भेजें, उसके माँ-बाप को पत्र लिखें, राजेन्द्र बाबू का स्वागत करने को पालम पहुँचें, विनोबा जी से मिलने को किसी गाँव में जाएँ, हमेशा झगड़नेवाले हम कांग्रेसियों की तम्बीह करें और हठयोगी के साथ बैठकर शरीर-बुद्धि की भी शिक्षा लें।

निर्धारित समय पर अगर वे दफ्तर या राभा गें नहीं पहुँच पाते, तो इसके लिए उन्हें खेद होता था। एक बार विदेश मंत्रालय में मुझे उन्होंने नौ बजे सुबह का वक्त दिया था, मगर खुद वे कोई चालीस मिनट देर से पहुँचे। आते ही बोले, 'माफ करना महाकवि! मैं भी लालकिले और कुतुबमीनार की तरह दिल्ली का एक्जिविट (तमाशे की चीज) हो गया हूँ। रोज ही सैकड़ों लोग गोल बाँधकर मिलने आते हैं। आज कुछ ज्यादा लोग आ गए थे, सो थोड़ी देर हो गई।'

एक दिन कांग्रेस-दल की सभा में भी वे कुछ देर से आए थे। जब वे बोलने को खड़े हुए, तब लगा, जैसे देर से आने के कारण शरमा रहे हों। विलम्ब के लिए माफी माँगते हुए पंडित जी ने कहा, 'माफ कीजिएगा। मैं जरा सो गया था।' उन दिनों वे किडनी की बीमारी से उठे थे और हम सब लोग चाहते थे कि पंडित जी काफी आराम किया करें। उनकी बात सुनकर सभा में कई तरफ से आवाज आने लगी, 'पंडित जी, यह तो बड़ी ही खुशी की बात है कि आप जरा सोकर आए हैं। इसमें माफी माँगने की क्या बात है?'

इस मामले में पंडित गोविन्दवल्लभ पन्त पंडित जवाहरलाल नेहरू से बिलकुल भिन्न थे। समय पर न तो वे सभाओं में आते थे, न समितियों में, न खाने-पीने की पार्टियों में। और मजे की बात यह है कि विलम्ब से आने के कारण वे कभी क्षमा भी नहीं माँगते थे। यह बात दूसरी है कि समिति के अन्य सदस्यों का समय पर हाजिर हो जाना कोई मानी नहीं रखता था, क्योंकि फैसले तभी होते थे, जब पंडित गोविन्दवल्लभ पन्त का पदार्पण होता था।

चीनी आक्रमण के आरम्भ में मैं बीमार था और पटना में पड़ा हुआ था। जब मैं दिल्ली पहुँचा, मेनन साहब मंत्रिमंडल छोड़ चुके थे और जेनरल कौल के हटाये जाने की चर्चा लॉबी में रोज ही चला करती थी। इसी बीच सेला और

वामदिला के पतन का दुःसंवाद आया। पंडित जी संसद को यह दुःसंवाद देने को जब खड़े हुए, तब उनकी आवाज पस्त थी और उनका चेहरा देखकर हृदय सहम जाता था। उतना बड़ा नेता, उतना बड़ा आदमी और वैसा सधा हुआ कूटनीतिज्ञ; किन्तु आज वह बेपनाह हो रहा था।

पंडित जी गए तो अपने समय पर ही, जैसे एक दिन हममें से हर एक को जाना है, मगर मेरा खयाल है, उनकी असली बीमारी का नाम फालिज या रक्तचाप नहीं, चीन का विश्वासघात था। चीनी आक्रमण का सदमा उन्हें बहुत जोर से लगा था। मगर एक चतुर पिता के समान वे इस व्यथा को अपने देश से छिपाते रहे। कहने को तो संसद में यह बात वे काफी जोर से कहते रहे कि चीनी आक्रमण से हमारा तनिक भी अपमान नहीं हुआ है, मगर इस अपमान के कड़वेपन को भीतर ही भीतर उन्होंने जितना महसूस किया, उतना महसूस उसे और किसी ने नहीं किया था। यह उनकी अग्नि परीक्षा का समय था। अपमान और तत्क्षण प्रतिकार शस्त्रबल से सम्भव था। किन्तु भारत का शस्त्रबल क्षीण था। शस्त्रों के लिए वे अमरीका और इंग्लैंड की शरण जरूर गए, किन्तु यह चिन्ता उन्हें बराबर सताती रही कि कहीं ऐसा न हो कि जिस स्वाधीनता की रक्षा के लिए हम अमरीका और इंग्लैंड की सहायता ले रहे हैं, वह स्वाधीनता इसी सहायता से कमजोर हो जाए। चिन्ता उन्हें इस बात की भी थी कि बात बढ़ते-बढ़ते कहीं बड़े युद्ध तक न पहुँचे और जिस भारत को हम बचाना चाहते हैं, वह कलंकित भी बने और विनाश के भी सुपुर्द हो जाए।

ऊँचा आदमी! जो अपने देश को ऊँचाई से उतरने देना नहीं चाहता था। मगर दुखान्त नाटक के असली पात्र पुण्यवान ही होते हैं। पाप की पराजय पर जो नाटक लिखा जाता है, वह सुखान्त होता है। सच्चे दुखान्त नाटकों के पात्र वे हैं, जो पराजित इसलिए होते हैं कि वे पाप की राह से चलना नहीं चाहते।

चीनी आक्रमण के बाद देश में जो हिंसात्मक नारे लगाए जाने लगे, उनसे पंडित जी अत्यन्त दुखी हो गए थे। अपना दर्द उन्होंने कई रूपों में व्यक्त किया था, जिनमें से एक रूप यह था कि 'अभी भी मैं अपने देश के पाशवीकरण को पसन्द नहीं कर सकता।' जब उन्होंने संसद में इस आशय की घोषणा की, मैंने उसके जवाब में एक कविता लिखी थी जो 'परशुराम की प्रतीक्षा' में संकलित है। पंडित जी जिस ऊँचाई से अपनी वेदना का बखान कर रहे थे, उस ऊँचाई की मैंने दाद दी है, मगर निष्कर्ष मेरा यह था कि पशुओं को उत्तर पशुबल से ही दिया जा सकता है।

मैं जिस धर्म का प्रतिपादन कर रहा था, वह आपद्धर्म था। पंडित जी घोर संकट में भी परम धर्म पर आसीन थे। पंडित जी उस हारी हुई ज्योति के प्रतीक थे, जो पराजित होकर भी अन्धकार को ललकार रही थी :

अन्धकार को दबी रौशनी की धीमी ललकार,
कठिन घड़ी में भी भारत के मन की धीर पुकार।
सुनती हो नागिनी! समझती हो इस स्वर को?
देखा है क्या कहीं और भू पर उस नर को—
जिसे न चढ़ता ज़हर, न तो उन्माद कभी आता है,
समर-भूमि में भी जो पशु होने से घबराता है?

[परशुराम की प्रतीक्षा]

अक्टूबर, 1962 से लेकर मार्च, 1963 तक पंडित जी ने एक तरह से पंचधुनी तापकर तपस्या की थी। उनके चारों ओर क्रोध उबल रहा था, कटूक्तियों के बाण बरस रहे थे, क्षोभ की ज्वालामुखियाँ भड़क रही थीं, मगर तब भी वे अविचलित और शान्त थे। उन दिनों कानाफूसी चला करती थी कि पंडित जी का नेतृत्व समाप्त हो गया। किन्तु, अब लगता है, उनके नेतृत्व की जैसी परीक्षा उन छह महीनों में हुई, वैसी परीक्षा और कभी नहीं हुई थी और अविचल रहकर अपने अत्यन्त ऊँचे नेतृत्व का जैसा परिचय उन्होंने उन दिनों दिया, वैसा परिचय और कभी नहीं दिया था। जीत हमेशा सीमित होती है। उससे इतिहास को प्रकाश नहीं पहुँचता। इतिहास को रोशनी अक्सर उस आदमी से मिलती है, जो पुण्य की राह पर हार गया हो। कृष्ण और अशोक, कबीर और अकबर, गांधी और जवाहरलाल—ये पराजित पुण्य के प्रतीक हैं।

उन दिनों मैं खुद क्रोध से बावला हो रहा था और अक्सर कविता लिखते-लिखते मुझे रक्तचाप बढ़ आता था। उस पर तकलीफदेह बात यह कि दोस्त मेरे कानों में आकर कह जाते थे कि पंडित जी तुमसे रंज हैं और पार्टी तुम्हारे खिलाफ कार्रवाई करेगी। मेरी बेचैनी की बात राष्ट्रपति और लालबहादुर जी को मालूम थी। इन दोनों ही शुभैषियों ने मुझे सलाह दी थी कि अपनी भावनाओं पर नियंत्रण करो। रक्तचापी को ऐसे क्रोध में नहीं आना चाहिए।

ठीक इसी मुद्रा में 14 दिसम्बर, 1962 ई. को मैं पंडित जी से मिला। अपना दर्द मैंने उस दिन काफी जोर से कहा और पंडित जी भी एक बार जोश में आकर मेज पर मुक्के मारने लगे। मगर उनकी नीतिमत्ता को देखकर मन-ही-मन मैं पराजित हो गया। मेरी कविताएँ उन्होंने देखी ही नहीं थीं, न मेरे भावों के

प्रति उनमें लेशमात्र भी क्षोभ था। उलटे उन्हें शिकायत थी कि रेडियो पर मैं खूब गरजता क्यों नहीं हूँ।

उस दिन पंडित जी की कई बातों का मुझ पर बड़ा ही अनुकूल प्रभाव पड़ा। जोश की बातें तो एक-डेढ़ मिनट की चलीं। बाकी बातें मैं उसी शील और विनय से करता रहा, जिस शील और विनय के साथ मैं उनसे बराबर बातें करता था। विनयपूर्वक ही मैंने उनसे सवाल किया, 'एक बात बताइएगा पंडित जी, चीनी आक्रमण के बाद ऐसी कितनी रातें आईं, जब आप सो नहीं सके?'

पंडित जी बोले, 'यकीन करोगे? मैं किसी रात भी नहीं जगा हूँ। चिन्ता अपनी जगह पर है, नींद अपने समय पर आती है। मैं ठीक सोता हूँ।'

मेरे मुँह से अनायास निकल गया, 'तब आप योगी हैं पंडित जी! हमारा सौभाग्य है कि हम आपके समकालीन हैं।'

देश के एक परम वरिष्ठ नेता उन्हीं दिनों पंडित जी से मिले थे और उन्होंने राय दी थी कि अमरीका और ब्रिटेन के सुपुर्द हो जाओ और कहो कि चीन से वे हमारी रक्षा करें। पंडित जी उनकी इस सलाह से चकित रह गए थे। पंडित जी ने बताया, 'उन्होंने यह भी पूछा कि इतनी बड़ी विपत्ति में तुम घबराते क्यों नहीं हो?'

मैंने कहा, 'आपने क्या जवाब दिया?'

बोले, 'जवाब क्या देता? घबराने से लाभ क्या होगा? मैं होश-हवास के साथ इस मुसीबत का सामना कर रहा हूँ।'

और बातें करने पर यह भी दिखाई दिया कि होश के नीचे जोश का उबाल भी कम नहीं है। पंडित जी की मुद्रा कठोर मौन की मुद्रा थी, जिसे अंग्रेजी में 'ग्रिम' कहते हैं। उनका हाथ चट्टान के नीचे दबा हुआ था। वे उतने समय की तलाश में थे, जितने में हाथ बाहर खींच सकें। लड़ाई से वे नहीं डरते थे। उस दिन की मुलाकात की जो डायरी मैंने लिखी है, उसमें ये वाक्य भी दर्ज हैं : 'हम हर मुसीबत से लड़ेंगे। चीन और पाकिस्तान अगर साथ हमले करेंगे, तो हम दोनों से एक साथ लड़ेंगे। हम हारने पर भी लड़ना नहीं छोड़ेंगे। हथियार तो पाकिस्तान के पास भी काफी हैं। मगर आन पड़ी तो लड़ने के सिवा हम और कर क्या सकते हैं? मैं लड़ूँगा, हर मुसीबत से लड़ूँगा।'

आम राय यह है कि चीन ने पंडित जी को दोस्ती के जाल में फँसाकर परेशान किया अथवा यह कि सीधे होने के कारण पंडित जी चीन की असली चाल को पहचानने में गलती कर गए। मगर गलती पहचानने में नहीं हुई।

सन् 1959 ई. में संसद में विरोधियों ने सवाल किया था कि चीन के विरुद्ध जो कदम आप आज उठा रहे हैं, वह कदम आपने सन् 1954 ई. में क्यों नहीं उठाया?

पंडित जी ने उत्तर दिया, 'अगर यह कदम हमने सन् 1954 में उठाया होता, तो जो काम चीन ने आज किया है, वह काम वह सन् 1954 में ही कर गुजरता।'

चीन के बारे में पंडित जी किसी मुगालते में नहीं थे, इसका एक प्रमाण मुझे और मिला है। सन् 1954 ई. में जब पंडित जी चीन गए, तब ब्रिटिश पार्लमेंट के लेबर सदस्य श्री डेसमंड डोनेली भी चीन गए हुए थे। एक दिन श्री डोनेली पंडित जी के साथ चाय पीने को उनके निवासस्थान पर आए। श्री डोनेली ने लिखा है कि चाय की मेज पर पंडित जी कुछ भी बोलने की मुद्रा में नहीं थे। जब डोनेली ने उन्हें ज्यादा खोदा, तो उन्होंने हाथों को दीवार की ओर फैलाकर यह इशारा किया कि सम्भव है, इन दीवारों के भीतर माइक्रोफोन लगे हों। मगर चाय पीने के बाद जब वे बाग में निकल आए, तब उन्होंने डोनेली के साथ काफी बातें कीं और बताया कि 'इस देश की विचित्रता यह है कि यहाँ आकर आदमी बाकी दुनिया से कट जाता है। कई दिनों से मुझे तो दुनिया की कोई खबर ही नहीं लगी।'

डोनेली के यह पूछने पर कि माओ से आपकी मुलाकात कैसी रही, पंडित जी ने कहा, 'माओ ने बार-बार मुझे इस प्रकार सम्बोधित करने की कोशिश की, मानो मैं उनका मंत्री होऊँ, इसलिए मेरा कर्तव्य हो गया कि मैं उनके भ्रम को दूर कर दूँ।'

पंडित जी चीन को पहचानते थे, आरम्भ से ही पहचानते थे; किन्तु रास्ता उन्होंने दोस्ती का पकड़ा। अगर चीन के साथ मैत्री रखते हुए भारत ने अपने सामरिक बल में वृद्धि की होती, तो चीन धोखा नहीं देता। नेहरू-नीति गलत नहीं है। उसका आधार ऊँची नैतिकता और विश्व-कल्याण है। किन्तु धर्म के भी ऊँचे कार्य पुष्ट शरीर के बिना नहीं किये जा सकते। 'मारो मत, मगर अपनी रक्षा के लिए तैयार रहो', धर्म भी इसी नीति पर टिक सकता है। यज्ञ करनेवाले ऋषि का भी कर्तव्य है कि वह हवनकुंड के पास भरी बन्दूक तैयार रखे। नेहरू-नीति पर भारत को कायम रहना चाहिए, मगर यह नीति कामयाब तभी होगी, जब भारत का बाहुबल अपार हो। पंडित जी इस तथ्य को स्वीकार कर चुके थे और भारत को एक वीर संन्यासी बनाने की अनिवार्यता उनके सामने प्रत्यक्ष हो चुकी थी। चीनी आक्रमण के बाद देश के बाहुबल के विकास का

कार्य उन्हें प्रमुख दीखने लगा था। अगर भारत का बाहुबल सम्यक् रूप से बढ़ गया, तो निश्चय ही यह देश वीर संन्यासी का आसन सुशोभित कर सकता है।

4

पंडित जी जब दौरे पर निकलते, उनके साथ जिन्दगी की एक लहर-सी दौड़ पड़ती। उनके आते ही सभाएँ तरंगित हो उठतीं, जनता जयकार पुकारने लगती और चिन्तक ओठ पर अँगुली रखकर यह सोचने लगते कि ऐसा लोकप्रिय पुरुष भारत में पहले भी कभी जनमा था या नहीं। भीड़ अगर विशृंखल हो उठती, तो पंडित जी मोटर या मंच से कूदकर खुद ही उसे शान्त करने लगते और शान्ति की इस सेवा में जब-तब उन्हें हाथ भी छोड़ना पड़ता था। मुजफ्फरपुर में सन् 1948 ई. में जब उन्हें भीड़ को शान्त करने में शारीरिक बल का प्रयोग करना पड़ा, तब भीड़ के बाहर मैंने एक आदमी को कहते सुना, 'चलो, पंडित जी की धौल तो मुझ पर पड़ी, मगर अब मेरी दरिद्रता दूर हो जाएगी।'

सन् 1946 ई. में जब बिहार में साम्प्रदायिक दंगे शुरू हुए, पंडित जी पटना आए थे और प्रायः अपनी ही देखरेख में वे फौजियों से काम ले रहे थे। एक दिन नगरनौसा नामक ग्राम में फौजियों ने सैकड़ों हिन्दुओं को गोली के घाट उतार दिया। इस समाचार से पटना में बड़ा क्षोभ फैला और शाम को पंडित जी जब नौजवानों के बीच भाषण देने को सिनेट हॉल पहुँचे, तब लड़कों ने उनका कुरता फाड़ डाला और उनकी टोपी उड़ा ली। उस दिन भीड़ को काबू में लाने का चमत्कार जयप्रकाश जी ने दिखाया। जब भीड़ काबू में आ गई, जयप्रकाश जी लोगों की तम्बीह करने लगे। जब जयप्रकाश जी लोगों से यह कह रहे थे कि 'आपने पंडित जी का अपमान करके अपने-आपको अपमानित किया है', तभी पंडित जी जयप्रकाश जी को पीछे खींचकर खुद आगे आ गए और कहने लगे, 'नहीं साहब! मैं बड़ा ही बेहया आदमी हूँ। मेरी हतक-इज्जती जरा भी नहीं हुई है। उलटे, मैं आपसे खुश हूँ कि आपने बड़े ही जोश के साथ मेरा स्वागत किया है।'

इतना ही नहीं, दूसरे दिन सुबह ही वे नगरनौसा चले गए और वहाँ बड़ी भारी भीड़ के सामने पूरे घंटे भर भाषण दिया। जब पंडित जी नगरनौसा से चले, गाँव के लोग आपस में इस बात पर खुशी मना रहे थे कि चलो, लोग चाहे जितने भी मरे हों, मगर हमारे गाँव का पुण्य था कि पंडित जी हमारे बीच आ गए।

जिस इलाके के बहुत-से लोग एक दिन में मारे गए, उसी इलाके में पहुँचकर पंडित जी ने पूजा, अभिनन्दन और जय-जयकार की लहर उठा दी, यह बिलकुल आश्चर्यजनक घटना है। विनोबा जी ने जो उन्हें 'लोकदेव' की उपाधि से विभूषित किया है, उसे मैं सर्वथा सार्थक मानता हूँ। भारत के वे नेता नहीं, सचमुच ही लोकदेव थे।

इधर कई वर्षों से तो पंडित जी की सभा इलाके में मेले का रूप ले लेती थी। पंडित जी के दर्शन को लोग दूर-दूर से आते थ। ग्रामीण औरतें अपने धराऊ कपड़े और जेवर पहनकर सभा में आती थीं। वे अपने छोटे-से-छोटे बच्चों को भी गोद में साथ लिये आतीं। पंडित जी क्या बोल रहे हैं, इसे समझने की बात तो दूर रही, पीछे के लोग ठीक से उनका भाषण भी नहीं सुनते थे। मगर यह उल्लास सभी के भीतर तरंगित रहता था कि चलो, पंडित जी को मैंने एक बार और देख लिया।

और पंडित जी जनता का कितना विश्वास करते थे, यह सोचकर भी अचम्भा होता है। एक बार भीड़ में से आगे बढ़कर एक औरत ने कहा, 'पंडित जी, मैं घर से आपके लिए एक गिलास दूध ले आई हूँ।'

पंडित जी ने अपनी तन्दुरुस्ती पर पहरा देनेवाले लोगों की बात नहीं मानी। वे उस बहन के हाथ से गिलास लेकर सारा दूध गटाक से पी गए।

इस दृश्य को देखकर संसार के बड़े-बड़े राजे परलोक में अचम्भे से एक-दूसरे का मुँह देखते रह गए होंगे।

सन् 1950 ई. में जब राजर्षि श्री पुरुषोत्तमदास टंडन पंडित जी को अभिनन्दन-ग्रन्थ भेंट कर रहे थे, तब उन्होंने एक बड़ा ही मनोरंजक संस्मरण सुनाया था। एक बार पंडित जी की सभा में होहल्ला मच गया और भीड़ को शान्त करने के लिए पंडित जी खुद ही मंच से नीचे कूद गए। भीड़ भयानक थी, इसलिए पंडित जी का अंगरक्षक भी भीड़ में साथ ही कूद गया और पंडित जी को अपने अंकवार में भरकर उन्हें आगे बढ़ने से रोकने लगा। फिर क्या था, पंडित जी अपने अंगरक्षक को ही पटककर उसे कूटने लगे। और जब वे मंच पर वापस आए, उन्होंने टंडन जी से कहा, 'कहिए, यह कुश्ती कैसी रही?'

एक बार पंडित जी छोटा नागपुर का दौरा कर रहे थे। उन दिनों जंगल-कानून को लेकर बिहार सरकार के साथ जनता का मतभेद हो गया था। नतीजा यह हुआ कि लोग जंगल को काटकर तहस-नहस करने लगे। अक्सर वे आग लगाकर जंगल को जला भी डालते थे। पंडित जी ने रास्ते में खुद भी दो-तीन जगहों पर जंगल को जलते देखा था। और कुछ दूर आगे जाने पर सड़क के

किनारे उन्हें कुछ लोग मिले, जो झंडे लिये हुए पंडित जी के जयकार के नारे लगा रहे थे। पंडित जी ने मोटर रुकवाई और वे लोगों से बातें करने लगे।

पंडित जी ने पूछा कि जंगल-कानून से आप नाराज क्यों हैं? लोगों ने अपनी नाराजगी के कारण उन्हें बताए। फिर पंडित जी ने पूछा, 'क्या जंगल में आग आप ही लोग लगाते हैं?' एक साहसी ने भीड़ में से आगे बढ़कर स्वीकार किया, 'हाँ, पंडित जी, आग भी हमीं लोग लगाते हैं।'

इतना सुनना था कि पंडित जी मोटर से निकलकर अपना छोटा-सा डंडा लिये भीड़ पर टूट पड़े। भीड़ तो भाग खड़ी हुई, मगर पंडित जी उसे खदेड़ते हुए सौ-दो सौ गज तक दौड़ते चले गए। जब वे मोटर में वापस हुए, श्री रमण ने, जो मोटर हाँक रहे थे, कहा, 'हुजूर, इस छोटे-से डंडे में तो बड़ी करामात है।'

पंडित जी बोले, 'यह छोटा होने पर भी करामाती है।' और यह कहते हुए उन्होंने डंडे की मूठ को घुमाकर उसमें से छोटी-सी गुप्ती निकाल दी।

रमण साहब ने कहा, 'तब तो डंडा अहिंसक नहीं है श्रीमन्!'

पंडित जी ने कहा, 'घबराओ नहीं, इस डंडे ने बड़ी-से-बड़ी हिंसा यही की है कि उससे एकाध बार मैंने सेब छीला है।'

यह बात तो सभी लोग जानते हैं कि सन् 1946 ई. में दिल्ली में जब साम्प्रदायिक मार-काट चल रही थी, तब पंडित जी मोटर से उतरकर सरदारों के हाथों से तलवारें छीन लेते थे। क्रुद्ध से क्रुद्ध भीड़ के भीतर वे इस विश्वास के साथ पिल पड़ते थे, मानो उन्हें छूने का साहस कोई नहीं कर सकता था। और यह विश्वास सही था। वे देश के आत्मबल के प्रतीक थे, समझदारी और होश-हवास की जीती-जागती प्रतिमा थे। वे देश के स्वाभिमान के भी प्रतीक थे और अपने स्वाभिमान की अभिव्यक्ति की शैली भी उन्हें तुरन्त सूझ जाती थी। इस प्रसंग में सरकार की रोक के विरुद्ध त्रिवेणी में उनके कूदने की बात सभी लोगों को मालूम है।

उनकी वीरता और सूझ की बड़ाई खुद राजेन्द्र बाबू किया करते थे। सन् 1930 ई. में जब नमक-सत्याग्रह आरम्भ हुआ, राजेन्द्र बाबू और श्री गंगाशरण सिंह दमे से बीमार थे और सदाकत आश्रम में ठहरे हुए थे। पुलिस ने उनकी मौजूदगी में ही सदाकत आश्रम का झंडा उतार लिया और दोनों टुकुर-टुकुर ताकते रहे गए। पुलिस के चले जाने के बाद राजेन्द्र बाबू ने गंगा बाबू से कहा, 'देखिए गंगा बाबू! मुझमें और जवाहरलाल जी में यही फर्क है। वे अगर अभी यहाँ हुए होते, तो कुछ-न-कुछ अवश्य कर डालते। मैं भी सोच रहा था कि मुझे कुछ करना चाहिए, किन्तु यह सूझा ही नहीं कि किया क्या जाए।'

पंडित जी घनघोर रूप से साहसी पुरुष थे। राजनीति के कामों में तो वे उबलकर भी शान्त हो जाते थे, किन्तु जहाँ आस्था और वैयक्तिक पसन्द-नापसन्द का सवाल जरा तेज होता, उनके आचरण अत्यन्त निर्भीक होते थे। 1935 ई. के आसपास जब पंडित जी रोम होकर भारत लौट रहे थे, मुसोलिनी ने हवाई अड्डे पर अपना दूत भेजा था कि पंडित जी मुझसे मिलने को क्षण भर को शहर में आ जाएँ; किन्तु पंडित जी ने मुसोलिनी से मिलना कबूल नहीं किया।

स्वेज-संकट के समय राजनीति की सहूलियत तो इस बात में थी कि भारत के प्रधानमंत्री खुली जबान से कोई बात न कहें। किन्तु पंडित जी अपने को रोक नहीं सके। काश कि यही साहस उन्होंने हंगरी कांड के समय भी दिखाया होता!

टंडन जी के सभापतित्व के समय, प्रायः पूरी-की-पूरी कांग्रेस पंडित जी के विरुद्ध हो रही थी। पन्त जी के समान प्रगाढ़ हितैषी ने पंडित जी को सलाह दी थी कि टंडन जी से समझौता कर लेने में ही आपका और कांग्रेस का कल्याण है। किन्तु पंडित जी टस-से-मस नहीं हुए और आखिरकार राजर्षि को ही कांग्रेस के अध्यक्ष-पद से इस्तीफा देना पड़ा।

मेरे एक मित्र कहते हैं कि वे भी पंडित जी को यही राय देने गए थे कि टंडन जी से समझौता कर लेना ही समय की सही राजनीति है। इस पर पंडित जी ने आवेश में आकर कहा था, 'तुम मुझे यह कहने आए हो कि मैं अपने आदर्श को झुका दूँ? अपने विश्वास को तोड़कर समझौता करूँ? अगर बात बहुत आगे बढ़ी तो बहत्तर घंटों में मैं पूरे मुल्क में इन्किलाब ला दूँगा।'

मगर इन्किलाब लाने का मौका नहीं आया, क्योंकि पंडित जी के विरोधी यह सोचकर सहम गए कि वोट तभी मिल सकते हैं, जब कांग्रेस जवाहरलाल के हाथ में हो। अतएव टंडन जी ने जवाहरलाल की कांग्रेस जवाहरलाल को सौंप दी और खुद अध्यक्ष पद से अलग हो गए।

मुसीबतों के समय पंडित जी का दिमाग सही और दुरुस्त रहता था। दर्द और बेचैनी तो भीतर छिपी रहती, मगर बाहर वे ऐसा व्यवहार करते, मानो कहीं भी उन्हें चोट नहीं लगी हो। जिन दिनों गुजरात और महाराष्ट्र का आन्दोलन चल रहा था, पंडित जी युवक-कांग्रेस में भाषण देने को बड़ौदा गए। उस दिन मैं भी उनके साथ, उन्हीं के हवाई जहाज से बड़ौदा गया था। हवाई अड्डे से वास-स्थान तक पहुँचने में हमें गुस्से से चीखती हुई भीड़ का मुकाबला कई जगहों पर करना पड़ा। पंडित जी की गाड़ी तो निकल गई, लेकिन मेरी गाड़ी को भीड़ ने घेर लिया। जब लोग काफी नारे लगा चुके, मैंने गाड़ी से उतरकर कहा, 'मूर्खो! जरा पहचानकर देख लो। मैं न तो ढेबर भाई हूँ, न मोरारजी देसाई। मैं

तो युवक-कांग्रेस में कविता पढ़ने को बिहार से आया हूँ। तुम मुझे क्यों तबाह करते हो?' भीड़ में मुझे किसी ने पहचाना तो नहीं, मगर नुस्खा काम कर गया और मेरी गाड़ी निर्विघ्न आगे बढ़ गई।

शाम को जिस वक्त पंडित जी की सभा होनेवाली थी, उसी वक्त श्री याज्ञिक और श्री डाँगे ने भी एक अलग सभा का आयोजन कर रखा था। सोनपुर के मेले और पंडित जी की सभा से मैं बराबर परहेज करता आया था। किन्तु उस दिन पंडित जी के मंच पर मैं भी जा बैठा। भीड़ कोई दो लाख की रही होगी। किन्तु पंडित जी माइक पर ऐसी आसानी से बोल रहे थे, मानो वे दस-बीस दोस्तों से बातें कर रहे हों! वे कोई दो घंटे बोले और अनुद्विग्न ढंग से ही उन्होंने अपनी सारी बातें लोगों को समझा दीं और लोग बिलकुल शान्त होकर उनकी बातें सुनते रहे।

चरित्र की असली जाँच संकटों में ही होती है। एक बार गांधी जी जब ध्यान कर रहे थे, तभी एक साँप उनकी गोद में चढ़ गया। संयोग से किसी लड़की का ध्यान नहीं जमा था। वह शायद कनखियों से देख रही थी कि किसका ध्यान कितना गम्भीर है। सहसा उसकी दृष्टि उस साँप पर पड़ गई और उसने धीरे से बापू के पास जाकर उनके कान में कह दिया कि जाँघों पर साँप चढ़ आया है। स्वाभाविक है कि ऐसे में आदमी कपड़े झाड़कर खड़ा हो जाए। मगर गांधी जी के भीतर भय का लेश भी नहीं था। उन्होंने आँखें खोलकर साँप को देख तो लिया, लेकिन हिले-डुले नहीं। साँप उन्हें सूँघ-साँधकर उतर गया—शायद यह सोचकर कि यहाँ ज़हर का लेश भी नहीं है, फिर मैं ही इसे क्यों काटूँ?

एक बार पंडित जी के भी हवाई जहाज में आग लग गई। चालक बड़े परेशान हुए और अपनी घबराहट की बात उन्होंने पंडित जी को बताई भी। मगर पंडित जी तनिक भी नहीं घबराए। उन्होंने, 'जो कर सकते हो, करो' कहकर चालकों को आश्वस्त कर दिया और खुद वे किताब पढ़ने लगे। सौभाग्य से चालकों ने एक चरागाह में जहाज उतार लिया और सभी लोग बेदाग बच गए।

पंडित जी के भीतर मृत्यु का भय नहीं था। इधर हाल से तो मरने को वे तैयार बैठे थे। जिस दिन संसद के केन्द्रीय हॉल में राजेन्द्र बाबू के चित्र का उद्घाटन हुआ, उस दिन मेरे एक मित्र ने पंडित जी को यह बुदबुदाते सुना, 'अब हॉल में चित्र की एक ही जगह बाकी रह गई है। वह भी अब ज्यादा दिन खाली नहीं रहेगी।'

5

जब मैं रूस घूम रहा था, एक दिन ऐसा हुआ कि डिनर की मेज पर कुक्कुट महाराज छुरी और काँटे से मेरे बस में नहीं आए। निदान मैंने हिचक छोड़कर छुरी और काँटे के स्थान पर अपने सु-अभ्यस्त हाथ को बेखटके नियुक्त कर दिया। इस पर मेरी दुभाषिया मरियम ने कहा, 'दिनकर जी, आपके प्रधानमंत्री के मेज-आचार (टेबुल-मैनर्स) बहुत अच्छे हैं। मगर यहाँ रूस में एक मजाक पहुँचा है, वह आपको सुना देती हूँ।' हुआ यह कि एक रोज पंडित जी इंग्लैंड के प्रधानमंत्री के यहाँ खाना खाने गए, तो मुर्गी का गोश्त खाने में छुरी और काँटे से उन्हें थोड़ी दिक्कत होने लगी। इस पर पंडित जी ने मजाक में कहा, 'मिस्टर मैकमिलन! छुरी और काँटे से चिकन खाना वैसा ही बेढब काम है, जैसे दुभाषिए के जरिये कोई किसी से प्रेम का प्रस्ताव करे।'

पंडित जी मजाक बहुत कम करते थे, मगर जब भी कोई मजाक करते, वह नफीस और महीन होता था। फूहड़ मजाक उन्हें पसन्द नहीं आते थे। एक बार लोकसभा में स्वर्गीया सरोजिनी नायडू के पुत्र स्वर्गीय डॉक्टर जयसूर्य ने रामपुर-टेलिग्राम को लेकर कोई बेहूदा-सा मजाक कर दिया, जिस पर पंडित जी बहुत ही नाराज हो गए थे। एक बार बहन तारकेश्वरी ने पाकिस्तान के प्रसंग में कोई फूहड़-सी बात कह दी। वह बात पंडित जी को बहुत बुरी लगी और खुली सभा में उन्होंने उसकी भर्त्सना की थी।

जब भाषावार प्रान्तों का संगठन हो रहा था, हम बिहारी इस बात से बहुत नाराज थे कि बंगाल के लोग बिहार का काफी रकबा अपने प्रान्त में मिला लेना चाहते हैं। एक दिन कोई पचास बिहारियों का एक जत्था पंडित जी से मिलने गया। उस जत्थे का एक सदस्य मैं भी था। बिहारियों ने पंडित जी के आगे अपना रोना रोया, मिन्नतें कीं, कुछ गुस्से का इजहार किया; मगर पंडित जी नहीं पसीजे। उन्होंने केवल यह कहा कि 'आपका मुकदमा अच्छा है। मगर अभी शोर मत मचाइए। सारे देश को भूत लग गया है। पहले इस भूत को मुझे भगाने दीजिए।'

वातावरण जरा गम्भीर हो गया था, इसलिए, मैंने मजाक किया, 'पंडित जी, भूत तो भागेगा ही। हम बिहारी तो सिर्फ भागते भूत की लंगोटी चाहते हैं।' मजाक मेरा सटीक था क्योंकि हम लोग जिस भूखंड को बचाना चाहते थे, वह लंगोटी की ही तरह लम्बा अधिक, चौड़ा बहुत कम था। सभी लोग मेरे मजाक से ठठाकर हँस पड़े, मगर पंडित जी के मुख पर हँसी नहीं आई। मुझे तुरन्त भासित हुआ कि लंगोटीविहीन भूत के नंगेपन की तसवीर उन्हें अच्छी नहीं लगी

है। पंडित जी की पूरी सांस्कृतिक चेतना हर समय जागरूक रहती थी और भूल से भी वे कुरूप मजाक पर नहीं हँसते थे। उनकी रुचि इतनी सुरम्य थी, उनका संस्कार इतना महीन था।

उनकी रुचि बिलकुल क्लासिक थी। सस्तापन न तो उन्हें चित्रों में पसन्द आता था, न संगीत, नृत्य और काव्य में। लेखन और मंच-अभिनय को छोड़कर कला के किसी भी क्षेत्र के वे आचार्य नहीं थे, किन्तु कला के किसी भी क्षेत्र में वे धोखा नहीं खा सकते थे। मनुष्य के व्यक्तित्व की अतल गहराई में कहीं कोई मूल छन्द है, कहीं कोई आदि व्याकरण है, जिसके ठीक हो जाने पर सभी छन्द आप-से-आप ठीक हो जाते हैं, सभी व्याकरण आप-से-आप शुद्ध हो जाते हैं।

एक दिन मैं पंडित जी के साथ संसद के केन्द्रीय हॉल में बैठा था। शायद हम किसी सभा या अतिथि की इन्तजारी में थे। मैंने, योंही, पंडित जी का जी बहलाने को कहा, 'पंडित जी, इस हॉल में जितने भी चित्र हैं, उनमें से पंडित मोतीलाल जी और लोकमान्य तिलक के चित्र सबसे अच्छे हैं। बाकी चित्र मुझे अच्छे नहीं दिखाई देते। खास कर लाला लाजपत राय का चित्र मुझे काला-ही-काला लगता है।'

इतना सुनना था कि पंडित जी का ब्रह्म उबल पड़ा। वे बोले, 'आप उस कौम के मालूम होते हैं, जो चित्रों को कम, फोटो को ज्यादा पसन्द करती है। मोतीलाल जी और तिलक जी के चित्र चित्र नहीं, फोटो मालूम होते हैं। चित्र तो इस हॉल में एक ही है और वह लालाजी का है। जरा गौर से देखिए। मालूम होता है, लालाजी अन्धकार के भीतर से उभरते चले आ रहे हैं। यह बात दूसरी है कि लालाजी ठीक ऐसे थे नहीं। और सबसे खराब तसवीर तो इस हॉल में दादाभाई नौरोजी की है। वह बदल दी जाए तो बहुत अच्छा हो।'

उस दिन से मेरा भी भाव यही हो गया है कि केन्द्रीय हॉल में सबसे जोरदार तसवीर लालाजी की ही है।

एक बार लालकिले के गणतंत्रीय कवि-सम्मेलन का उद्घाटन करते हुए उन्होंने यह बात भी कही थी कि कवियों का जनता के समीप जाना अच्छा काम है। मगर कवि-सम्मेलनों में वे कितनी बार जाएँ और कितनी बार नहीं जाएँ, यह प्रश्न भी विचारणीय है।

एक साल राज्य सभा से जानेवाले सदस्यों के सम्मान में एक छोटे-से जलसे का इन्तजाम किया गया था। उस जलसे में पृथ्वीराज जी ने 'शायलाक द जू' का अभिनय किया था और एक लड़की ने भरतनाट्यम के कुछ नृत्य प्रस्तुत किए थे। नृत्य का, मेरे जानते, श्रोताओं पर अच्छा रौब जमा था। मगर जब मैंने

पंडित जी से पूछा कि ''नृत्य कैसा रहा पंडित जी?' तो वे थोड़ी पस्ती से बोले, 'है, मगर क्या है? बचकाना समझो!'

शास्त्रीय संगीत के वे भक्त थे। सभी राग-रागिनियों के पहचानने की लियाकत उनमें भले ही न रही हो, मगर वर्ण-संकरता को वे तुरन्त भाँप लेते थे। हारमोनियम के खिलाफ इस देश में जो थोड़ा-बहुत मत है, वह जवाहरलाल जी और रवीन्द्रनाथ ठाकुर का ही जगाया हुआ है। मगर अक्सर वे इस बात का भी विलाप करते थे कि 'अपने देश में बस दो ही ढंग के संगीत हैं। एक तो 'सोलो', जिसका विकास दरबारों के कारण हुआ और दूसरा लोक-संगीत, जिसे जनता ने बढ़ाया। लेकिन समूह-संगीत का विकास इस देश में नहीं हो सका, यह काफी दुख की बात है। पढ़े-लिखे लोग जब दस-बीस की संख्या में जमा हो जाएँ, तो कभी-कभी उन्हें सम्मिलित गान गाना चाहिए।'

पंडित जी इस बात पर भी अचरज करते थे कि भारतवर्ष में इतने कवियों के होते हुए भी ऐसे गीत क्यों नहीं बनते, जिन्हें शिष्ट लोग समवेत होकर गा सकें! इस अभाव को दूर करने के उद्देश्य से इन्दिरा देवी ने एक छोटा-मोटा आन्दोलन भी चलाया था, मगर वह बच्चन जी के ढोलक-गीत से अभी आगे नहीं बढ़ा है। क्या ही अच्छा हो कि हमारे प्रवीण नवयुवक गीतकार कुछ ऐसे गीतों की रचना कर दें जो छोटे, सरल और चुस्त हों तथा जो शिष्ट समाज को अपनी ओर खींच सकें।

एक बार ऐसा हुआ कि पं. केशवदेव मालवीय के बेटे के विवाह के अवसर पर पंडित जी पार्टी में खूब नफीस शेरवानी पहनकर आए। उस समय पं. बनारसीदास चतुर्वेदी, पं. मथुराप्रसाद मिश्र और मैं एक जगह पर खड़े थे। पंडित जी ने आते ही टोका, 'तुम हिन्दीवाले जब देखो, तभी एक साथ गुँथे रहते हो। कहो, हिन्दी चलती है या नहीं?'

प्रश्न मुझे किंचित् विषैला मालूम हुआ, मगर मेरे मुँह से कोई बात नहीं निकली। मेरे बदले, मथुरा बाबू बोल उठे, 'पंडित जी, गांधी जी चलाते थे, तब हिन्दी मजे में चलती थी। अगर आप चलाइएगा, तो हिन्दी जरूर चलेगी।'

मथुरा बाबू ने नहले पर दहला दाग दिया, इसलिए हवा जरा भारी हो गई। अतएव वातावरण को पिघलाने के लिए मैंने मजाक किया, 'वाह, पंडित जी! यह शेरवानी तो ऐसी फबती है कि क्या कहना! आज तो आपने सत्यनारायण बाबू को बिलकुल मात दे दी।'

पंडित जी पास आकर बोले, 'एक खुफिया बात बताऊँ? यह शेरवानी कोलम्बो के लिए बनी थी।' पंडित जी तुरन्त ही कोलम्बो से वापस आए थे।

थोड़ी ही देर बाद सत्यनारायण बाबू भीड़ में मेरी खोज करते हुए मेरे पास पहुँचे और कहने लगे, 'पंडित जी को आपने क्या कह दिया कि वे ढिंढोरा पीटते चल रहे हैं कि आज मैंने सत्यनारायण को मात दे दी? मेरे यह पूछने पर कि किस बात में मात खाई है मैंने, पंडित जी ने कहा, 'यह राज की बात है। जाकर दिनकर से खुद पूछ लो'।'

सत्यनारायण बाबू उस दिन धोती में आए थे। सो जवाब में मैंने अपना सिर पीट लिया और कहा, 'हाँ, महाराज! आज ही आपको धोती में आना था? पंडित जी की शेरवानी देखी है आज आपने? अगर सदा की भाँति आज भी आप शेरवानी-पाजामे में होते तो आप दोनों का फोटो सारे संसार में छप जाता और इस शीर्षक के साथ कि जवाहरलाल जी ने पोशाक में सत्यनारायण सिंह को मात दे दी।'

सेठ गोविन्ददास जी को जिस साल डॉक्टरेट मिला, उसी वर्ष उन्हें पद्मभूषण की उपाधि भी प्राप्त हुई थी। जिस दिन राष्ट्रपति अलंकरण देते हैं, उस दिन राष्ट्रपति भवन में एक पार्टी का आयोजन होता है। सो पार्टी में सेठ जी और पंडित जी को अपने समीप देखकर मैंने कहा, 'पंडित जी! सेठ साहब आज पद्मभूषण हुए हैं। उचित है कि आप उन्हें बधाई दें।'

पूर्व इसके कि पंडित जी सेठ साहब से कुछ कहें, सेठ जी के मुँह से निकल गया, 'मैं तो डॉक्टरेट पा चुका हूँ। इस पद्मभूषण से क्या होता है?'

पंडित जी बोले, 'आपको फर्क मालूम नहीं है। डॉक्टरेट लियाकत है, पद्मभूषण इज्जत है। दोनों का बोझ ठीक से ढोना चाहिए।'

मजाक की एक बात और याद आती है। राजेन्द्र बाबू का कार्यकाल जब शेष हुआ, हम लोगों ने दिल्ली से उनकी विदाई के लिए एक बहुत बड़ी सभा का आयोजन किया था, जिसमें डॉक्टर राधाकृष्णन, डॉक्टर जाकिर हुसैन और पंडित जवाहरलाल–सभी लोग आए थे। सभा आरम्भ होने के पूर्व वर्षा काफी हो गई और प्रायः अधिकांश लोग भीग गए। हम लोगों ने भीगे कपड़ों में ही सभा की कार्यवाही पूरी की और लगभग वैसे ही सभा से वापस भी हुए।

जब हम लोग मंच से उतर रहे थे, मैंने गंगा बाबू से कहा, 'गंगा! मैं तो बिलकुल भीग गया। घर जाकर कपड़े तुरन्त बदलने होंगे।'

गंगा बाबू अपना कुरता तानते हुए बोले, 'मेरा कुरता तो सूख गया। मुझे कपड़े बदलने की जरूरत नहीं होगी।'

पंडित जी हमारी पीठ पर ही आ रहे थे। उन्होंने हमारी बातचीत सुन ली थी। जब उन पर हमारी नजर पड़ी, हम उन्हें रास्ता देने को रुक गए। मगर

पंडित जी उस दिन मौज में थे। जाते-जाते बोले, 'मोटी और पतली चमड़ी का फर्क समझते हो दिनकर? जिसकी चमड़ी मोटी होती है, उसका कपड़ा जल्दी सूख जाता है।'

गंगा बाबू ठहाका मारकर हँसने लगे, 'वाह-वाह! वाह-वाह!! क्या महीन तीर मारा है? जवाब नहीं है पंडित जी, आपका!'

उर्दू के शायर सागर निजामी और मैं जब पोलैंड से लौटे, तब पोलैंड का संस्मरण सुनाते हुए मैंने पंडित जी से कहा, 'वारसा के अन्तरराष्ट्रीय कवि-सम्मेलन में भारत की जैसी धूम रही, वैसी धूम किसी अन्य देश के कवि नहीं मचा सके। खास कर सागर के तरन्नुम ने पूरी महफिल को कौतुक में डाल दिया। नतीजा यह हुआ कि फिनलेंड का एक कवि सागर से द्वेष करने लगा। एक शाम खाने-पीने के बाद हम लोग सिगरेट पी रहे थे, फिनलैंड का वह कवि भी पास ही शराब से धुत ऊँघ रहा था। सागर की ओर इशारा करके उसने मुझसे कहा, 'अगली बार जब मैं कवि-सम्मेलन में आऊँगा, तो जरूर अपनी वायलिन साथ लेता आऊँगा।'

यह बात जब मैंने सागर साहब को हिन्दी में समझाई, तो वे काफी बिगड़ उठे। पंडित जी बोले, 'इसमें बिगड़ने की क्या बात थी? सागर को कहना चाहिए था कि तुम अगर वायलिन लाओगे, तो अगली बार मैं तबला जरूर लेता आऊँगा।'

एक सुना-सुनाया किस्सा और बताने को जी चाहता है, मगर पूर्व इसके कि मैं इस किस्से को दर्ज करूँ, वाजिब यह है कि अपने मान्य मित्र पंडित महावीर त्यागी से माफी माँग लूँ, क्योंकि यह उन्हीं का भंडाफोड़ है।

बात उस समय की है जब भुवनेश्वर कांग्रेस के बाद पंडित जी ने त्यागी जी को मंत्रिमंडल में शामिल होने का ऑफर दिया था। त्यागी जी का कौल था कि अब वे 'मिनिस्टर ऑव् स्टेट' बनने को कतई तैयार नहीं हैं। विचार वे तभी करेंगे, जब ऑफर मंत्रिमंडल की पूरी सदस्यता का होगा। इसी खटपट के कारण त्यागी जी 1962 में मंत्रिमंडल में नहीं लिये गए थे।

इस बार जब पंडित जी ने पूरे मंत्रित्व का ऑफर दिया, तो त्यागी जी दुविधा में पड़ गए। विद्रोही का पद कुछ कम सुयश या अधिकार का पद नहीं है। इधर वर्षों से त्यागी जी पार्टी के 'डार्लिंग' रहे थे। यह सुयश वे खोना नहीं चाहते थे। साथ ही, मंत्रिमंडल की सदस्यता भी उन्हें आकर्षक दिखाई दे रही थी। इसलिए ऑफर कई दिनों तक अधर में झूलता रहा और त्यागी जी पंडित जी के सामने अपना दुलार छितराते रहे।

इसी दौर में त्यागी जी ने पंडित जी से एक दिन कहा, 'अब इस वजारत में मजा नहीं रहा जवाहरलाल। याद हैं वे दिन, जब बरेली जेल में तुम मुझे फ्रेंच पढ़ाते थे और जब मैं सही उच्चारण नहीं कर पाता था, तुम मुझे उल्लू, गधा, बेवकूफ, नालायक–सब कुछ कह डालते थे? बाद को जब मैं तुम्हारा मंत्री बना, तब भी तुमने मुझे नालायक और बेवकूफ कहना बन्द नहीं किया। वे मजे के दिन थे, वे मजे की बातें थीं। मगर अब तुम मुझे 'आप' और 'जनाब' कहकर सम्बोधन करते हो। इसलिए भीतर जोश नहीं रह गया है कि मैं तुम्हारा वजीर बनूँ।'

पंडित जी बीमार तो थे ही, मसनद के सहारे एक ओर को झुके लेटे थे। जब त्यागी जी ने अपनी रामायण बन्द की, पंडित जी बोले, 'भाई महावीर! अंग्रेजी में एक कहावत है कि जो बात सच हो, उसका मजाक नहीं बनाना चाहिए। इसीलिए अब मैंने तुम्हें उल्लू और गधा कहना छोड़ दिया है।'

फिर तो वह कहकहा लगा कि त्यागी जी की दुविधा काफूर हो गई और वे मंत्रिमंडल में शामिल हो गए।

6

पंडित जी अत्यन्त सभ्य मनुष्य थे। जो शिष्टता उनके पहनावे-ओढ़ावे और वार्तालाप में थी, वही शिष्टता उनके व्यवहार में भी दिखाई देती थी। मुलाकाती जब उनके कमरे में प्रवेश करते, वे कुर्सी से खड़े हो जाते थे और जब वे जाने लगते, पंडित जी उन्हें छोड़ने को दरवाजे तक अवश्य आते थे। बातें करते-करते जोश में आ जाना शायद उनके स्वभाव में था। कहते हैं, पहले गुस्से और जोश में वे ज्यादा आते थे, किन्तु प्रधानमंत्रित्व ने उन्हें पहले की अपेक्षा बहुत अधिक धीर बना दिया था। शिष्ट वे इतने थे कि अपने अनुगामियों के सारे कुचक्र को जानते हुए भी वे अपनी जानकारी उनसे छिपाए रहते थे। संसद में उन पर हमले काफी हुआ करते थे और जवाब में वे जब-तब बिगड़ते भी खूब थे, मगर बिगड़ने पर भी भाषा उनकी अहिंसक और शिष्ट ही रहती थी। अपनी झुँझलाहट वे गर्जन-तर्जन और भाव-भंगिमा में प्रकट करते थे, किन्तु उनके मुँह से निकलनेवाले शब्द कड़वे नहीं होते थे। अपना क्रोध जब वे मरियल-से मामूली शब्दों में व्यक्त करते, तब भी उनके गर्जन-तर्जन से प्रभावित होकर कांग्रेस-दल के लोग उनके समर्थन में तालियाँ बजाने लगते और इतने से ही विरोधी की प्रभा क्षीण हो जाती थी। जो बात अहिंसक होने के कारण जोर से बोलने लायक नहीं होती, उसे भी वे जोर से बोलकर अपना काम निकाल लेते थे।

शिष्टता, स्वच्छता और शान्ति उनकी वाणी और आचार तक ही सीमित नहीं थी। जहाँ वे काम करते थे, वहाँ का वातावरण भी हमेशा ही शीतल और शान्त रहता था। उनकी मेज मैंने कभी भी फाइलों से लदी नहीं देखी, न उस पर कभी मैंने कागजों का अम्बार देखा था। उनके सम्पर्क में काम करनेवाले अफसर भी शिष्ट और शान्त रहते थे। मैं उनसे पहले श्रीनिवास और बाद को श्री खन्ना के जरिये मिला करता था। किन्तु इन अफसरों के चेहरों पर भी मैंने कभी भी हैरानी, उजलत या घबराहट का भाव नहीं देखा। जिस वातावरण में जवाहरलाल काम करते थे, उसमें घबराहट, अधीरता, जल्दबाजी और अहंकार की बू भी नहीं थी। स्निग्ध, शीतल, सततप्रवाहिनी नदी के समान उस वातावरण की कर्मधारा अबाध गति से चलती रहती थी। जैसे पंडित जी के इर्द-गिर्द अधीरता नहीं रहती, वैसे ही उनके अफसरों के आसपास भी अधीरता और परेशानी का चिह्न नहीं था। प्रधानमंत्री से आपका मिलना कब होगा अथवा आप उनसे मिल पाएँगे या नहीं, इसकी सूचना अफसर मुलाकातियों को खोज कर देते थे।

मैं बराबर सोचता था कि जैसी मुस्तैदी प्रधानमंत्री के सचिवालय में है, वैसी ही मुस्तैदी अगर देश के सभी सचिवालयों में आ जाए, तो भारत स्वर्ग बन जाए और तब वह युद्धक्षेत्र में भी पराजित नहीं हो। देश की सारी समस्याएँ प्रधानमंत्री की समस्याएँ थीं। सरकार पर बरसनेवाला सारा आक्रोश जवाहरलाल पर आक्रोश था। निराशा, कटुता और अशान्ति की खबरें उन्हें आहत करती ही रहती थीं। तब भी उनका कार्यालय शान्त रहता था, मानो तूफान के हृदय में वह शान्ति का कोई नीड़ हो!

पंडित जी का अन्तर्मन पारद से बना हुआ था। उनकी आँखें पनीली-सी दिखाई देती थीं और उनके चेहरे का रंग बराबर बदलता रहता था। बातें करते समय कई बार मुझे महसूस हुआ था कि जिस जवाहरलाल से मैं मिलने आया हूँ, वह मेरे सामने मौजूद नहीं है। और तब भी पंडित जी मेरे सामने मौजूद होते और मेरी बातों का जवाब भी देते जाते थे। कई बार की चर्चाओं से मेरा मत बन गया था कि पंडित जी प्रस्तावों के विचार-पक्ष को तो बहुत जल्दी समझ जाते हैं, किन्तु उसके क्रियापक्ष अथवा तफसील में जाने की धीरता उनमें नहीं है। किन्तु संसद में सभी मंत्रियों की ओर से वे जिस तत्परता से उत्तर देते थे, उसे देखकर मैं चकित रह जाता था।

मेरा खयाल है, उन्हें देखकर कोई अजनबी पत्रकार भी यह बात आसानी से भाँप सकता था कि सारे कोलाहल के बीच जवाहरलाल पूर्ण रूप से एकाकी और निःसंग हैं। पता नहीं, यह गुण व्यक्ति का था या उस आसन का, जिस पर वे

आसीन थे! घर पर या दफ्तर के कमरे में जिस आदमी से वे काफी घुल-मिलकर बातें करते, सभाओं और पार्टियों में उसे वे इस प्रकार देखते, मानो उससे उनकी कोई जान-पहचान नहीं हो! अवश्य ही, ऐसा उस पद के कारण होता था जिस पर वे बैठे हुए थे। कहावत है कि एक व्यक्ति ने एक नवाब की नौकरी सिर्फ इस शर्त पर कबूल की थी कि वह वेतन नहीं लेगा, केवल दरबार में जब-तब नवाब के कानों में कुछ कह आएगा। जवाहरलाल सचेत शासक थे। जनता के समक्ष वे किसी भी व्यक्ति को अपने इतना समीप आने नहीं देते थे कि जनता उसे प्रधानमंत्री का खास दोस्त समझने लगे।

पंडित जी इतने कीर्तिमान हो गए थे कि उनके साथ फोटो खिंचवाने का लोभ योगियों को भी होता था; कवियों, लेखकों और सिनेमा के सितारों को भी होता था, और ये लोग जब ऐसा अनुरोध करते, तब पंडित जी यह मानकर फोटो के लिए तैयार हो जाते थे कि चलो, इनका अधिकार इन्हें दे दो। किन्तु इस प्रकार के फोटो नहीं खिंचवाने की उनके भीतर जो इच्छा थी, वह इस रूप में प्रकट होती थी कि ठीक समय पर वे अपना चेहरा झुका लेते थे, मानो वे यह दिखला रहे हों कि मैं फोटो में हूँ भी और नहीं भी हूँ।

एक बार लोकनृत्य करनेवाले एक देहाती-दल के साथ वे अपना फोटो खिंचवाने लगे। मंच पर और भी लोग थे, मगर वे पंडित जी के साथ नर्तकों की भीड़ में नहीं घुसे थे। फिर भी, ऐन मौके पर पंडित जी ने ऐलान किया, इस फोटो में और कोई आदमी शरीक नहीं होगा।

उनके एकाकीपन का कुछ कारण यह भी था कि उनके दोस्त एक-एक कर विदा हो गए थे और प्रधानमंत्री के पद से आदमी गवर्नरी, वजीरगीरी और एम्बेसेडरी भले बाँट ले, मगर नये लोगों के साथ दोस्ती वह कायम नहीं कर सकता। उनके सामने दोस्त बनकर जानेवाले लोग कम थे। ज्यादा लोग प्रार्थी होकर ही जाते थे। इसीलिए जो व्यक्ति उनके साथ बराबरी का भाव लेकर उनसे मिलता, अपनी गरज की बात न करके सार्वजनिक कार्यों के प्रसंग में उन्हें खरी-खोटी सुनाता अथवा उनका जी बहलाने को गुदगुदानेवाली बातें कहता, उससे वे खुश रहा करते थे और जनता के समक्ष भी ऐसे लोगों से दो बातें कर लेने में उन्हें उज्र नहीं होता था। मगर जिसके सामने वे अपना हृदय खोल सकें, ऐसा व्यक्ति दिल्ली में शायद नहीं था। प्रधानमंत्री होने के बाद जवाहरलाल पूर्ण रूप से मित्रहीन हो गए थे, ऐसा मेरा विश्वास है।

सरदार पटेल से जवाहरलाल जी की मित्रता नहीं थी, केवल साथी का सम्बन्ध था। मौलाना से दोस्ती जरूर थी, मगर बीच में सरकारी तंत्र के आ

पड़ने से इस दोस्ती की धारा दिनोंदिन सूखती गई। जहाँ तक स्वर्गीय गोविन्दवल्लभ पन्त का प्रश्न है, यह बात एक कहानी से प्रत्यक्ष हो जाती है कि उनका पंडित जी के साथ किस प्रकार का सम्बन्ध था।

बात यह हुई कि जब कृष्णमाचारी साहब पहली बार भारत के वित्तमंत्री हुए, उन्होंने फालतू खर्च को बन्द करने की एक योजना बनाई। इस योजना में जितने संगठनों के नाम थे, उनमें एक ऐसा विभाग भी था, जिसे कृष्णमाचारी जी तो फालतू समझते थे, किन्तु अफवाह थी कि प्रधानमंत्री उसे उपयोगी समझते हैं। अतएव कृष्णमाचारी ने अपनी कठिनाई पन्त जी को समझाई और उन्हें इस बात पर राजी कर लिया कि प्रधानमंत्री के सामने वे वित्तमंत्री की योजना का पूरा समर्थन करेंगे।

निदान, दोनों मंत्री प्रधानमंत्री की सेवा में उपस्थित हुए। पंडित जी ने वित्तमंत्री की सारी बातें तो मान लीं; किन्तु जिस विभाग के बारे में शंका थी, उस पर पेंसिल रखते हुए उन्होंने पूछा, 'यह संस्था तो अच्छा काम कर रही है। इसे क्यों काटते हैं?'

पन्त जी ने कहा, 'हाँ, मैंने भी सुना है कि यह संस्था अच्छा काम कर रही है। टी.टी. चाहें तो इसे चलने दें।'

बेचारे कृष्णमाचारी जी अवाक् रह गए। जब वे प्रधानमंत्री के दफ्तर से पन्त जी के साथ विदा हुए, उन्होंने कहा, 'पन्त जी! आपने तो आज मुझे बिलकुल निराश कर दिया।'

पन्त जी मूँछों में मुसकराते हुए बोले, 'अरे भाई, बात तो तुम्हारी ही ठीक थी। मगर जब जवाहरलाल जी कोई बात पकड़ लें, तो क्या किया जाए? चालीस वर्षों के भीतर उन्हें कभी नाहीं कही है कि आज कहूँ?'

शासन चलाने का काम कठोरता का काम है। शरीफ आदमी किसी को भी 'नहीं' नहीं कहना चाहता। कोमल प्रकृति का मनुष्य सबको खुश रखना चाहता है। किन्तु ज्यादा शराफत और नर्मी, ये शासक के दोष होते हैं। यही कारण है कि जजों के हृदय में कविता नहीं जीती और शासकों का ध्यान ऊँची मानवता के ध्येयों से हट जाता है। सम्राट होने पर भी अशोक और अकबर मानवीय गुणों से युक्त थे। इसका एक कारण तो यह था कि जन्मना ये लोग बहुत बड़े आदमी थे। दूसरा यह कि उन दिनों शासन के कामों में उतनी गुत्थियाँ नहीं थीं, जितनी आज हैं।

यह शासकीय कठोरता पंडित जी के भीतर भी आ गई थी। अगर बात अव्यावहारिक अथवा उन्हें नापसन्द हो, तो बड़े-से-बड़े लोगों को, अपने

नजदीकी-से-नजदीकी आदमियों को भी वे नाहीं कह सकते थे। कभी-कभी ऐसा भी होता था कि कहनेवाला अपनी बातें कह रहा है, मगर पंडित जी खिड़की की ओर देख रहे हैं अथवा मन से किसी अन्य धरातल पर विचरण कर रहे हैं अथवा विदाई का इशारा करने को अपनी घड़ी की ओर नजर डाल रहे हैं।

जिसके हाथ में देने लायक वस्तु केवल गवर्नरी, मिनिस्ट्री और एम्बेसेडरी हो, जिसके मिलनेवाले अधिकांश लोग प्रार्थना-पत्र लेकर आते हों, जिसके भ्रू-संचालन मात्र से लोगों की किस्मतें बन और बिगड़ सकती हों, भूखे छोकरे जिस पर फूल बरसाते हों और नंगी-भूखी जनता जिसका जयकार करती हो, ऐसा आदमी अगर ऊँची मानवता के गुणों को न भूले, तो इसे ईश्वर की अपार कृपा ही समझनी चाहिए। इतनी भीषण सिद्धियों के बीच रहकर भी पंडित जी का विचारक रूप मूर्च्छित नहीं हुआ, उनका कवि रूप सही-सलामत जीता रहा और उनके भीतर जीवन के अन्तिम ध्येय की खोज चलती रही, ये बातें बतलाती हैं कि यह मनुष्य सचमुच ही महान था।

जनता ने पंडित जी को सभी अधिकार दे दिये थे, अपनी किस्मत उनके हाथ में सौंप दी थी; किन्तु उन्होंने अधिकारों का दुरुपयोग नहीं किया। इससे उनके प्रति जनता का विश्वास और भी गहरा हो गया।

दार्शनिक जवाहरलाल और शासक जवाहरलाल एक-दूसरे से परिचित होने पर भी परस्पर मित्र नहीं थे। पंडित जी की क्षण-क्षण बदलती हुई मुद्राएँ, लोगों से मिलते समय अनेक धरातलों पर उनका आना-जाना और अपनी सरकार के विरुद्ध आप ही उबल पड़ने की उनकी बान, ये और कुछ नहीं, चिन्तक और शासक के बीच के निरन्तर द्वन्द्व के चिह्न थे।

किन्तु अत्यन्त सज्जन और शिष्ट होते हुए भी पंडित जी विनम्र नहीं थे। उनके भीतर के हिंसक तेज को गांधी जी ने कम कर दिया था, बहुत ही कम कर दिया था। किन्तु विनम्रता गांधी-धर्म नहीं है। विनम्र न तो गांधी जी थे, न विनोबा जी हैं। तेजस्विता के साथ कदाचित् विनम्रता का कोई खास मेल नहीं है। अहिंसा केवल दूध और बताशा नहीं है। वह इस्पात के समान कड़ी भी हो सकती है।

पंडित जी प्रकृति-प्रदत्त दुर्लभ गुणों को लेकर राजा के घर में जनमे थे। उनका हर ध्येय उन्हें प्राप्त होता गया, उनकी प्रत्येक इच्छा पूरी होती गई। वे अपने गुणों को पहचानते थे। किन्तु वे इतने जागरूक थे कि अपनी सीमाओं का भी वे पता लगाते रहते थे और हद से बाहर जाने की गलती नहीं करते थे।

अपनी सीमाओं का ज्ञान भी मनुष्य को थोड़ा झुका देता है। बस, इतनी ही विनम्रता पंडित जी में थी। महात्मा गांधी को छोड़कर अपने से श्रेष्ठ उन्होंने किसी को भी नहीं समझा और विचारों में भी गांधी के ही विचार थे, जिनके सामने पंडित जी झुक जाते थे।

दुनिया में शान्ति का पक्ष लेकर उन्होंने बड़े-बड़े काम किए। किन्तु जब संसार उन्हें और भारत को इस भाव से देखने को उद्यत हुआ कि शायद यह आदमी कोई सन्देश लेकर आया है अथवा इस देश के आगे कोई मिशन है, जिसे चरितार्थ करने को यह काम कर रहा है, तब पंडित जी अपनी सीमाओं से अवगत हो गए और अनेक विदेशी पत्रकारों से उन्होंने कहा, 'नहीं, मेरे आगे कोई ध्येय नहीं है, न भारत किसी मिशन को लेकर परेशान है। हमें हक क्या है कि किसी मिशन की ओर सारी दुनिया को हाँकने का प्रयत्न करें? हम सोच-समझकर एक कदम उठाते हैं और खयाल रखते हैं कि हमारा कदम सही हो। इससे आगे हमारा कोई ध्येय नहीं है।'

यह विनम्रता स्वभाव से नहीं, स्पष्ट ही सीमा-ज्ञान से उत्पन्न हुई थी।

7

मोनिका फेल्टन ने लिखा है कि एक दिन उन्होंने राजा जी से कहा, 'यदि मैं आपकी और जवाहरलाल जी की माँ हुई होती, तो दोनों के माथों को एक-दूसरे से टकरा देती और कहती कि तुम दोनों बहस करना छोड़कर आपस में गले मिलो और साथ मिलकर काम करो। क्योंकि तुममें से एक के पास जो गुण है, वह दूसरे के पास नहीं है और तुम दोनों मिल जाओ तो इससे अच्छी और कोई बात नहीं हो सकती।'

राजा जी ने उत्तर दिया, 'इससे मिलती-जुलती सलाह कई लोगों ने भेजी है। मगर अब तो बहुत देर हो गई। हमारे प्रधानमंत्री एक ऐसी जगह पर पहुँच गए हैं, जहाँ वे अपना विचार नहीं बदल सकते। उन्हें यह सोचने की आदत पड़ गई है कि जो कुछ हमें करना है, जल्दी कर डालना चाहिए। और मेरा हाल यह है कि मैं सार्वजनिक जीवन में अब वापस नहीं होना चाहता।'

राजा जी ने यह भी कहा कि 'अब मैं दिल्ली लौटने को तैयार नहीं हूँ। जब मैंने दिल्ली छोड़ी, उस समय झगड़ा नहीं था। मैंने इस्तीफा इसलिए दिया था कि मैं बीमार था। अगर मैं नेहरू जी को यह लिखूँ कि दिल्ली के बिना मेरा जी नहीं लगता है, तो वे मुझे अवश्य बुला लेंगे, मगर मैं जाना नहीं चाहता।'

यह कथा ’56 या ’57 की होगी। सन् 1953 में मैं एक बार मद्रास गया और कई स्थानों पर घूमा तथा कई तरह के लोगों से मैंने बातचीत की। कड़गम आन्दोलन उस समय उतने जोर पर नहीं था। राजा जी मद्रास के मुख्यमंत्री और श्री श्रीप्रकाश राज्यपाल थे। तब भी मुझे लगा, चीजें गलत रास्ते जा सकती हैं। अतएव दिल्ली लौटने पर मैंने प्रधानमंत्री से भेंट की और अपना अनुभव उन्हें बताया। देश की एकता के जो खतरे मुझे दिखाई पड़े थे, उनकी ओर पंडित जी का भी ध्यान था। मगर मैंने जब यह कहा कि राजा जी इस युग के प्रखर चिन्तकों में से हैं; वे मद्रास रहें और दिल्ली से उनका सम्बन्ध कट जाए, इसमें मुझे हानि की आशंका दिखाई देती है, तब वे बोले, ‘मगर, राजा जी मुझसे तो नाराज नहीं हैं। वे तो मुझे प्यार करते हैं।’

इतना कहकर पंडित जी उठे और एक फाइल में से एक अन्तर्देशीय पत्र लाकर उन्होंने मेरे हाथ में रख दिया। उससे कुछ दिन पूर्व पंडित जी मद्रास गए हुए थे और चिदम्बरम् में भाषण करते हुए उन्होंने कहा था, ‘राजा जी देश के श्रेष्ठतम पुरुष हैं। सौभाग्य की बात है कि मद्रास पर हुकूमत आज उस आदमी की है, जो हममें से सबसे अधिक बुद्धिमान है।’

राजा जी को जब अखबार में यह खबर पढ़ने को मिली, वे प्रसन्न हो गए। उसी प्रसन्नता में भरकर उन्होंने पंडित जी को यह प्यारा पत्र लिखा था : ‘तुमने हमेशा ही मुझे पिता तुल्य समझा है और तुम मेरे कितने अच्छे पुत्र हो!’

पीछे जब राजा जी ने स्वतंत्र दल की स्थापना करके कांग्रेस के खिलाफ युद्ध की घोषणा कर दी, मैं पंडित जी के पास फिर गया और बोला, ‘सन् 1953 में मैंने राजा जी को दिल्ली रखने की जो प्रार्थना की थी, वह याद है पंडित जी? आपने एक अन्तर्देशीय पत्र दिखाकर यह कहा था कि राजा जी और चाहे जिससे भी नाराज हों, आपको वे प्यार करते हैं, मगर आज तकलीफ वे किसे दे रहे हैं?’

पंडित जी मुसकरा पड़े, बोले, ‘तकलीफ तो मुझे और कामराज को ही दे रहे हैं, बल्कि यह समझो कि मुझसे भी ज्यादा कामराज को।’

मोनिका की किताब में राजा जी ने एकाधिक बार स्वीकार किया है कि ‘नेहरू और मैं दोस्त हैं, बहुत गहरे दोस्त हैं। मगर इसके मानी ये नहीं हैं कि नेहरू गलती करें और मैं उन्हें टोकूँ भी नहीं।’

मोनिका की किताब में एक फोटो भी है, जिसमें राजा जी पंडित जी के गालों को थपथपा रहे हैं और इस नजारे का लुत्फ लेते हुए डॉक्टर राधाकृष्णन आनन्द की मुद्रा में खड़े हैं।

सन् 1956 ई. में जब राजभाषा-आयोग मद्रास पहुँचा, तब उसके समक्ष अपना बयान देने को राजा जी भी पधारे थे। पीछे नवीन जी का और मेरा यह विचार हुआ कि मद्रास छोड़ने के पूर्व हमें राजा जी का चरण-स्पर्श अवश्य कर लेना चाहिए। हम दोनों उनकी सेवा में जब उपस्थित हुए, राजा जी वाल्मीकीय रामायण खोले हुए बैठे थे।

मैंने प्रश्न किया, 'कौन पुस्तक है श्रीमन्?'

राजा जी बोले, 'रामायण है, रामायण! यह संसार की सबसे अच्छी पुस्तक है। तो फिर और कोई पुस्तक मैं क्यों पढ़ूँ?'

शीघ्र ही वार्तालाप का विषय भाषावार प्रान्तों के संगठन की ओर मुड़ गया। राजा जी का विचार था कि प्रान्तों का पुनःसंगठन भाषाओं के आधार पर नहीं होना चाहिए। इससे देश में विच्छिन्नता को उत्तेजना मिलेगी। उन्होंने यह भी कहा कि आप लोग जब दिल्ली जाएँ, प्रधानमंत्री को समझाने की कोशिश करें कि यह काम गलत हो रहा है।

मैंने निवेदन किया, 'यह काम हम लोगों के लिए बहुत भारी है। आप खुद दिल्ली चलें, तो पंडित जी समझ सकते हैं।'

राजा जी बोले, 'मेरा तो स्वास्थ्य अच्छा नहीं है। मैं अभी दिल्ली जाने का समय नहीं निकाल सकता।'

मैंने कहा, 'तो कोई पत्र ही दे दीजिए। हम प्रधानमंत्री को दे देंगे।'

राजा जी इससे भी कटकर निकल गए। बोले, 'ऐसे सवाल पत्रों से हल नहीं होते। इस विषय में दूसरा प्रश्न हो सकता है, तीसरा प्रश्न हो सकता है, चौथा प्रश्न हो सकता है। मैं इतने प्रश्नों का समाधान करने को कितनी चिट्ठियाँ लिखता रहूँगा?'

निदान, मैंने निवेदन किया, 'तो श्रीमन्! उचित यह होगा कि हम दिल्ली पहुँचकर पंडित जी से कहें कि राजा जी ने आपको बुलाया है। मेरा खयाल है, वे जल्दी ही हवाई जहाज से मद्रास आ जाएँगे।'

सुनते ही राजा जी त्राहि-त्राहि की मुद्रा में आ गए और दोनों हाथों को उठाकर उन्होंने कहा, 'न, न, ऐसा काम हरगिज नहीं करना। वहाँ तुम लोग जी-हुजूरी करनेवालों (यस-मैन) की खोज में रहते हो और अब तो सबसे वजनदार यस-मैन दिल्ली आ गया है (यू हैव गॉट द हेवियेस्ट यस-मैन इन डेलही)।'

राजा जी का स्पष्ट संकेत पंडित गोविन्दवल्लभ पन्त की ओर था, अतएव हम दोनों ठठाकर हँस पड़े। इस पर राजा जी ने हमें और भी सावधान करते हुए

कहा, 'खबरदार, इस मजाक को दिल्ली मत ले जाना।' और, इस तम्बीह ने हमारी हँसी को कुछ और तेज कर दिया।

अब नवीन जी जीवित नहीं हैं। पन्त जी और पंडित जी भी धरा-धाम से कूच कर चुके हैं। मेरा खयाल है, इतने दिनों तक इस मजाक को पचाकर मैंने राजा जी के प्रति अपने दायित्व का पालन कर दिया है।

राजा जी का दिल्ली से हट जाना देश के लिए कठिनाई की बात हो गई। तब भी राजा जी के प्रति पंडित जी के प्रेम-भाव में कोई फर्क नहीं पड़ा। जब राजा जी स्वतंत्र-दल का जलसा करने को दिल्ली पधारे, तब प्रधानमंत्री के घर राजा जी को जाना नहीं पड़ा, पंडित जी ही राजा जी से मिलने को उनके वास-स्थान पर गए थे। राजा जी ने शील का निर्वाह करते हुए कहा, 'आपने तकलीफ क्यों की? मैं खुद आपके घर आनेवाला था।'

पंडित जी बोले, 'मैं तो राजा जी, सिर्फ यह देखने को आया हूँ कि आप कितने नौजवान हो गए हैं!' व्यंग्य शायद यह था कि इस उम्र में आपने यह तूफान क्या खड़ा कर रखा है!

दिल्ली में जो अणुबम-विरोधी सम्मेलन हुआ, उसमें तीनों दिन राजा जी और जवाहरलाल अगल-बगल मंच पर शोभायमान रहे। उन दिनों यही दिखाई पड़ता था, मानो दोनों के बीच तनिक भी मनोमालिन्य नहीं हो। ऐसा हुआ कि इस सम्मेलन में मेरा भाषण राजा जी के तनिक खिलाफ हुआ। जब मैं बोलने लगा, राजा जी पंडित जी से कुछ पूछने की मुद्रा में दिखाई पड़े। पीछे पंडित जी ने मुझे बताया, 'वे पूछ रहे थे कि यह नौजवान कौन है?'

मैंने पूछा, 'आपने क्या कहा?'

बोले, 'कहता क्या, तुम्हारी भरपूर शिकायत कर दी।'

अणुबम-विरोधी सम्मेलन का सन्देश लेकर राजा जी ने यूरोप और अमरीका की शान्ति-यात्रा की और उन महादेशों से लौटने के बाद उन्होंने प्रधानमंत्री से मिलकर उन्हें यह बताया कि किस देश की हवा कैसी है। जब चीन ने भारत पर आक्रमण किया, तब भी राजा जी प्रधानमंत्री से मिलने को दिल्ली आए थे। उन्होंने ही पंडित जी को यह सलाह दी थी कि अमरीका की पूरी मदद के बिना इस संकट से निस्तार पाना मुश्किल है। और उन्हीं से पंडित जी ने कहा था : 'इस हमले का मुकाबला मैं पूरे होश-हवास से कर रहा हूँ। हमें चीन का सामना भी करना है और अपनी आजादी को रेहन होने से भी बचाना है।'

मैं पहले भी सोचता था और आज भी सोचता हूँ कि राजा जी के विरुद्ध हो जाने से कांग्रेस सरकार की कठिनाइयों में वृद्धि हो गई। राजा जी अकेले एक

राष्ट्र के समान हैं। आज शाम को वे जो कुछ लिखते हैं, परसों शाम तक उसका विश्वव्यापी प्रचार हो जाता है। कम्यूनिस्टों के वे विरोधी हैं, किन्तु एक समय अपनी इज्जत बढ़ाने के लिए कम्यूनिस्ट उनके तलुवे चाटने को बेकरार थे। स्वतंत्र-दल कांग्रेस के भी दायें रहने को जनमा था, मगर उसके जन्मोत्सव के जलसे में शिरकत जयप्रकाश जी ने भी दी थी। यह सब राजा जी के व्यक्तित्व का चमत्कार है। और लोग धन और प्रभुता के कारण पूजे जाते हैं। राजा जी की सार्वभौम पूजा का कारण उनकी अद्भुत मेधा है।

नवीन जी से मैं अक्सर पूछता था, 'क्या आपको यह बात नहीं अखरती है कि राजा जी अभी जीवित हैं, मगर दिल्ली उनके बिना ही चल रही है? क्या कारण है कि राजा जी को लेकर जो बेचैनी मेरे हृदय में उठती है, वह और किसी के भीतर नहीं दिखाई देती?'

नवीन जी ने कहा, 'यह रहस्य तुम तब समझते, अगर तुम उस समय संसद में आए होते, जब राजा जी यहाँ मंत्री थे। जब वे राजनीतिज्ञों के बीच प्रवेश करते थे, तब ऐसा दिखाई देता था, मानो कोई महामहोपाध्याय भंगी-कॉलोनी में आ गया हो!'

8

पंडित जवाहरलाल नेहरू धर्म के आदमी हैं या नहीं, वे ईश्वर में विश्वास करते हैं या नहीं—इस विषय की जिज्ञासा लोगों के भीतर बराबर चला करती थी। और जीवन-भर में जवाहरलाल जी ने एक बार भी नहीं कहा कि मैं धर्म का आदमी हूँ। आश्चर्य की बात यह है कि तब भी वे भारतीय जनता के बीच उस प्रकार पूजित हुए, जिस प्रकार और कोई भी व्यक्ति पूजित नहीं हुआ था। बुद्ध, अशोक, शंकराचार्य, सन्त चिश्ती, कबीर, तुलसी, शिवाजी, गुरु गोविन्द, परमहंस रामकृष्ण, स्वामी विवेकानन्द, श्री अरविन्द, रमण महर्षि और गांधी—इन महापुरुषों को भारतीय जनता ने जो सम्मान दिया, वह सम्मान उसने किसी भारतीय को नहीं दिया। किन्तु इन सभी महापुरुषों को जनता का प्रेम उनके धर्म-प्रेम के कारण प्राप्त हुआ था। भारत के इतिहास में जवाहरलाल पहले व्यक्ति हैं, जिन्हें जनता का प्यार धर्म के लिए नहीं, धर्मनिरपेक्ष यानी 'सेक्युलर' गुणों के कारण प्राप्त हुआ।

धर्म और संस्कृति सर्वत्र एक-दूसरे से भिन्न नहीं हैं। कितने ही क्षेत्रों में धर्म और संस्कृति के बीच विभाजन की रेखा स्पष्ट खींची जा सकती है, किन्तु कुछ

क्षेत्र ऐसे भी हैं जहाँ धर्म और संस्कृति एक हैं। संस्कृति के बहुत-से कार्य ऐसे हैं, जो किसी भी तरह धर्म के कृत्य नहीं कहे जा सकते। बहुत-से सांस्कृतिक कार्यक्रम तो धर्म के विरुद्ध पड़ते हैं। किन्तु धर्म का कोई भी काम ऐसा नहीं है, जो सांस्कृतिक कर्म नहीं हो।

जब से भारतवर्ष ने अपने-आपको धर्मनिरपेक्ष घोषित किया है, वह इस कठिनाई में फँस गया है कि कौन कार्य धर्म का है और कौन निरी संस्कृति का। बुद्ध की दो हजार पाँच सौवीं जयन्ती मनाने की योजना इसलिए निरापद समझी गई कि वह सांस्कृतिक कार्य था अथवा यह कि इस देश में बौद्धों की संख्या इतनी भी नहीं है कि वे एक अच्छे अल्पसंख्यक का पद पा सकें। किन्तु साहित्य अकादमी में मैंने जब यह प्रस्ताव रखा कि विवेकानन्द की शतवार्षिकी के समय अकादमी को भी कुछ काम करना चाहिए, तब भारतीय साहित्यकारों की सभा धर्मसंकट में पड़ गई और संस्कृति मंत्रालय की यह मंत्रणा कारगर हो गई कि धर्म के नेताओं की जयन्तियाँ मनाना धर्मनिरपेक्ष राष्ट्र की नीति के प्रतिकूल है।

साल-दो साल पहले जवाहरलाल जी लखनऊ में स्वामी दयानन्द से सम्बन्धित किसी उत्सव में सम्मिलित हुए थे। अवश्य ही वहाँ उन्होंने धर्म और संस्कृति का विभाजन करनेवाली रेखा का ध्यान रखा होगा। किन्तु एक बार जैन लोग दिल्ली में अपना सम्मेलन करने लगे, तब उनका ध्यान पंडित जी की ओर गया और उन्होंने चाहा कि पंडित जी उनकी सभा का उद्‌घाटन कर दें। मैंने सेठ अचलसिंह से कहा कि पंडित जी इस सम्मेलन में नहीं जाएँगे, ऐसा मुझे मालूम होता है। फिर भी उन्होंने माना नहीं और अपने शिष्टमंडल के साथ पंडित जी के पास वे मुझे भी खींच ले गए। पंडित जी ने साफ-साफ कह दिया, 'मैं राजनीतिज्ञ हूँ। धर्म को मैं तभी पास आने दूँगा, जब वह राजनीति की पोशाक में हो। मैं आपके सम्मेलन में नहीं जाऊँगा।'

यह संस्कार उन्हें अपने पिता से मिला था। श्रीयुत प्यारेलाल जी ने लिखा है कि एक बार गांधी जी जब जुहू पर विश्राम कर रहे थे, पंडित मोतीलाल उनसे मिलने को आए। एक दिन मोतीलाल जी समुद्र के किनारे हवाखोरी को निकले, तो श्री प्यारेलाल भी उनके साथ थे। चलते-चलते मोतीलाल जी अचानक रुक गए और दूर पर खड़े एक लम्बे ताड़-वृक्ष को देखकर बोले, 'बस, पेड़ों में यह पेड़ महात्मा है। सभी पेड़ों से ऊपर गरदन उठाए यह किस शान से खड़ा है! महात्मा जी से मैंने कह दिया है कि मैं उनके ईश्वर में विश्वास नहीं करता और कम-से-कम इस जीवन में तो नहीं ही करूँगा। मैं राजनीतिज्ञ हूँ। मगर कठिनाई यह है कि हमारे अखाड़े में ही गांधी जी हमें पछाड़ देते हैं।'

तब भी लोग पंडित जी को धार्मिक समझते थे, क्योंकि वे लोभी नहीं थे, अपना धन जोड़ने की गरज उनमें नहीं थी, दूसरों के दुख में शामिल होने को उन्होंने अपना सुख छोड़ दिया था और गांधी जी की दृष्टि में वे 'स्फटिक के समान स्वच्छ' थे। गांधी जी की मान्यता थी कि 'गरचे जवाहरलाल हमेशा यही कहता है कि ईश्वर में उसका विश्वास नहीं है, मगर मेरे जानते बहुत-से पुजारियों की अपेक्षा वह ईश्वर के अधिक समीप है।'

मौलाना मोहम्मद अली की आदत थी कि कांग्रेस की बहसों में और यदा-कदा उसके प्रस्तावों में भी वे ईश्वर का नाम अवश्य घुसेड़ देते थे। उन्होंने भी एक बार कहा था, 'जवाहरलाल ख़ुदा की चाहे जितनी भी मुख़ालफत करे, मगर मैं जानता हूँ कि दिल से वह मजहब-परस्त है।'

पंडित जी ने मौलाना मोहम्मद अली की इस उक्ति पर टिप्पणी करते हुए लिखा है : 'मैं नहीं जानता कि मौलाना के इस कथन में सच्चाई का कितना अंश था। यह शायद इस बात पर निर्भर करता है कि धर्म से हमारा अभिप्राय क्या होता है।'

इस अभिप्राय का स्पष्टीकरण एक स्थल पर श्री श्रीप्रकाश जी ने किया है : 'जवाहरलाल जी धार्मिक भले नहीं हों, किन्तु कर्तव्य के प्रति वे निष्ठावान हैं और संस्कृत में धर्म शब्द धर्म और कर्तव्य, दोनों का वाचक है।'

बचपन में पंडित जी के शिक्षक मिस्टर ब्रुक्स थे, जो थियोसाफिस्ट थे। थियोसाफी आन्दोलन के साथ उन दिनों पंडित मोतीलाल जी भी थे। अतएव स्वाभाविक था कि जवाहरलाल जी भी उसकी ओर झुकें। लगभग 13 साल की उम्र में पंडित जी ने थियोसाफी आन्दोलन में सम्मिलित होने की इच्छा प्रकट की थी, मगर उस समय तक मोतीलाल जी का थियोसाफी विषयक उत्साह शिथिल हो चुका था। फिर भी उन्होंने अपने बच्चे को थियोसाफी में जाने की आज्ञा दे दी। यह बात और है कि पंडित जी का भी थियोसाफी विषयक उत्साह टिकाऊ साबित नहीं हुआ।

श्री फ्रैंक मोरास की किताब में इस बात का दो-एक स्थानों पर उल्लेख है कि पंडित जी अनेक बार आकाश में उड़ने का स्वप्न देखा करते थे। भारतीय स्वप्न-विचार के अनुसार आकाश में उड़ने का स्वप्न वही व्यक्ति देखता है, जिसका आध्यात्मिक उत्थान समीप हो। किन्तु पाश्चात्य स्वप्न-गणना के अनुसार आकाश-उड्डयन उच्चाभिलाषा का प्रतीक है। ऐसे स्वप्न चढ़ती जवानी में अनेक लोग देखा करते हैं।

गांधी जी के सम्पर्क में आने के बाद पंडित जी ने आमिष खाना छोड़ दिया था। किन्तु कई लेखकों ने जो यह लिखा है कि जवाहरलाल तब से निरामिषभोजी

हो गए थे, वह बात ठीक नहीं है। प्रधानमंत्रित्व के समय मैंने उन्हें कई बार अंडे और मुर्गी खाते देखा था। मगर बात ठीक है कि मांस वे बहुत ही थोड़ा खाते थे। वैसे उनकी भोजन की मात्रा भी अत्यन्त न्यून थी। जब वे निरामिषभोजी हो गए, तब भी वे यह स्वीकार नहीं करते थे कि मांस उन्होंने धार्मिक भावों के कारण छोड़ा है, बल्कि इसलिए कि सुरुचि और सौन्दर्यबोध की दृष्टि से आमिष भोजन थोड़ा भद्दा-सा काम है।

असहयोग आन्दोलन के आरम्भ होने पर मोतीलाल जी की इच्छा थी कि जवाहर सिगरेट पीना छोड़ दे, तो इससे जेल-जीवन की कठोरता झेलने में उसे सहूलियत होगी। गांधी जी के सम्पर्क में आने के बाद जवाहरलाल जी ने कुछ दिनों के लिए सिगरेट पीना छोड़ भी दिया था; किन्तु सिगरेट पर वे फिर आ गए थे।

सिगरेट एक ऐसी चीज है, जो मनुष्य के संकल्प को कमजोर कर देती है। पंडित जी भी सिगरेट छोड़ देना चाहते थे; किन्तु वह उनसे छूटती नहीं थी। इधर कई वर्षों से सिगरेट के साथ वे एक छोटी-सी कैंची रखा करते थे और सिगरेट को काटकर उसका आधा भाग होल्डर में लगाकर पीते थे। एक बार मैंने उनसे पूछा था, 'पंडित जी, यह क्या कौतुक है?'

वे बोले, 'जितनी ही कम हो जाए।'

मैंने मन-ही-मन अधर पर सुलगनेवाली देवी के प्रति सिर झुकाया, 'हे महामाये! आपके सामने नेहरू जैसे प्रतापी पुरुष का संकल्प भी व्यर्थ है। आपको नमस्कार करता हूँ।'

गांधी जी जो बार-बार ईश्वर की दुहाई देते थे, यह बात पंडित जी की समझ में नहीं आती थी, न वे यही समझते थे कि गांधी जी जिसे आत्मा की आवाज (इनर वोआयस) कहते हैं, वह क्या चीज है। रैमजे मैकडोनाल्ड के साम्प्रदायिक एवार्ड के खिलाफ गांधी जी ने जो आमरण उपवास आरम्भ किया था, उसकी सूचना जवाहरलाल जी को जेल में मिली थी। उन्हें लगा : 'अंग्रेज झुकनेवाले नहीं हैं, इसलिए गांधी जी इस उपवास से नहीं उबरेंगे। फिर भी हमें हर मृत्यु के लिए तैयार रहना चाहिए और गांधी जी की मृत्यु इसका अपवाद नहीं है।'

फिर वे गांधी जी की आन्तरिक आवाज पर सोचने लगे : 'शॉक देने की कला में गांधी जी बेजोड़ हैं। मगर कैसी विचित्र बात है कि उपवास किस तारीख से आरम्भ किया जाए, यह बात भी उन्हें ईश्वर ही बता देते हैं!'

सन् 1940 ई. में जब देश में काफी निराशा और बेचैनी छाई हुई थी, जवाहरलाल जी गांधी जी से मिलने को वर्धा गए थे। जब वे आश्रम से विदा

होने लगे, उन्होंने माता कस्तूरबा को प्रणाम किया। बा ने आशीर्वाद दिया, 'भगवान तुम्हारा कल्याण करें।'

पंडित जी बोले, 'भगवान हैं कहाँ बा? अगर हैं तो नींद में सोए हुए हैं।'

बा बेचारी यह बात सुनकर दंग रह गईं।

बिहार के भीषण भूकम्प के समय (सन् 1934 ई.) गांधी जी ने कहा, 'यह भूकम्प इसलिए आया है कि भगवान हमें छुआछूत के पाप का दंड देना चाहते हैं।'

रवीन्द्रनाथ ठाकुर ने गांधी जी की इस उक्ति का जोरों से खंडन किया और यह कहा कि विज्ञान के नियमों से चलनेवाले पार्थिव उत्पात को पाप का दंड बनाना जनता में अन्धविश्वास फैलाना है, संसार के सामने अपने-आपको हास्यास्पद बताना है।

जवाहरलाल जी ने इस विवाद में साथ गांधी जी का नहीं, रवीन्द्रनाथ का दिया था। गांधी जी ने 'हरिजन' में उत्तर दिया : 'बड़े-से-बड़े वैज्ञानिक भी ईश्वर के सामने धूलिकण के समान हैं।'

बिहार में भूकम्प 15 जनवरी को हुआ था। उसी साल एक जून को क्वेटा में भयानक भूकम्प आया, जिसमें कोई पच्चीस हजार आदमी मर गए। गांधी जी को रवीन्द्र और नेहरू से अपने मतभेद की बात याद थी। अतएव इस बार उन्होंने यह कहा कि 'यह भूकम्प हमें प्रार्थना में झुकाने को आया है। सब लोग भगवान के समक्ष प्रार्थना में मस्तक नवाएँ।'

पंडित जी ईश्वर में विश्वास करते थे या नहीं, यह समझने का अवसर मुझे कभी नहीं मिला। फ्रैंक मोरास का अनुमान है कि पंडित जी का धर्म शायद लाओत्से के ताओ-धर्म के समान था। किन्तु ताओ-धर्म क्या है? लाओत्से रहस्यवादी थे। अपने एकमात्र ग्रन्थ ताओ-ते-किङ में उन्होंने लिखा है : 'जो ताओ (यानी पन्थ) भाषा में कहा जा सकता है, वह असली ताओ नहीं है। ताओ वह है, जो पहले निराकार था और जिससे सभी आकार प्रकट हुए हैं। संसार की सारी वस्तुएँ अस्तित्व में से निकली हैं; किन्तु अस्तित्व का विकास अनस्तित्व के भीतर से हुआ है।'

पंडित जी रहस्यवादी नहीं थे; किन्तु धर्म के प्रति विरोध का भाव उनमें न्यून पड़ता जा रहा था। कारण यह था कि वे ईमानदार आदमी थे और दुनिया को विज्ञान की राह से समझना चाहते थे। जैसे-जैसे मार्क्स के सिद्धान्त काल के 'गियर' से छूटते गए, वैसे-वैसे ही पंडित जी की आस्था मार्क्स पर कम होती गई। जैसे-जैसे नवीन भौतिकी अथाह होती गई, वैसे-वैसे ही पंडित जी के भीतर यह भाव बढ़ता गया कि विज्ञान जहाँ तक देख सकता है, जागतिक वास्तविकता उतनी ही नहीं है। कुछ और बातें हैं, जिन्हें विज्ञान भी नहीं समझ सकता है।

उन्नीसवीं सदी की भौतिकी अहंकार से भरी थी, क्योंकि उस समय तक उसने बहुत अधिक नहीं जाना था। बीसवीं सदी की भौतिकी बहुत अधिक जानने के कारण विनम्र हो गई है। आज भौतिकी ज्ञान के उस शिखर पर खड़ी है, जहाँ से उसे दर्शन का समुद्र साफ नजर आता है। पंडित जी इसी शिखर पर खड़े थे और दर्शन का समुद्र उन्हें भी दृष्टिगत होने लगा था। दिल्ली विश्वविद्यालय के दीक्षान्त समारोह में उन्होंने जो भाषण दिया था, उससे स्पष्ट पता चलता है कि पंडित जी धर्म के प्रति विनम्र हो गए थे और भौतिकोत्तर सत्यों के प्रति उनकी दुराग्रहपूर्ण अनास्था बहुत ढीली हो गई थी।

राष्ट्रपति डॉक्टर राधाकृष्णन मुझसे कहते थे कि मैं प्रधानमंत्री को भागवत के चुने हुए श्लोकों की व्याख्या सुनाता हूँ और वे जिस मुद्रा में इस आख्यान को सुनते हैं, वह मुद्रा भक्तों की मुद्रा से मिलती-जुलती है। राष्ट्रपति ने ही मुझे बताया था कि टंडन जी से मिलने को जब राष्ट्रपति इलाहाबाद गए, तब टंडन जी ने उनसे कहा, 'जवाहरलाल पर आपकी संगति का अच्छा प्रभाव पड़ा है। पिछली बार जब वह प्रयाग आया था, वह आनन्दमयी माँ के कीर्तन में गया और वहाँ डेढ़ घंटे बैठा रहा।'

पंडित जी के मरने के बाद 'कल्याण' का जो भक्ति-अंक प्रकाशित हुआ है, उसमें माँ आनन्दमयी के साथ पंडित जी के दो फोटो छपे हैं। एक में माँ आनन्दमयी भी बैठी हैं और पंडित जी ध्यान में हैं, मानो माँ उन्हें ध्यान करवा रही हों! दूसरे में वे हाथ में माला धारण किए माताजी के पास खड़े हैं।

ज्योतिष में पंडित जी का विश्वास नहीं था। अष्टग्रह के समय सम्पूर्णानन्दजी ने उन्हें हवाई यात्रा करने से मना किया था, किन्तु पंडित जी ने उनकी चेतावनी को हँसकर उड़ा दिया।

अष्टग्रह से जनता इतनी भयभीत हो गई थी कि गाँव-गाँव में अनिष्ट-निवारण के लिए हवन-पूजन और नाम-कीर्तन का एक आन्दोलन ही फैल गया था। उस समय समग्र देश में निर्भयता की वाणी केवल जवाहरलाल के मुख से निकली थी : 'ऐसी भी क्या बात है कि सितारों से डरने लगें? और मान लो कि कोई अनिष्ट आ ही गया, तो हम हिम्मत से उसका मुकाबला करेंगे।'

गीता वे जब-तब पढ़ा करते थे और हठयोग के प्रति भी वे आस्थावान थे। शीर्षासन तो उन्होंने जेल में ही आरम्भ किया था। इधर श्री धीरेन्द्र ब्रह्मचारी से उन्होंने शंख-प्रक्षालन आदि कुछ यौगिक क्रियाएँ भी सीख ली थीं।

मैंने एक दिन धीरेन्द्र जी से पूछा, 'पंडित जी को योग सिखाने में आपको भय नहीं लगता है?'

धीरेन्द्र जी ने कहा, 'पहले के छह-सात दिन तो मुश्किल के रहे। पंडित जी पर क्रियाओं का कोई फल ही नहीं होता था। मैं मन-ही-मन थोड़ा सहमने भी लगा था; किन्तु पंडित जी ने ही मुझे यह कहकर आश्वस्त कर दिया कि घबराने की क्या बात है, जब तक कहिएगा, कोशिश करता रहूँगा। पीछे क्रिया सफल हो गई और पंडित जी बहुत प्रसन्न हो गए।'

कमला जी का स्वर्गवास स्विट्ज़रलैंड के एक सैनिटोरियम में हुआ था। जब उनका शरीर छूट रहा था, पंडित जी उनके पास ही बैठे थे। कमला जी रह-रहकर कहती थीं, 'वह कौन है, जो मुझे बुला रहा है? दरवाजे के पास वह कौन खड़ा है? तुम देखते नहीं, वह कौन छाया कोने में खड़ी है?'

मगर पंडित जी को कुछ भी दिखाई नहीं देता था।

क्या इस घटना की याद जवाहरलाल जी को परलोक की ओर उन्मुख नहीं करती होगी?

अन्धविश्वास अथवा पौराणिक संस्कार की बातें पंडित जी के भी परिवार में थीं। पंडित जी की माता जी उसी अर्थ में धार्मिक थीं, जिस अर्थ में हमारी माताएँ हुआ करती थीं। श्रीमती कृष्णा हठी सिंह ने लिखा है कि सन् 1919-20 के करीब नेहरू-परिवार जिस महल में रहा करता था, उसके जलावनवाले घर में एक साँप रहता था। पंडित जी की माता जी का विश्वास था कि यह साँप खानदान की किस्मत का पहरेदार है। इसलिए उसे डराना नहीं चाहिए। किन्तु दुर्भाग्यवश एक नये नौकर को परिवार के इस विश्वास का पता नहीं था। इसलिए एक दिन जब साँप उसके सामने पड़ा, नौकर ने उसे मार दिया। इससे परिवार आशंकाओं से सन्न रह गया। पीछे जब बाप-बेटे जेल चले गए, नौकरों ने इस बात का बड़ा विलाप किया कि साँप इस परिवार के सौभाग्य का सचमुच ही रक्षक था।

आदरणीय श्री प्रकाश नारायण सप्रू ने एक दिन मुझे बताया, 'अभी कई वर्ष पूर्व पंडित जी एक दिन इलाहाबाद में बैठकर अपने पुरखों के बारे में यह हिसाब लगाने लगे कि कौन कितनी उम्र में मरे थे। फिर आप-ही-आप बोल उठे—मैं चौहत्तर और पचहत्तर के बीच मरूँगा। इसके बाद उन्होंने ज्योंही विजया जी की ओर अँगुली उठाई, विजया जी ने यह कहते हुए पंडित जी को रोक दिया कि 'भैया, अब बस करो'।'

और यह क्या विस्मय की बात नहीं है कि जबकि तय यह हुआ था कि संसद 29 मई से आरम्भ होगी, पंडित जी ने ही इस निश्चय को बदलकर संसद के आरम्भ की तारीख 27 मई कर दी थी?

9

'परशुराम की प्रतीक्षा' की रचना के बाद देश में जो कानाफूसी चली कि मैं पंडित जी के विरुद्ध हो गया हूँ, वह सही बात नहीं थी। जो लोग राजनीति का काम करते हैं, उनके प्रति अन्धभक्ति रखना खतरनाक काम है। इतनी-सी सतर्कता को बाद दे दें, तो पंडित जी का मुझसे बड़ा प्रशंसक और कोई नहीं था। उनमें अभाव किस गुण का था, जिससे मैं उनकी प्रशंसा करने से बाज आता? अगर आगे का इतिहास पंडित जी की असफलताओं को रेखांकित करनेवाला है, तो भी मैं उनकी प्रशंसा करके उनकी सम्भावित लघुता का भागीदार बनने को तैयार हूँ।

'परशुराम की प्रतीक्षा' से तीन प्रकार के लोग नाराज हुए थे। एक तो वे, जो गांधीवाद का अर्थ यह समझते हैं कि दुश्मन जब धावा करे, तब उसे रोकने के लिए निहत्थे आदमियों को सरहद पर लेट जाना चाहिए। दूसरे वे लोग, जो यह समझते थे कि चूँकि चीन कम्यूनिस्ट है, इसलिए उसके विरुद्ध उत्पन्न क्रोध की लपट प्रगतिशील भावनाओं को भी आँच पहुँचा सकती है। और तीसरे वे लोग, जो समझते थे कि सरकार अकर्मण्य रहना चाहती है, अतएव इस कविता के विरोध से सरकार के नेता खुश हो जाएँगे। जब आपत्कालीन स्थिति की घोषणा होती है, सबसे अधिक सावधान अखबार को होना पड़ता है। मेरी नजर में वे सम्पादक साहसी थे, जिन्होंने 'परशुराम की प्रतीक्षा' की अनुकूल समीक्षाएँ प्रकाशित कीं।

कम्यूनिस्टों ने खुली आलोचनाएँ तो बहुत कम लिखीं; किन्तु कानाफूसी के जरिये उन्होंने अपनी नाराजगी का समाचार सरहद के पार तक पहुँचा दिया। इसलिए मुझे आश्चर्य हुआ, जब पिछले आठ अक्टूबर, 1964 ई. को साहित्य अकादमी द्वारा आयोजित अपने स्वागत समारोह में श्री चेलीशेव ने यह कहा कि 'चीनी आक्रमण के समय आप लोगों ने क्या लिखा, यह रूस में हम नहीं जान सके। हमने तो केवल 'परशुराम की प्रतीक्षा' को पढ़ा है और उसी काव्य की चर्चा हमारे देश में फैली है।' आश्चर्य, सम्भव है, कुछ साम्यवादी पंडितों को भी हुआ हो।

गांधीवादियों की आलोचना इतनी बात से ही काफूर हो गई कि विनोबा ने बन्दूक पकड़कर उसका अभ्यास करने का विचार किया। रह गए वे लोग, जो पंडित जी की पारदीय मुद्राओं के अनुसार अपनी भंगिमा बदलने की कोशिश में रहते थे, सो मेरा विश्वास है, वे पंडित जी को उतना भी नहीं समझते थे, जितना मैं समझ सका था।

नाराज तो कुछ ऐसे बड़े साहित्यकार भी हुए थे, जिन्होंने गांधीवाद के नाम पर हिन्दी में सूखी पुआल का अम्बार लगा रखा है। मगर सूखी पुआल का रखवाला अंगार देखकर घबराए, तो इसमें आश्चर्य क्या है?

हिंसा-अहिंसा के बारे में पंडित जी के लगभग वे ही विचार थे, जिनका प्रतिपादन मैंने 'कुरुक्षेत्र' काव्य में किया है :

व्यक्ति का है धर्म तप, करुणा, क्षमा,
व्यक्ति की शोभा विनय भी, त्याग भी;
प्रश्न जब उठता, मगर, समुदाय का,
भूलना पड़ता हमें तप-त्याग को।
कौन केवल आत्मबल से जूझ कर
जीत सकता देह का संग्राम है?
पाशविकता खड्ग जब लेती उठा,
आत्मबल का एक बस चलता नहीं।

गांधी-स्मारक-निधि की ओर से दिल्ली में जो अणुबम-विरोधी अन्तरराष्ट्रीय सम्मेलन हुआ, उसमें जयप्रकाश जी ने छिपे-छिपे इस बात पर दुःख प्रकट किया कि भारत सरकार ने गोवा पर फौजी पद्धति से अधिकार कर लिया है। आचार्य कृपलानी ने कहा कि गांधी जी चाहते थे कि अन्तरराष्ट्रीय शान्ति के लिए राष्ट्र अपने-आप का बलिदान करे। और इसी बात को ढेबर भाई ने बड़े ही विस्तार से रखा : 'जैसे परिवार चलाने के लिए व्यक्ति को बलिदान करना पड़ता है और देश के लिए प्रान्तों को बलिदान करना पड़ता है, वैसे ही समग्र विश्व की शान्ति के लिए राष्ट्रों को अपना बलिदान करना चाहिए। अगर विश्व के हित में भारत को अपनी कुर्बानी देनी पड़े, तो वह कुर्बानी हमें खुशी-खुशी देनी चाहिए। संसार के कल्याण के लिए अगर हमें मिट जाना पड़े, तो हम मिट जाएँगे।'

शब्द तो शायद ये नहीं थे, मगर भाव कुछ इसी प्रकार के थे।

जब मैं भाषण सुन रहा था, मुझे ऐसा भासित हुआ, मानो ये लोग मन-ही-मन यह मानकर बैठ गए हैं कि देश चलाने का दायित्व इनके कन्धों पर कभी भी पड़नेवाला नहीं है।

मगर तीसरे दिन (18 जून, 1962 ई.) जब पंडित जी बोलने को उठे, तब यह स्पष्ट हो गया कि वक्ता केवल चिन्तक और शान्ति-सेवक ही नहीं है, वह एक विशाल देश का प्रधानमंत्री भी है। अहिंसा, विश्व-शान्ति और विश्वैक्य के प्रति श्रद्धा उन्होंने भी व्यक्त की; किन्तु व्यवहार पक्ष पर आते ही उन्होंने काफी

जिम्मेदारी से काम लिया। 'कुछ बातें ऐसी हैं, जो व्यक्ति के लिए, शक्य और समूह के लिए अवश्य होतीं हैं। अहिंसा को लेकर मेरे सामने यही कठिनाई है। अगर समूह को अहिंसा के लिए लाचार किया जाए, तो समूह असफल हो जाएगा। और मुश्किल यह है कि जनता जब असफल होती है, तब वह बिलकुल ही असफल हो जाती है।'

जिस दिन प्रधानमंत्री ने गोवा पर आक्रमण का आदेश दिया, उसी दिन जयप्रकाश जी और श्री रामचन्द्रन ने दिल्ली में शान्ति-सेना का एक समारोह आयोजित किया था। समारोह शाम को कंस्टीट्यूशन क्लब में था। उससे पूर्व राष्ट्रपति राजेन्द्र प्रसाद ने अपराह्न में शान्ति-सैनिकों को राष्ट्रपति भवन बुलाकर उनका स्वागत किया था। शाम की सभा में बोलते हुए श्री रामचन्द्रन ने कहा, 'यह भी अजीब मुल्क है। इस देश के राष्ट्रपति शान्ति-सैनिकों को राष्ट्रपति भवन बुलाकर उनका अभिनन्दन करते हैं और उसी दिन प्रधानमंत्री फौजी कूच का आदेश लिखते हैं।'

पंडित जी सभा में मौजूद थे; किन्तु वे श्री रामचन्द्रन के भाषण से तनिक भी विचलित नहीं हुए। जब वे बोलने को उठे, हस्बे-मामूल वे हैमलेट की शैली में बोलने लगे, 'शान्ति-सेना का आयोजन ठीक है। इससे अहिंसा का प्रचार होता है और अहिंसा का प्रचार जितना ही अधिक होता है, समाज उतना ही अधिक शिष्ट और सभ्य बनता है। किन्तु दुश्मन का मुकाबला करने को हम शान्ति-सैनिकों को पहाड़ों पर कैसे भेजें? और भेजें, तो उनके पीछे-पीछे हमें फौज की टुकड़ियाँ भी भेजनी होंगी।'

शान्ति-सेना के आयोजक इस भाषण से नाराज हुए थे। मगर मुझे लगा, एक अप्रिय बात इससे अधिक प्रियता के साथ नहीं कही जा सकती थी।

लोग कहते हैं, जवाहरलाल जी को अपना उत्तराधिकारी तैयार करने की चिन्ता नहीं थी। मेरा खयाल है, ऐसा समझना भी भ्रम से खाली नहीं है। यह चिन्ता उन्हें सता रही थी और सन् 1953-54 से ही सता रही थी। संसद-सदस्य होने के साथ ही, पहली या दूसरी मुलाकात में मैंने पंडित जी से कहा था, 'पंडित जी! यह कितनी दर्दनाक बात है कि आप समाजवाद की चिन्ता में गर्क रहें और समाजवादी लोग आपके विरोध में बकते फिरें!'

उन्होंने पूछा, 'तुम्हारा मतलब किस आदमी से है?'

मैंने कहा, 'जयप्रकाश जी से। आपने उन्हें छोड़ क्यों रखा है?'

वे बोले, 'भाई, कोशिश तो थोड़ी-बहुत बराबर होती रही है। मगर बराबर कोई-न-कोई बात आड़े आ जाती है।'

स्मरणीय है कि जयप्रकाश जी जब सन् 1948 ई. में कांग्रेस छोड़ रहे थे, तब मैंने उन्हें काफी समझाया था कि यह कदम वे न उठाएँ, इसी में कल्याण है, मगर उन्होंने माना नहीं। लाचार होकर स्वराज्य की पहली वर्षगाँठ के अवसर पर मैंने 'वर्षगाँठ' शीर्षक जो कविता लिखी, उसमें थोड़ी-सी तेजाब मैंने जयप्रकाश जी पर भी छिड़क दी :

है कौन ठीक, गांधीवादी या कमूनिस्ट?
या सोशलिस्ट जो कांग्रेस से अलग कूद
कुछ नये ढंग के शस्त्र बनानेवाले हैं?

कविता जब मैंने जयप्रकाश जी को सुनाई, वे कुछ हतप्रभ से हो गए और मुझे साथ लिये दोपहर रात तक जहाँ-तहाँ घूमते रहे। मैंने बेनीपुरी से कहा, 'कविता बेकार ही सुनाई यार!'

बेनीपुरी बोला, 'बेकार क्यों है? प्रशंसकों की आलोचना से भी तो उन्हें परिचित होना चाहिए।'

अधिक खोदने पर जयप्रकाश जी ने कहा, 'जो बात मुझसे कहते हैं, वह सरदार से जाकर क्यों नहीं कह आते?'

मैंने निवेदन किया, 'मैं तो सरकारी नौकरी की जहमत झेलकर रोटी कमाता हूँ। मेरी क्या मजाल कि सरदार पटेल से भेंट करूँ! आप पास बैठने देते हैं, इसलिए कहता हूँ।'

मेरा खयाल है, सन् 1953 या '54 में रफी साहब की कोशिश से यह कार्यक्रम बना कि समाजवादी दल के कुछ लोग पंडित जी से मिलेंगे और तब सहयोग की सम्भावनाओं की छानबीन की जाएगी। इस कार्यक्रम के अनुसार आचार्य नरेन्द्रदेव, आचार्य कृपलानी, श्री जयप्रकाश जी, श्री अशोक मेहता आदि नेता पंडित जी से मिले भी थे। लेकिन पंडित जी की खास नजर श्री जयप्रकाश नारायण पर थी। जिस दिन बाजाप्ता मिलने की बात थी, उससे एक दिन पूर्व पंडित जी ने जयप्रकाश जी को अकेले भोजन पर बुलाया और अपनी सारी बातें खोलकर उनके सामने रख दीं।

वे बातें कुछ इस प्रकार की थीं :

पंडित जी ने कहा, 'भारत का प्रधानमंत्रित्व वही व्यक्ति सँभाल सकता है, जो सेक्रेटेरियट को ग्राह्य हो, फौज को कबूल हो और वह अगर उत्तर का है, तो दक्षिण के लोग उसे मानें और अगर दक्षिण का है, तो उत्तर के लोग उसे स्वीकार करें। मैंने जहाँ तक समझा है, तुम इस कसौटी पर कुछ दूर तक खरे

उतरते हो। मगर यह मत समझो कि चाहे जब भी आकर इस पद को आसानी से सँभाल लोगे। हम लोगों से बड़ी-बड़ी गलतियाँ हुई हैं, बहुत-बहुत अपव्यय हुआ है। मगर इसका कारण यह नहीं है कि हम सब-के-सब बेवकूफ या बेईमान हैं। असली कारण यह था कि हमें इस काम का तजुर्बा नहीं था। इस वास्ते गलतियाँ होती चली गईं। लेकिन तुम यदि अभी आ जाते हो, तो ऐसी गलतियों की भी सम्भावना बहुत कम हो जाएगी।'

मगर ईश्वर को कुछ और ही मंजूर था। जब वास्तविक वार्तालाप आरम्भ हुआ, समाजवादियों पर यह शंका सवार हो गई कि समाजवादी दल को दूध-बताशे के साथ घोलकर जवाहरलाल पी जाना चाहता है। और कांग्रेस के प्रादेशिक क्षत्रप इस चिन्ता से घबराने लगे कि अगर समाजवादी आ गए, तो बने-बनाए घरौंदे टूट जाएँगे और नाना प्रकार के लोगों का भविष्य खतरे में पड़ जाएगा।

सन् 1961 के अक्टूबर मास में दिल्ली में जो एकता-सम्मेलन हुआ था, उसमें जयप्रकाश जी भी आए थे और आदि से अन्त तक उनकी भूमिका अद्भुत सदाशयता से पूर्ण रही थी। उसी समय मैं रूस जा रहा था। जाने के पहले जब मैं पंडित जी से मिलने गया, मैंने उनसे कहा कि 'जयप्रकाश जी अद्भुत विचारों से भरे देश में कम्बल-कमंडल लिये बेकार भटक रहे हैं। बहुत अच्छा हो, अगर अगले चुनाव के समय आप उनके संसद-प्रवेश का प्रबन्ध कर दें। संसद में देश के चुने हुए लोग हैं। इन लोगों के बीच जयप्रकाश जी अपने विचारों का प्रचार करें, तो उन्हें भी पता चल जाएगा कि उनके विचार कहाँ तक व्यवहार में लाए जा सकते हैं। ऐसा मैं इसलिए कहता हूँ कि एकता-सम्मेलन में जयप्रकाश जी मुझे काफी प्रसन्न दिखाई पड़े और दिल्ली उन्हें नापसन्द नहीं आएगी।'

पंडित जी बोले, 'हाँ, दिल्ली से तो इस बार वे काफी खुश गए हैं। उन्होंने मुझे एक प्यारा पत्र भी लिखा है। मगर संसद में वे आएँगे नहीं। इधर उन्होंने कई जगहों से अपने को बाँध लिया है (कंडीशन कर लिया है)।'

मैंने कहा, 'तो फिर वे इसी तरह कमंडल ढोते-ढोते गुजर जाएँगे।'

वे बोले, 'अरे, मरना तो हर एक को है। एक दिन मैं भी मरूँगा, तुम भी मरोगे, सभी लोग मरेंगे।'

अपने दस-बारह साल के साहचर्य में पंडित जी के मुख से मरने-मराने की बात मैंने यह दूसरी बार सुनी थी। एक बार और जब मैं केन्द्रीय हॉल में तिलक जी के चित्र के पास पंडित जी के साथ खड़ा था, पंडित जी अचानक बोल उठे, 'तिलक जी तो चौंसठ साल की उम्र में मरे थे दिनकर! देखो, मैं अभी ही अड़सठ साल का हो गया हूँ।'

मैंने निवेदन किया, 'ऐसी बात क्यों बोलते हैं पंडित जी? आपको तो अभी बहुत दिन जीना है। तिलक जी को डायबिटीज थी और उस समय इन्स्यूलीन की ईजाद नहीं हुई थी; किन्तु ईश्वर की कृपा से आप तो नीरोग हैं।'

जब समाजवादियों की ओर से पंडित जी निराश हो गए, उत्तराधिकारी चुनने का प्रश्न उनके सामने जटिल हो गया। जवाहरलाल के प्रेम के लिए उनके सहयोगियों के बीच ईर्ष्या की आग धधकती रहती थी। इससे उत्तराधिकारी चुनने का सवाल और भी मुश्किल हो गया था। वे कहते भी थे, 'मैं तो महात्मा गांधी नहीं हूँ। अगर मैं किसी का नाम मुख से निकाल दूँ, तो उस बेचारे की राह और भी मुश्किल हो जाएगी।'

10

पंडित जी की छोटी-छोटी बातें भी याद आती हैं और ट्रेन में चलता हूँ, तो सोते-सोते उन्हें बिसूरता रहता हूँ। वे मुझे प्यार और प्रशंसा की दृष्टि से देखते थे। कवि आदमी को और चाहिए भी क्या? जब एंथोनी ईडन संसद-सदस्यों के बीच भाषण देने जा रहे थे, मैं पंडित जी को दरवाजे के पास मिल गया। उन्होंने ईडन से मेरा परिचय कराते हुए कहा, 'ये हमारे कवि हैं' (ही इज आवर पोयत)। पंडित जी ने 'पोयट' न कहकर उस दिन 'पोयत' कहा था। यह 'टकार' का 'तकार' उच्चारण एक अमिट स्मृति बन गया है।

सन् 1955 ई. के नवम्बर महीने में जब मैं पोलैंड जा रहा था, ठीक उसी सप्ताह ख्रुशोव और बुलगानिन दिल्ली आ धमके। राष्ट्रपति भवन में उन्हें जो पार्टी दी गई थी, उसमें मैं भी सम्मिलित हुआ था। उस वक्त भी ख्रुशोव से पंडित जी ने मुझे कवि कहकर परिचित कराया और उन्हें यह सूचना दी कि 'ये पोलैंड जा रहे हैं।' दुभाषिए के जरिये ख्रुशोव साहब ने कहा, 'जाड़े से होशियार रहना, नहीं तो नाक गल जाएगी।' पोलैंड में उनका मजाक मुझे सही मालूम हुआ, क्योंकि खुली जगहों पर जाते ही मुझे रह-रहकर नाक को टटोलना पड़ता था कि वह साबुत है या जमकर पत्थर हो गई?

जाड़े के दिनों में अक्सर मैं गुलूबन्द लपेटे रहता हूँ। गुलूबन्द बिहारविभूति अनुग्रह नारायण सिंह भी लगाते थे। ऐसी आदत बहुत-से बिहारियों को है। एक दिन किसी सान्ध्य पार्टी में पंडित जी ने मेरा गुलूबन्द हिलाकर कहा, 'तुम बिहारियों को जाड़ा कुछ ज्यादा लगता है क्या? तुम्हारे अनुग्रह बाबू भी लम्बा-सा मफलर लपेटे रहते हैं!'

मैंने कहा, 'जाड़ा तो लगता है पंडित जी! मगर नोट करता हूँ कि मफलर लपेटना आपको पसन्द नहीं है।'

जब मार्शल टीटो पहले-पहल दिल्ली आए थे, पंडित जी समेत दिल्ली की सारी जनता में उनके लिए बड़ा उत्साह था। उनके स्वागत में जो पार्टी दी गई थी, उसमें पंडित जी से मेरी भेंट हुई, तो मैंने पूछ दिया, 'पंडित जी, उम्र में टीटो साहब बड़े हैं या आप?'

वे बोले, 'मैं ही बड़ा हूँ। और जानते हो, परसों उन्होंने मुझसे कहा, आपके साथ मैं घुड़सवारी के मजे लेना चाहता हूँ। सो कल भोर मैं घोड़े पर चढ़कर उनके पास पहुँच गया, मगर बात उन्होंने आज पर टाल दी। निदान, मैंने आज फिर पुछवाया, तो वे आज भी मुकर गए।'

मैंने पूछा, 'ऐसा क्यों हुआ पंडित जी?'

कहने लगे, 'अरे, आदमी उम्र में बड़ा हो या छोटा, वह हर रोज ताजा नहीं रहता है; कभी-कभी थक ही जाता है।'

सुबह को जब कभी पंडित जी से मिलने जाता, वे ऊपर से उतरते ही अपने दोनों पेंडों के पास जरूर जाते। पंडित जी दस्ताना पहने रहते, अर्दली एक तश्तरी में बिस्कुट लिये रहता और पंडित जी पेंडों को बड़े प्रेम से बिस्कुट खिलाते। कोई पेंडा अगर उनकी ओर मुखातिब नहीं होता, तो वे उसे बेटा, बच्चा, मुन्ना कहकर प्यार से बुलाते और पुचकारते थे।

एक बार उनके पास शेर के दो बच्चे पल रहे थे—वे ही जिनके नाम मैंने भीम और हिडिम्बा रखे थे। पंडित जी ने एक को उठाना चाहा। मैंने कहा, 'पंडित जी, यह काम मत कीजिए। हंगेरियन आर्टिस्ट एलिजबेथ ब्रूनर मुझसे कह रही थी कि इन बच्चों ने उसके पाँव को नछोर डाला है।'

पंडित जी ने बघेले को जमीन पर ही छोड़ दिया और बुदबुदाए, 'अजीब बात! और किसी को तो इन बच्चों ने नहीं नछोरा है!'

गुर्दे की बीमारी के बाद उनके खान-पान में काफी परहेज आ गया था। विधान बाबू ने उन्हें नारियल-जल का सेवन करने को कहा था। विधान बाबू जब भी कलकत्ते से दिल्ली आते, नारियल का एक गट्ठर पंडित जी के लिए अवश्य लिये आते थे।

ऐसे ही में एक दिन जब मैं उनसे मिलने को संसद भवनवाले कमरे में गया, तब साढ़े चार बज रहे थे। पंडित जी के अर्दली ने मेरे सामने चाय के साथ बिस्कुट और केक रखा, मगर उनके सामने केवल चाय ही रखी गई। फिर थोड़ी देर में पंडित जी के आगे केवल नारंगी के गूदे रखे गए। मैं सहम गया। पंडित जी बोले, 'कुछ खाओ। मुझे इन दिनों यही सब खिलाते हैं।'

लंच और डिनर की मेज पर अगर औरतें पाँति लगाकर एक ओर और मर्द दूसरी ओर बैठते, तो यह इन्तजाम पंडित जी को पसन्द नहीं आता था। अवश्य ही वे गोल तोड़कर हर दो मर्दों के बीच एक औरत को या हर दो औरतों के बीच एक मर्द को बिठा देते थे।

एक बार प्रेसिडेंट नसर ने ईजिप्ट से उन्हें कुछ आम भेजे थे। आम इतने बड़े थे कि एक-एक आम हमारे चार फजली आमों के बराबर रहा होगा। पंडित जी ने दो आम खुद अपने हाथ से तराशे और एक-एक फाँक सबकी ओर बड़े प्रेम से बढ़ाई। आम बड़े होने पर भी मीठे हैं, यह बात सबने कही।

चीन में लोग लीची सुखाकर रख लेते हैं और फिर उसे साल भर खाते रहते हैं। सुखौती लीची में गुठली और छिलके के बीच गूदा सूखकर बहुत ही खफीक रह जाता है, मगर फिर भी चीन के लोग लीची का सुखौता बनाने के आदी हैं।

एक बार चू-एन-लाइ साहब ने पंडित जी को ऐसी ही सुखौती लीची का तोहफा भेजा और उसे पंडित जी ने डिनर की मेज पर बड़े शौक से परोसा। लोग बड़ाई करके उस लीची का रस लेने लगे। इतने में पंडित जी ने मुझे सम्बोधित करके कहा, 'तुम्हारी तरफ तो लीची बहुत होती है और सुना है, वह बर्बाद हो जाती है। तुम लोग भी लीची का सुखौता बनाकर क्यों नहीं रखते?'

मैंने कहा, 'बर्बाद होने से सुखौता बनाकर रख लेना जरूर अच्छा होगा। मगर आपको किसने बताया है कि बिहार में लीची बर्बाद होती है? हमारे यहाँ तो लीची इतनी भी नहीं होती कि हर खासो-आम उसे चख सके।'

पंडित जी का चेहरा थोड़ा उतर गया। बोले, 'मैं क्या जानूँ? मुझे तो बिहार के ही एक दोस्त ने कहा था।'

जब श्रीमान दलाई लामा तिब्बत से भागकर भारत आए, उनके दिल्ली पहुँचने पर अच्छे-खासे अरसे के बाद पंडित जी ने उन्हें एक लंच दिया। इस लंच की विशेषता यह थी कि उसमें गैर-सरकारी मेहमान केवल तीन ही बुलाए गए थे–एक श्रीमती सुचेता कृपलानी, एक स्वामी रंगनाथानन्द और एक मैं।

मैंने स्वामीजी से कहा, 'मजाक कुछ समझ में आता है स्वामी जी? सुचेता जी तो आजकल कांग्रेस की महामंत्रिणी हैं। असल में हिज होलीनेस के लिए उपहार-विशेष हमीं दो व्यक्ति हैं।'

स्वामी जी ने हँसकर मुझे आगे मजाक करने से मना कर दिया।

उस दिन पंडित जी दफ्तर से कुछ देर में लौटे थे, इसलिए हम लोग काफी देर तक उनकी प्रतीक्षा में बैठे रहे। जब पंडित जी आए, उस दिन वे एक अजीब

गम्भीरता से भरे रहे। खरबूजा या कोई और फल तो उस दिन भी उन्होंने तराशकर परोसा, मगर लंच की मेज पर किसी भी तरह की चहक या गूँज उस दिन नहीं उठी। लंच के बाद जब हम लोग लाउंज में बैठे, तब दलाई लामा जी ने ही चुप्पी तोड़ने की थोड़ी कोशिश की। उनके दुभाषिए ने अंग्रेजी में पंडित जी को बताया कि हिज होलीनेस कह रहे थे कि 'आप एक साथ राजनीतिज्ञ भी हैं और दार्शनिक भी।'

मगर पंडित जी ने फीकी मुसकान के साथ कहा, 'न तो मैं दार्शनिक हूँ, न राजनीतिज्ञ। मैं तो एक मामूली-सा इनसान हूँ, जो अपने मुल्क की थोड़ी खिदमत करता है।'

स्पष्ट ही, पंडित जी दलाई लामा से बातों में उलझना नहीं चाहते थे।

उस दिन का लंच सिर्फ लंच ही रहा। लंचों के साथ जिस खुशबू और खिलखिलाहट का सम्बन्ध होता है, वह उस दिन बिलकुल गायब रही।

लंच और डिनर तो मैंने पंडित जी के साथ कई बार खाए थे, मगर सुबह का नाश्ता करने का अवसर मुझे एक ही बार मिला था। उस समय श्रीकृष्ण मेनन लन्दन में हमारे राजदूत थे और भारत आए हुए थे। उस दिन मेज पर पंडित जी, इन्दिरा जी, फीरोज और मेनन—ये चार ही व्यक्ति थे। बाहरी आदमी केवल मैं ही था। पंडित जी ने थोड़ी-सी पोरिज ली, फिर रोटी के एक छोटे-से गोल टुकड़े पर भुना हुआ एक अंडा लिया और बाद को काली रोटी का एक टुकड़ा। साथ-साथ उन्होंने चाय की दो प्यालियाँ भी लीं। मगर मेनन साहब की साधुता देखकर मैं दंग रह गया। उन्होंने दो प्याली चाय के सिवा और कोई चीज छुई भी नहीं।

मैंने सुना था कि इंग्लैंड में लोग मेनन साहब को परहेजगार फकीर समझते हैं। वह बात उस दिन मैंने स्पष्ट देखी। बाद को जब भी कोई बात चली है, मैंने यही सुना है कि मेनन साहब सिगरेट और शराब भी नहीं छूते हैं। अन्न उनके आहार में नगण्य स्थान रखता है। उनके जीवन का आधार केवल कॉफी और चाय है।

इन्दिरा जी की कृपा से एक बार मुझे पंडित जी के साथ उनके अपने वायुयान में दिल्ली से भोपाल और फिर भोपाल से बड़ौदा तक उड़ने का मौका मिला था। इस जहाज में नौकरों और अमलों के बैठने की जगह अलग है, जो पंडित जी की जगह से दिखाई नहीं देती थी। जहाँ पंडित जी बैठते थे, वहाँ एक मेज और आर-पार केवल दो कुर्सियाँ हैं तथा आराम करने को एक पलंगनुमा काउच भी है।

जहाज जब उड़ा, हम लोग दोनों कुर्सियों पर आमने-सामने बैठ गए। फिर पंडित जी ने अपना अटैची केस खोला। लेखक जब उन्हें कोई किताब देते थे और पंडित जी उसे देखना चाहते थे, तो ऐसी किताबें वे यात्रा में साथ ले चलते थे। उस दिन जो-जो किताबें पंडित जी ने उलटीं, उनमें एक किताब डोम मोरास की भी थी। पंडित जी ने वह किताब उलट-पलटकर मेरी ओर बढ़ा दी। मैंने भी उसे उलट-पलटकर पंडित जी को यह कहते हुए लौटा दी कि 'ऐसी कविताओं के लिए मैं निरक्षर हूँ पंडित जी!'

फिर पंडित जी टोपी उतारकर जूते पहने ही काउच पर सो गए और उन्हें तुरन्त नींद आ गई। मैं उनकी खोली हुई किताबें उलटता रहा। इतने में पंडित जी के अंग-सेवक श्री हरि जी शेरवानी, पाजामा और टोपी पहने क्रू की ओर वाले कमरे से निकले और मेरे आगे उन्होंने कॉफी का एक प्याला और कुछ बिस्कुट परोस दिये। मैंने पंडित जी की ओर इशारा किया, तो हरि जी ने भी इशारे से ही मुझे कहा कि उन्हें सोने दीजिए।

जहाज जब भोपाल के हवाई अड्डे पर पहुँचा, पंडित जी बिना जगाए ही जग पड़े और तुरन्त टोपी पहनते हुए उन्होंने मुझसे पूछा, 'जरा देखो तो, ढेबर भाई आए हैं या नहीं?'

मैंने खिड़की से देखा तो ढेबर भाई और काटजू साहब दिख गए। मैं पंडित जी के मिजाज को जानता था, इसलिए मैं उनके साथ नहीं उतरा। भीड़ उनके लिए आई थी, मैं उस लुत्फ का हिस्सेदार क्यों बनता? जब फूल बरस चुके, जय-जयकार हो चुका, तब मैं जहाज से नीचे उतरा और काटजू साहब से मिला।

काटजू साहब की मुद्रा अजब तरह की होती है। आदमी वे बहुत अच्छे हैं और मुझ पर सदैव कृपालु भी रहे हैं। मगर उस वक्त उनके मुँह से निकल गया, 'आप कैसे आ गए? आपकी तो उम्मीद नहीं की जा रही थी?' इस उक्ति में हार्दिकता की मुझे थोड़ी कमी दिखाई पड़ी। फिर पंडित जी राज्यपाल श्री पाटस्कर के साथ राजभवन चले गए और मैं शिक्षामंत्री श्री शंकरदयाल शर्मा के साथ ठहरने को उनके घर चला गया।

भोपाल से जब हम बड़ौदा चले, उस दिन पंडित जी सोने को नहीं लेटे। रास्ते भर पाकिस्तान में ऐयूब के सत्तासीन होने की चर्चा चलती रही। हाल ही में दिल्ली में उनसे मेरी बातचीत हुई थी, जिसके दरमियान मैंने उनसे निवेदन किया था कि 'और कोई बात नहीं है पंडित जी! हम लोगों की सारी चिन्ता यह है कि जब तक आप जीवित हैं, सेना भी आपको ही अपना नेता मानती रहे।'

मेरी इसी शंका का निराकरण करने को वे मुझे भारतीय फौज के साथ सेक्रेटेरिएट के सम्बन्धों का ब्यौरा समझा रहे थे।

बड़ौदा से दिल्ली लौटने का अवसर मुझे पंडित जी के साथ नहीं मिला। युवक-कांग्रेस का उद्‌घाटन करके वे फौरन दिल्ली वापस हो गए। मगर मुझे उस कांग्रेस के सांस्कृतिक समारोह का उद्‌घाटन दूसरे दिन करना था। अतएव मैं दूसरे दिन ट्रेन से वापस हुआ।

पंडित जी के साथ मेरा सामीप्य देखकर कई बार लोगों को यह भ्रम हो जाता था कि मैं तुरन्त मंत्री या अम्बेसेडर बननेवाला हूँ। कुछ लोग कानाफूसी में यह भी कहा करते थे कि इसी लोभ में मैं पंडित जी की खुशामद करता हूँ। मगर मेरी खुशामद भी बेदाग नहीं रही। हिन्दी के प्रश्न पर दुःशील होकर मुझे उनसे झगड़ना पड़ा और चीनी आक्रमण के समय मैं उनकी सरकार पर इस तरह टूटा, जैसे कोई भी मन्युवान कवि टूट सकता था।

मैं पंडित जी का खुशामदी टट्टू नहीं, उनका भक्त था। जब-जब पंडित जी को लेकर कानाफूसी में मेरी आलोचना होती थी, तब-तब मैं अपने-आपसे पूछता था, क्या मैं सचमुच खुशामदी हो गया हूँ? और पंडित जी के गुजर जाने के बाद भी मैंने अपने मन को काफी टटोला है। मगर आत्मा जो जवाब पहले देती थी, वही आज भी देती है। मुसलमानों को आश्वस्त रखने के लिए हिन्दू साम्प्रदायिकता पर अंकुश लगाने के पक्ष में मैं आज भी हूँ। आज भी मेरा विचार है कि सेठवाद के मुँह में कड़ी लगाम लगाई जानी चाहिए। और गरचे हिन्दी के मामले में पंडित जी से मेरी दो बार ठन गई थी, मगर आज भी मेरा विचार है कि अन्तरराष्ट्रीय आँकड़ों को लेकर हिन्दीवालों को अप्रियता नहीं लानी चाहिए, हिन्दी भाषा को अधिक-से-अधिक सरल और सुबोध बनाने में अगर अरबी और फारसी के शब्द सहायक होते हैं, तो उनका बहिष्कार नहीं किया जाना चाहिए और आँख मूँदकर यह नहीं मानना चाहिए कि राजा जी बिलकुल गलत और सेठ गोविन्ददास बिलकुल ठीक हैं। पंडित जी के जाने से मेरा राज-भय नहीं घटा, प्रजा-भय कम हुआ है।

पंडित जी से मैंने कभी भी कोई चीज अपने लिए नहीं माँगी सिवाय इसके कि 'संस्कृति के चार अध्याय' की भूमिका लिखने को मैंने उन्हें लाचार किया था। और पंडित जी ने भी मुझे मंत्रित्व आदि का कभी कोई लोभ नहीं दिखाया। मेरे कानों में अनेक सूत्रों से जो खबरें बराबर आती रहीं, उनका निचोड़ यह था कि सन् 1953 ई. से ही उनकी इच्छा थी कि मैं मंत्री बना दिया जाऊँ। चूँकि मैंने उनके किसी भी दोस्त के सामने कभी मुँह नहीं खोला, इसलिए सूची में मेरा

नाम पंडित जी खुद रखते थे और खुद ही अन्त में उसे काट डालते थे। नाम कटवाने में प्रच्छन्न हितैषियों का हाथ रहता होगा या नहीं, इसे तो अन्तर्यामी जानते होंगे, किन्तु मेरे अपने स्वभाव का जो दोष है, वह पंडित जी से छिपा नहीं था अर्थात् ऐसे आदमी टिकाऊ नहीं होते। सैद्धान्तिक मतभेद होने पर वे कहीं से भी भाग सकते हैं। कुछ कठिनाई इस सीमा के भी कारण थी कि एक-दो मंत्रालयों को छोड़कर मैं कहीं भी काम करने के लायक नहीं था।

जब मैं पहले-पहल विदेश गया था, वहाँ से लौटकर पंडित जी को मैंने अपनी यात्रा का ब्यौरा काफी तफसील में सुनाया था। उस दिन वे मेरी रिपोर्ट से बड़े ही खुश हुए और अचानक पूछ बैठे, 'विदेश में तुम्हारा जी लगता है दिनकर?'

मैं कुछ भाँपने को थोड़ी देर चुप हो गया। फिर सोचा, इन्हें भ्रम में रखना ठीक नहीं है। अतएव मैंने निवेदन किया, 'विदेशों में मेरा जी नहीं लगेगा। अधिक-से-अधिक चार-छह महीने वहाँ ठहर सकता हूँ।'

'संस्कृति के चार अध्याय' की भूमिका मैंने उनसे जबर्दस्ती लिखवाई थी। इस बात के लिए मुझे उन्हें कई बार टोकना पड़ा। एक बार तो जब मैंने उन्हें टोका, तो इन्दिरा जी पास ही खड़ी थीं। सो इन्दु जी की ओर मुखातिब होकर रुआँसी आवाज में बोले, 'देखो इन्दिरा, दिनकर भी कितनी ज्यादती पर उतर आया है! भला मेरे पास इतना वक्त कहाँ है कि उतनी मोटी किताब को देखूँ और उसकी भूमिका लिखूँ!'

उस दिन तो मैंने उन्हें मुआफ कर दिया। लेकिन शीघ्र ही एक दिन वे मुझे संसद की गैलरी में मिल गए। प्रसन्न मुद्रा देखकर मैंने कहा, 'पंडित जी! भूमिका आपको लिखनी ही पड़ेगी। मैं आपके काम को आसान बनाए देता हूँ।'

वे बोले, 'आसान कैसे बना सकते हो?'

मैंने कहा, 'भूमिका लिखने से भागने का असली कारण समयाभाव नहीं है, गरचे कौन कह सकता है कि आपको दम मारने की भी फुरसत मिल सकती है? असली बात यह है कि संस्कृति के विषय में आपके घोषित मत हैं और आपको भय होता है कि मैं आपको किसी विवाद में न फँसा दूँ। अतएव जहाँ-जहाँ मेरे मत आपके मतों से भिन्न हैं, वहाँ मैं ध्वज लगा देता हूँ। आप उन अंशों को ख़ुद पढ़ जाइए। बाकी पुस्तक भर में ऐसी कोई बात नहीं है, जिसके कारण भूमिका लिखकर आपको पछताना पड़े।'

निदान, मैंने पुस्तक की कापी ध्वज लगाकर पंडित जी के आदमी को दे दी और उसे समझा दिया कि यह किताब वह पंडित जी के सिरहाने की मेज पर

अवश्य पहुँचा दे। चार ही दिनों के बाद पंडित जी ने मुझे लम्बी-सी भूमिका अंग्रेजी में भेज दी, जो भूमिका तो क्या, भारतीय संस्कृति पर उनका अपना निबन्ध था। साथ में उन्होंने एक प्यारा पत्र भी भेजा : 'तुम छोटी-सी भूमिका चाहते थे। मैंने एक लम्बा-सा निबन्ध ही भेज दिया है। इसका जो भी उपयोग करना चाहो, कर सकते हो।'

पुस्तक के प्रकाशित होते ही सारे संसार में उस भूमिका का डंका बज गया। साथ में सारी दुनिया ने 'संस्कृति के चार अध्याय' का भी नाम सुन लिया। विदेशों से तार-पर-तार आने लगे, 'इस किताब के इस देश में छापने का अधिकार हमें दीजिए। जो भी अग्रिम मानदेय कहें, भेज दिया जाए।'

मैंने हर एक के तार का जवाब दिया : 'पुस्तक हिन्दी में है। अगर आप अनुवाद करवा सकें तो छापने का अधिकार आपको ही दूँगा।'

मगर यह सुनकर सारे प्रकाशक सर्द हो गए। आज तक इस किताब का अंग्रेजी अनुवाद प्रस्तुत नहीं हो सका है।

पंडित जी ने अपनी भूमिका के इस व्यापक प्रचार को पसन्द नहीं किया। जब मैं प्रकाशित पुस्तक की प्रति उन्हें भेंट करने गया, वे झुँझलाकर बोले, 'तुमने तो पूरा इश्तेहार कर दिया!'

मैं हतप्रभ होकर बोला, 'इसका सही उपयोग तो इश्तेहार में ही था।'

11

एक बार राज्य सभा में पंडित जी खाद्य-बहस में भाग ले रहे थे। भारत सरकार अन्न के मामले में आत्मनिर्भरता लाने के लिए जो योजना चला रही थी, उसका विश्लेषण उन्होंने काफी सफाई से किया था कि अचानक उनका ध्यान क्षितिज के पार चला गया और वे कहने लगे, 'मगर योजनाएँ क्या हमेशा साथ दे सकती हैं? और क्या आज हम जो इन्तजाम कर रहे हैं, वह कल पर भी लागू होनेवाला है? मसलन विज्ञान इस कोशिश में है कि समुद्र का उपयोग खाद्य-समस्या के निपटारे के लिए किया जाए, केवल समुद्र के जीवों को ही पकड़ा नहीं जाए, समुद्र को रोककर आबादी के लिए जमीन निकाली जाए और जल के भीतर से खाने की चीजें पैदा की जाएँ। अब अगर विज्ञान को कामयाबी हासिल हो गई, तो हमारी आज की योजनाओं की अहमियत क्या रह जाती है?'

इसी प्रकार, जब आणविक शक्ति का उपयोग शान्ति के लिए किए जाने की चर्चा पहले-पहल छिड़ी, तब पंडित जी ने एक दिन पार्टी के समक्ष बोलते हुए

कहा, 'कैसे समझाऊँ कि आणविक शक्ति की महिमा कितनी बड़ी है? बस, यह समझिए कि यह वैसी ही बात है, जैसे कोई शक्ति को एक छोटी-सी पेटी में बन्द करके राजस्थान चला जाए और वहाँ के सारे रेगिस्तान को हरियाली से पाट दे।'

पंडित जी कल्पनाचारी मनुष्य थे। हैमलेट के समान कर्म और चिन्तन में से उनका ज्यादा झुकाव चिन्तन की ओर था। चिन्तन के धरातल पर सत्य के प्रति वे बहुत ही ईमानदार थे। बड़ी-बड़ी सभाओं में भी वे, शुरू से आखिर तक, एक ही धारा में नहीं बोलते थे। कुछ बोलते, कुछ सोचते और सोचकर फिर बोली हुई बातों को काट देते थे। सीधे और एकार्थक वाक्य उनके भाषणों में कम होते थे। आदमी को निर्णय पर पहुंचने में जिन दुविधाओं से होकर गुजरना पड़ता है, उन दुविधाओं को भी आप उनके भाषण में देख सकते थे।

सच पूछिए तो वे चिन्तक भी कम, कवि अधिक थे और एक विचार की छाँह जहाँ दूसरे विचार की छाँह से अलग होती है, उस संगम अथवा विभाजक रेखा पर ठहरने में उन्हें अधिक सन्तोष होता था।

जैसे राजनीति में तृतीय मार्ग उनका प्यारा मार्ग था, उसी प्रकार सोचने में भी वे अतिवादों के छोर पर कभी नहीं जाते थे। काला और सफेद, इतने स्पष्ट रंग उन्हें अच्छे नहीं लगते थे। वे भूरे रंग के प्रेमी थे, जो काले और सफेद के मिश्रण से उत्पन्न होता है। दुनिया के प्रसिद्ध राजनीतिज्ञों में से शायद पंडित जी ही ऐसे राजनीतिज्ञ थे, जिसने चौराहे पर खड़ा होकर अपनी जाँच की और लोगों को यह समझने दिया कि मेरे विचार कहाँ से आते हैं तथा मेरे कर्मों का मूल स्रोत कहाँ है।

बहुसंख्यक लोग जिसे अव्यावहारिक समझें, जवाहरलाल ऐसी बात भी बड़े साहस से बोल जाते थे।

संसद में और संसद से बाहर, लोगों के सामने विशाल क्षितिजों का नक्शा पेश करने में बड़ी-बड़ी उमंगों का खाका खींचने में उन्हें वही आनन्द आता था, जो आनन्द कवि को काव्य-रचना में आता है। इतिहास लिखते समय भी वे विश्लेषण नहीं, चिन्तन ही करते थे। तफसील को वे बराबर नजरअन्दाज कर देते थे। उनकी दिलचस्पी का असली विषय मूल सिद्धान्त था।

लॉर्ड लिनलिथगो ने एक बार पचास-साठ भारतीय नेताओं को खाने पर बुलाया था।। उनकी मंशा यह भाँपने की थी कि देखें, भारत-ब्रिटेन सम्बन्धों पर इनके क्या विचार हैं। किन्तु पार्टी के बाद पंडित जवाहरलाल नेहरू से अपनी बातचीत का जिक्र करते हुए वायसराय ने अपने विधि-सदस्य सर नीलरतन

सरकार से कहा, 'जब पंडित नेहरू बोल रहे थे, मुझे ऐसा लगा, मैं धरती पर नहीं हूँ, किसी और धरातल पर चला गया हूँ।'

वायसराय पंडित जी के विचार भारत और इंग्लैंड के सम्बन्ध में सुनना चाहते थे; किन्तु पंडित जी उन्हें यह समझाने लगे कि कौमें साम्राज्य कैसे बनाती हैं, इंग्लैंड साम्राज्यवादी क्यों हो उठा और भारतवासियों की परम्परा क्या रही है और इतिहास में हिचकोले वे किन कारणों से खाते रहे हैं; और कैसे इंग्लैंड और भारत दो देश होते हुए भी एक ही विश्व के अंग हैं और विश्व-मानवता के एक होने की सम्भावनाएँ क्या-क्या दिखाई देती हैं।

उनकी आँखों में एक स्वप्न चमकता था, जिसका मूल किसी दूर भविष्य में था। केवल आँखों में ही नहीं, उनके मुख, उनके अधर, उनकी नासिका, यहाँ तक कि उनकी अँगुलियों पर भी कल्पना-सी कोई चीज खेलती रहती थी। उन्हें देखकर यह स्पष्ट भासित होता था कि यह आदमी स्वप्न का बोझ उठाए चल रहा है। विज्ञान के आविष्कारों से उनके भीतर आनन्द की गुदगुदी पैदा होती थी और विज्ञान को ही वे शायद मनुष्य-जाति का सबसे बड़ा काव्य मानते थे।

1963 ई. में संसदीय हिन्दी परिषद् का जो वार्षिक अधिवेशन हुआ, उसमें पंडित जी भी पधारे थे। मैं उनके स्वागत के लिए मुख्य द्वार पर खड़ा था। उन्हें लिवाकर जब मैं केन्द्रीय हॉल की ओर चला, तो रास्ते में हिन्दी की उन्होंने कोई बात नहीं की। उस समय उनके घर पर अमरीका के कुछ वैज्ञानिक आए हुए थे, जो नई वैज्ञानिक प्रतिभा की तलाश में थे और मैसूर में उन्होंने दस-बारह लड़कियों को चुना था और उन्हें ऊँची शिक्षा के लिए वे अमरीका भेज रहे थे। इस संवाद से पंडित जी की आत्मा में आनन्द की गुदगुदी का एहसास हो रहा था और रास्ते में उतनी देर वे इसी शुभ संवाद की चर्चा करते रहे।

शान्ति, जवानी, प्रगति और विज्ञान–ये कुछ प्रतीक शब्द थे, जो उनके डैनों में उड़ान भर देते थे। एक बार शाम को मैं इन्दिरा जी से मिलने को प्रधानमंत्री निवास गया हुआ था। पंडित जी उस दिन किसी जलसे में गए हुए थे, इसलिए जरा देर से वापस हुए। मगर आए तो दोनों हाथ पीछे की ओर छिपाए हुए थे। फिर उन्होंने पूछा, 'बोलो, मेरे हाथ में क्या है?'

मैंने कहा, 'सिगरेट तो नहीं होनी चाहिए, क्योंकि आप सभा से आ रहे हैं।'

पंडित जी ने जो हाथ सामने किया, तो क्या देखता हूँ कि उनके हाथ में शीशे का एक पक्षी है, जो एक पाँव आगे की ओर बढ़ाए हुए है। कहने लगे,

'जहाँ गया था, वहाँ शीशे का एक छोटा-सा कारखाना है। कारीगर ने मेरे देखते-देखते यह चिड़िया बना दी। और देखो, इसका एक पाँव आगे की ओर बढ़ने के क्रम में है। यह प्रगति का प्रतीक है।'

पंडित जी अपने समय के अत्यन्त पूजित राजनीतिज्ञ थे। दुनिया भर में वे राजनीति की जिस महफिल में भी गए, वहीं उनका अप्रतिम सम्मान हुआ। अपने देश में भी संसार के जो नामी से नामी राजपुरुष आते थे, उनकी तुलना में पंडित जी हम लोगों को बराबर, और नहीं तो, चार अँगुल ऊँचे अवश्य दिखाई देते थे। किन्तु राजनीति के यंत्र-संचालन का काम उन्हें पसन्द नहीं आता था। आजादी की लड़ाई के जमाने में सहकर्मियों के साथ काम करने में उन्हें कठिनाई होती थी। तब भी, गांधी जी उन्हीं को चाहते थे, क्योंकि उनके भीतर आध्यात्मिक सौन्दर्य था, निःस्वार्थता थी, चरित्र में नैतिक आलोक था और बुद्धि में ईमानदारी थी।

दलील के लिए कहें तो कह सकते हैं कि विरोधी बातें गांधी जी भी बोलते थे। इसका कारण यह था कि वे सहज प्रज्ञा अथवा संबुद्धि वाले (इनट्यूटिव) मनुष्य थे। प्रज्ञा की आकस्मिक कौंध में निर्णय उन्हें पहले दिखाई देता था, उसके समर्थन के लिए तर्कों की खोज वे बाद में करते थे और पहले एकाध तर्क को वे बाद में काट भी देते थे। किन्तु निर्णय उनका नहीं बदलता था।

किन्तु पंडित जी कितने ही विरोधी गुणों के समवाय थे और विरोधी बातों का यही सम्मिश्रण उन्हें खूबसूरत बना देता था। उनमें विश्वास भी था और संशय भी; संकल्प भी था और दुविधा भी थी; वे समझौतों के खिलाफ भी रहते थे और समझौतों के प्रेमी भी थे। उनमें विनम्रता भी थी और अहंकार भी था। वे मूलतः मनीषी थे; किन्तु हृदय क्रान्तिकारी का रखते थे। वे कल्पक थे, सौन्दर्य-सेवी और अत्यन्त ऊँचे अर्थ में रुचिवान थे। किन्तु राजनीति की धूर्तता का भी उन्हें अच्छा ज्ञान था। विचार और कर्म से वे सांसारिकता में गर्क थे; किन्तु उनका आध्यात्मिक लंगर कल्पना की भूमि में गड़ा था।

किन्तु कितने आश्चर्य की बात है कि जिस व्यक्ति के भीतर प्रकृति ने इतने विविध गुणों को एकत्र किया था, उसकी ठोस उपलब्धियाँ बहुत थोड़ी रहीं। यह ठीक है कि पंडित जी के व्यक्तित्व में जो सौरभ था, वह इस देश की हवा में आ गया है और अभी वह बहुत दिनों तक बना रहेगा। किन्तु ठोस उपलब्धियाँ तो उनकी उतनी बड़ी नहीं हो सकीं, जितने बड़े खुद पंडित जवाहरलाल थे। भारत को उन्होंने समस्याओं से आक्रान्त छोड़ा है। असल में पंडित जी की शक्तियों का मूल्यांकन इस दृष्टि से सही नहीं पड़ता कि भारत को वे क्या बनाकर गए

हैं। मूल्यांकन की सही कसौटी यही हो सकती है कि भारत को वे क्या बनाना चाहते थे।

प्रश्न उठता है, तो क्या इतने बड़े आदमियों को राजनीति में नहीं आना चाहिए? किन्तु ऐसे विराट पुरुषों की जितनी आवश्यकता राजनीति को है, उतनी आवश्यकता और किस क्षेत्र को हो सकती है?

सन् 1951 ई. में राष्ट्रसंघ के किसी जलसे में बोलते हुए उन्होंने कहा था : 'मैं केवल प्रधानमंत्री नहीं हूँ, उससे कुछ ज्यादा हूँ। मैं आदमी हूँ, इनसान हूँ। अक्सर मैं थोड़ी-सी रोशनी पाने के लिए मन-ही-मन संघर्ष किया करता हूँ। मेरी बेचैनी का सबब यह है कि मैं समझना चाहता हूँ कि इनसान को, दरअसल, होना कैसा चाहिए। मेरी बेचैनी का सबब यह है कि मैं सत्य की एक झलक पाना चाहता हूँ। उस सत्य तक पहुँचने का रास्ता पाना चाहता हूँ।'

क्या ये उद्‌गार राजनीतिज्ञ के हो सकते हैं?

प्रधानमंत्रित्व की कुछ लक्ष्मण रेखाएँ हैं, जिन्हें पार करना जोखिम का काम है। किन्तु पंडित जी बहुत सतर्क रहते हुए भी इन रेखाओं के अतिक्रमण का लोभ नहीं रोक सकते थे। असल में प्रधानमंत्रित्व का जो पुरस्कार है, उसे वे अपने लिए काफी नहीं समझते थे। दुनिया का इतिहास प्रधानमंत्रियों का इतिहास नहीं है। वह सन्तों का इतिहास है; नबियों, दार्शनिकों, कवियों और पैगम्बरों का इतिहास है। इतिहास की जिस चोटी पर कवि, दार्शनिक और पैगम्बर बसते हैं, जवाहरलाल चाहते थे कि इतिहास उन्हें भी उसी चोटी पर स्थान दे।

और संसार ने भी उनकी वास्तविक प्रशंसा प्रधानमंत्रित्व से इतर गुणों के ही कारण की थी। वे प्रधानमंत्री कम, मसीहा कुछ ज्यादा थे। मगर प्रधानमंत्री और मसीहा के बीच अगर खटपट हो तो घाव या तो प्रधानमंत्री के देश को लगेंगे अथवा मसीहा चोट से कराहेगा। आदर्शों के लिए जेल जाने से मसीहा की इज्जत बढ़ती है। मगर आदर्शों के लिए दूसरों को जेल भेजने से मसीहा की शान नहीं बढ़ती। चूँकि राजनीति में पंडित जी सफल हो गए थे, इसलिए उनके भीतर के मसीहा को कुछ नीचे झुकना पड़ा था।

विज्ञान ने संसार को छोटा बना दिया है; किन्तु लन्दन और दिल्ली की पारस्परिक दूरी भले ही कम हुई हो, आदमी से आदमी की दूरी कम नहीं हुई है। रेडियो के प्रताप से लन्दन के घंटे की आवाज हम रोज ही सुनते हैं; किन्तु अपने पड़ोसी की कराह हमारे कानों में नहीं पड़ती है। धरती छोटी हो गई; किन्तु सभ्यताओं की दूरी बनी हुई है। संसार के सामने यदि सबसे बड़ा लक्ष्य यह है कि हम सारी मानवता को एक करें, तो इस युग का श्रेष्ठतम कर्तव्य भी यही हो

सकता है कि हम देशों को ही नहीं, सभ्यताओं को भी एक-दूसरे के समीप लाएँ, विचारधाराओं को एक-दूसरे से परिचित कराएँ और मतवादों को आपस में दोस्त बना दें। किन्तु यह काम राजनीति के हवाले नहीं किया जा सकता। यह कार्य, मुख्यतः, उनका है जो दार्शनिक हैं, कवि हैं, सन्त, पैगम्बर, लेखक, वक्ता और कलाकार हैं। राजनीति के माध्यम से किए जाने पर वह काम और भी मुश्किल हो जाता है।

जवाहरलाल जी की विशेषता यह थी कि राजनीति के स्तर से वे इसी काम को अंजाम दे रहे थे। उनका सुयश राजनीतिज्ञ का कम, उनके भीतर छिपे सन्त, कवि और द्रष्टा का अधिक था। वे सभ्यताओं के बीच दुभाषिए का काम कर रहे थे, जो लेखकों का काम है। इसीलिए विश्व के चिन्तकों को उनके मरने से जैसा दुख हुआ, वैसा किसी और राजनीतिज्ञ के मरने से नहीं हुआ था।

क्या वे तानाशाह थे?

1

काफी बुद्धिवादी नहीं होने के कारण थोड़ी झेंप तो है, मगर बात सच्ची कहूँगा। सन् 1941 से लेकर सन् '43 ई. तक हम लोग एक प्रेतात्मा के सम्पर्क में थे। वे मनुष्य-योनि में जर्मन-वंश में जनमी थीं और अपना नाम रोजा लक्जमबर्ग (सोशलिस्ट रोजा नहीं) बतलाती थीं। हिटलर पर उनकी प्रगाढ़ भक्ति थी और अहिंसा से वे लगभग घृणा करती थीं। कौतूहलवश हम लोग उनसे तरह-तरह के सवाल करते ही रहते थे। एक दिन हमने उनसे पूछा, 'अच्छा, जवाहरलाल जी को आप क्या समझती हैं?'

वे बोलीं, 'ही इज हिटलर, गांधी एंड स्तालिन कम्बाइंड (वह तो हिटलर, गांधी और स्टालिन का समन्वित रूप है)।'

पंडित जी हिटलर और मुसोलिनी से घृणा करते थे और इतनी घृणा करते थे कि उन दोनों के साथ मिलने से उन्होंने एक ऐसे समय इनकार कर दिया था, जब जवाहरलाल गुलाम देश के नेता थे तथा हिटलर और मुसोलिनी अपने प्रताप से दुनिया को दहला रहे थे। स्पेन में जो गृहयुद्ध मचा, उसमें भी पंडित जी की सारी सहानुभूति फासिस्टों के खिलाफ थी और वे हृदय से फासिस्टों की पराजय चाहते थे। उससे भी बड़ी बात यह हुई कि सन् 1942 ई. में जब गांधी जी स्वतंत्रता का संग्राम छेड़ने को तैयार होने लगे, तब पंडित जी इस दुविधा में पड़ गए कि युद्धोद्योग में किसी प्रकार की बाधा डालना उचित है या नहीं। कहीं ऐसा तो नहीं होगा कि भारत में विद्रोह मचने से मित्र-राष्ट्रों की ताकत को धक्का लगे और फासिस्ट शक्तियों की विजय हो जाए?

तब भी पंडित जी के मिजाज में तानाशाही की छौंक काफी थी। वे अपनी तानाशाही प्रवृत्ति का विरोध करनेवालों को बर्दाश्त नहीं करते थे, मगर चाहते थे कि दूसरे लोग उनकी ऐसी प्रवृत्ति को भी दुलराएँ और उनका साथ दें।

2

नमक-सत्याग्रह के विफल हो जाने पर गांधी जी ने कांग्रेस के निर्णयों की प्रतीक्षा नहीं की और लोगों से राय-मशविरा किए बिना ही उन्होंने अपने खास आदमियों को लेकर हरिजन-आन्दोलन आरम्भ कर दिया। पीछे सन् 1934 ई. में जब अखिल भारतीय कांग्रेस कमेटी का जलसा पटना में हुआ, गांधी जी ने उसमें इस प्रस्ताव का समर्थन किया कि सत्याग्रह आन्दोलन विधिवत् बन्द किया जाए और स्वराजी लोग विधान सभाओं में प्रवेश करने की तैयारी करें। सत्याग्रह करने का अधिकार केवल गांधी जी के पास रहेगा।

इस प्रस्ताव का विरोध समाजवादी दल के नेतृत्व में आचार्य नरेन्द्रदेव और श्री जयप्रकाश नारायण ने किया था। किन्तु समाजवादी लोग हार गए और जीत गांधी जी तथा उनके खास अनुयायियों की हुई। यह खबर जब पंडित जी को मिली, वे जेल में थे। उन्हें गांधी जी पर तानाशाही प्रवृत्ति की शंका हुई, क्योंकि गांधी जी, व्याजान्तर से यही तो कह रहे थे कि अगर नेता मुझे मानते हो, तो शर्तें भी मेरी ही कबूल करनी होंगी।

लेकिन ऐसा ही सलूक अपने अनुयायियों के साथ वे खुद भी करते थे। हिन्दू कोड बिल इसलिए पास नहीं हुआ कि कांग्रेसी सदस्य उससे पूरी तरह सन्तुष्ट थे, बल्कि इसलिए कि पंडित जी उस विधेयक को पास करवाना चाहते थे। थिमैया और मेनन वाले विवाद में भी थोड़े ही कांग्रेसी थे, जो मेनन साहब का पक्ष ले सकते थे, किन्तु पंडित जी ने जब यह हवा बहा दी कि प्रगतिशील वह है, जो मेनन साहब के साथ है, तब दल के मुँह पर लगाम लग गई और नेफा-युद्ध के समय तो पंडित जी ऐसे जिद्दी हो उठे कि उन्होंने सारी पार्टी को औंटकर रख दिया।

पंडित जी का विरोध करना कोई आसान बात नहीं थी। जो भी कांग्रेसी उनकी आलोचना करने की हिम्मत करता, वह अपनी पीठ आप ठोंकता था। हाँ, और लोग यदि उसकी पीठ ठोंकने को आते, तो छिपकर आते थे। पंडित महावीर त्यागी की सारी कीर्ति ही इस बात पर टिकी थी कि वे पंडित जी को खरी-खोटी सुना सकते थे।

पंडित जी में अधीरता थी, अपनी बात को आगे बढ़ाने की जिद थी। उनमें अहंकार भी था और जनता के बीच गरचे वे बहुत जाते थे, मगर अपने को जनसमूह का सदस्य वे नहीं समझते थे। खैरियत की बात यह थी कि वे आदमी ईमानदार थे और बराबर अपना मनोविश्लेषण आप ही करते रहते थे। 'सत्ता

पाकर मैं कहीं तानाशाह न हो उठूँ'–ऐसे सवाल भी उनके भीतर बराबर उठते रहते थे और सच्चाई की इसी प्रवृत्ति ने उन्हें तानाशाह बनने से बचा लिया।

सन् 1937 ई. के आसपास 'मॉडर्न रिव्यू' में उन्होंने अपनी आलोचना, 'चाणक्य' के छद्म नाम से, आप ही लिखी थी। उस लेख में उन्होंने जनता को जवाहरलाल से सावधान रहने की चेतावनी दी थी, क्योंकि 'जवाहरलाल के सारे ढब-ढाँचे तानाशाह के हैं। वह भयानक रूप से लोकप्रिय है, उसका संकल्प कठोर है, उसमें ताकत और गुरूर है, भीड़ का वह प्रेमी और साथियों के प्रति असहनशील है तथा ऐसे आदमियों से वह घृणा करता है, जिनमें किसी भी तरह की कमजोरी हो या जो अपनी जवाबदेही को मुस्तैदी से अंजाम नहीं दे सकें। सारी दुनिया जानती है कि वह क्रोधी स्वभाव का है। काम करवाने की उसकी आतुरता इतनी प्रखर है कि थोड़ी-सी भी देर उसे गवारा नहीं होती। नये अभियानों के लिए उसके भीतर ऐसी बेचैनी है कि जो भी चीज उसे पसन्द नहीं है, उसे वह तोड़-मरोड़कर फेंक देगा। जवाहरलाल ऐसा आदमी है, जो प्रजातंत्र की प्रक्रिया को ज्यादा दिनों तक बर्दाश्त नहीं कर सकता।'

मगर यह आत्मविश्लेषण ही बतलाता है कि यह आदमी तानाशाह नहीं होगा। जिन्हें तानाशाह बनना होता है, वे ऐसी निश्छलता से नहीं बोलते। प्रधानमंत्री होने पर भी पंडित जी अपने स्वभाव पर, अपने भीतर के छिपे चोर पर बराबर पहरा देते रहे। खास कर, संसद में वे अत्यन्त सावधान रहते थे और जो मत अधिकांश लोगों का होता था, उसे देर-अबेर अवश्य मान लेते थे। पंडित जी के जीवन से यह सबक लिया जा सकता है कि तानाशाह हमेशा कुदरती तौर पर बने-बनाए ही पैदा नहीं होते, उन्हें आगे-पीछे के लोग भी बिगाड़ देते हैं :

कुछ तो दीवाने में होता है जुनूँ का भी असर,
और कुछ लोग भी दीवाना बना देते हैं।

3

गांधी जी को जनता पैगम्बर समझती थी, अतएव गांधी जी की हर बात वह आँख मूँदकर मानती थी। गांधी जी की बहुत-सी बातें जवाहरलाल जी की समझ में नहीं आती थीं, फिर भी वे गांधी जी से लड़ने को तैयार नहीं थे, क्योंकि वे जानते थे कि मतभेद प्रकट होने पर मैं पीछे छूट जाऊँगा और सारा देश गांधी जी के पीछे-पीछे आगे निकल जाएगा।

गांधी जी जवाहरलाल पर अंकुश थे। जब वे मरे, इस अंकुश का थोड़ा-बहुत आभास सरदार पटेल में मिलता रहा, क्योंकि पार्टी के असली मालिक सरदार थे। सरदार के मरने पर भी जवाहरलाल बहुत निरंकुश नहीं हो सके। निरंकुशता की वृद्धि तब हुई, जब कांग्रेस उनका मुँह पकड़ने में लाचार हो गई। जब पार्टी खुशामदी हो जाए, तो नेता को तानाशाह बनने से कौन रोक सकता है?

रेडियो में हिन्दी के सरलीकरण का जो कार्यक्रम आरम्भ हुआ था, उसके पीछे, दूर पर, प्रधानमंत्री की कहीं कोई प्रेरणा अवश्य रही होगी। मैंने यह बात कही भी थी कि विवाद हमारा श्री गोपाल रेड्डी से नहीं, पंडित नेहरू के साथ है। किन्तु जब पंडित जी ने देखा कि जनमत उस तथाकथित सरलीकरण के खिलाफ है, उन्होंने अपने कदम पीछे हटा लिये।

अनिवार्य बचत-योजना के समय वित्तमंत्री श्री मोरारजी देसाई और संसद के बीच जो मतभेद हुआ, उसमें मोरारजी भाई का मत यह था कि संसद में एटार्नी जेनरल नहीं बुलाए जाएँ। संसद में कई लोगों ने एक स्वर से माँग की थी कि एटार्नी जेनरल को संसद में अवश्य बुलाया जाना चाहिए। लेकिन जब मत-विभाजन हुआ, तब जीत वित्तमंत्री की ही हुई। किन्तु यह सब नाटक हो जाने के बाद पंडित जी ने वित्तमंत्री को सलाह दी कि अब वही कीजिए, जो विरोधी दल चाहता है।

लेकिन यह ठीक है कि पार्टी के भीतर भी उनकी तानाशाही में हिंसा के लिए कहीं कोई स्थान नहीं था। गांधी जी जब-तब अपनी इच्छा दूसरों पर लादने के अभ्यासी रहे। गांधी जी की इस तकनीक का प्रयोग भी जवाहरलाल जी ने एक-दो बार अपनी पार्टी पर किया था। उदाहरणार्थ, सन् 1958 ई. के अप्रैल महीने में पंडित जी ने यह जिद पकड़ ली कि मैं गद्दी छोड़ दूँगा, पार्टी अपना कोई अन्य नेता चुन ले। इससे सारे दल में बेचैनी छा गई और पंडित जी को अपने बीच बिठाकर नेताओं ने काफी तैयार भाषण दिये, जिनका अभिप्राय यह था कि 'पंडित जी! अगर आपने हमें छोड़ दिया, तो यह देश किसी के भी बचाए नहीं बचेगा।'

एक मंत्री ने तो इतनी दूर की मन्तिख खोज निकाली कि 'जनता ने वोट कांग्रेस को नहीं, आपको दिया है। अगर आप जाना चाहते हैं, तो तुरन्त नया चुनाव करवाकर जाइए, अन्यथा यह काम जनता के प्रति विश्वासघात का काम होगा।'

और पंडित जी इन खुशामदियों की बातें बड़े ध्यान से, शायद प्रेम से भी, सुनते रहे। मैं चाहता था कि पंडित जी कम-से-कम एक बार यही कह दें कि

'ऐसी खुशामदों से आजिज आकर ही थोड़े दिनों तक मैं वहाँ रहना चाहता हूँ, जहाँ कोई खुशामदी नहीं पहुँच सके।' मगर यह बात उनके मुँह से नहीं निकली। आखिर को वे गए भी नहीं और उनकी वैराग्य की धमकी से जो एक हवा बँधनी थी, वह भी नहीं बँध सकी। उलटे उसकी फसल उन चाटुकारों ने काटी जिन्होंने घड़ी को परम अनुकूल जानकर अपनी सिद्ध सरस्वती का आह्वान किया था।

एक दूसरे नेता ने आजिजी से प्रार्थना की थी, 'पंडित जी! अगर आपको जाना ही है, तो ऐसे मत जाइए; कोई योजना बनाकर जाइए, जिससे देश का काम सुचारु रूप से चलता रहे।'

इस पर एक मित्र ने मेरे कान में कहा, 'जानते हो, ऐसा क्यों कह रहा है? आदमी काफी सीनियर है। सोचता है, योजना बनाई गई तो इसका भी उद्धार हो सकता है।'

यह सब खेल देखकर टंडन जी काफी गमगीन थे। मुझसे उन्होंने पूछा, 'क्या सोचते हो? जाएँगे?'

मैंने कहा, 'मेरी तो समझ में कुछ नहीं आता है।'

वे बोले, 'आराम की जवाहरलाल को जरूरत है। तीन महीने छुट्टी पर चला जाए तो काफी है और, अन्त में, जवाहरलाल करेगा भी यही। थक गया है।'

तीन महीनों की छुट्टी का प्रस्ताव श्री सत्यनारायण सिंह ने भी रखा था और कहा था, 'आप तीन महीनों के लिए छुट्टी पर जाएँ। बाकी आपको सजा यह दी जाती है कि आप जिन्दगी भर खटते रहें।'

पंडित जी छुट्टी पर भी नहीं गए। मगर सत्यनारायण बाबू के हुक्मनामे के बाकी अंश पर उन्होंने जिन्दगी पर अमल किया।

4

उस दिन (1.5.58) की घटना को मैंने डायरी में दर्ज किया था : 'गोपियाँ कृष्ण को छोड़ना नहीं चाहतीं। कोई कृष्ण बनने को तैयार भी नहीं है। कौन पहाड़ उठाए? पहाड़ उठानेवाले की छत्रच्छाया में आराम करना सबसे अच्छा काम है।

'पहाड़ तो, कभी-न-कभी, किसी-न-किसी को उठाना ही पड़ेगा। कृष्ण चाहता है कि कोई अभी ही आजमाइश करे। गोपियाँ कहती हैं–तब का तब देखा जाएगा, अभी तो गिरिधारी की ही छाया में आनन्द है।

'पंडित जी कांग्रेस के भीतर और सारे देश में वह बेचैनी उत्पन्न करना चाहते हैं, जो बेचैनी बापू अपने उपवासों की घोषणा से जगाया करते थे। इतने बड़े काम गोपियाँ विफल कर देना चाहती हैं, केवल यह कहकर कि कृष्ण! तुम महान हो, प्रतिपालक हो, रक्षक हो; जब तक तुम हो, हममें से कोई भी पहाड़ उठाना कबूल नहीं करेगी।

'लेकिन, पंडित जी क्या करें? क्या वे पार्टी की बात मान लें? यदि हाँ, तो वे कैसे नेता हैं और यह कैसी पार्टी है?'

केन्द्रीय हॉल में यह भी कानाफूसी चलती थी कि पंडित जी उस आदमी का पता लगाना चाहते हैं, जो उनके जाने से खुश होगा। कुछ लोग यह भी कहते थे कि विरासत के उम्मीदवार तो कई हैं, मगर वे इस इन्तजार में हैं कि छींका पहले और लोग तोड़ें, दही खाने के समय हम आगे पहुँच जाएँगे।

पीछे यह भी सुना था कि पंडित जी के अधिकार-त्याग से आइसनहावर और ख्रुशोव घबरा गए थे और उन्हीं के हस्तक्षेप करने पर पंडित जी ने अपना विचार बदल दिया।

ऐसी ही अधिकार-त्याग की धमकी पंडित जी ने एक बार और दी थी, जब रफी साहब जीवित थे। उस समय रफी साहब ने किसी दोस्त से कहा था, 'जवाहरलाल से कहो कि कार्य-भार मुझे सौंपकर छुट्टी पर चला जाए। मगर छह महीनों में लोग अगर उसे भूल जाएँ, तो इसका गिला न करे।'

5

डिक्टेटरी की प्रवृत्ति पंडित जी के मिजाज में थी, किन्तु इस प्रवृत्ति की व्यंजना वे अहिंसक ढंग से करते थे। नापसन्द आदमियों को मंत्रिमंडल से निकाल देना या उन्हें चुनाव का टिकट नहीं देना, ऐसी बातों में जब-तब प्रतिशोध की कुछ गन्ध भले ही हो, किन्तु तरीके ये भी अहिंसा के ही हैं। कठिनाई यह है कि राजनीति का नेता ऐसे लांछनों से बच नहीं सकता। पंडित जी इन लांछनों से बहुत ही बचकर निकलना चाहते थे। किन्तु काजल की कोठरी में रहनेवाला आदमी कहीं-न-कहीं दाग लगा ही लेता है।

राजनीति की परिभाषा आसान नहीं है। राजनीति युद्ध भी है और शान्ति भी, हिंसा भी है और अहिंसा भी, सिधाई भी है और छल-प्रपंच भी। युद्ध राजनीति की उस अवस्था को कहते हैं, जब वह लोहू से लाल हो उठती है।

और शान्ति राजनीति का वह रूप है, जब वह कंठी-माला और चन्दन से विभूषित रहती है।

इसी प्रकार तानाशाही और प्रजातंत्र भी राजनीति के ही रूप हैं। राजनीति जहाँ कोमल होती है, वहाँ उसे प्रजातंत्र कहते हैं। जहाँ वह कठोर होती है, वहाँ वह तानाशाही समझी जाती है। मगर ऐसा नहीं है कि जहाँ प्रजातंत्र है, वहाँ तानाशाही की कोई भी प्रवृत्ति नहीं चलती हो। इंग्लैंड और अमरीका की राजनीति भी वोट तो सबसे लेती है, मगर अपने असली रहस्य का सूत्र कुछ चुने हुए लोगों के ही हाथों में रखती है। और रूस तथा चीन की निन्दा हम चाहे जितनी भी कर लें, मगर वहाँ की राजनीति भी जनता का मुँह जोहे बिना नहीं चल सकती।

प्रजातंत्र और तानाशाही के बीच एक विभाजक रेखा जरूर है। मगर उस रेखा पर पाँव रखने की विवशता या लोभ सभी राजनीतिज्ञों को होता है। तानाशाह इस रेखा को इसलिए लाँघता है कि जिस आदमी की वह गरदन पकड़े हुए है, उसके हृदय को भी वह जरा गुदगुदाना चाहता है। और प्रजातंत्री नेता इस रेखा पर इसलिए पाँव धरता है कि जिनके वोटों के बल पर वह राजा बना है, उन्हें अपनी इच्छित दिशा की ओर थोड़ा मोड़ सके।

राजनीतिक नेताओं की यह आदत होती है कि सभा के मंचों से वे चाणक्य और मैकियावेली की निन्दा करते हैं, मगर जब वे दफ्तर की मेज पर होते हैं, चाणक्य और मैकियावेली का थोड़ा अभ्यास किए बिना उनका काम नहीं चलता। पंडित जी इस नियम के अपवाद थे।

6

पंडित जी ने हिटलर और मुसोलिनी से मिलना नामंजूर कर दिया था, किन्तु जब स्तालिन मरा, संसद में उसकी बड़ाई करते हुए पंडित जी ने उसे शान्तिकामी मनुष्य कहा था। अवश्य ही स्तालिन के प्रति जवाहरलाल के भीतर कहीं कोई भक्ति-भाव रहा होगा। लेकिन जवाहरलाल और स्तालिन की अगर परस्पर तुलना की जाए, तो हमारे सामने नक्शा क्या उभरता है?

स्तालिन हिंसा में विश्वास करता था, सभी साम्यवादी हिंसा में विश्वास करते हैं। मेरा खयाल है, जवाहरलाल अगर गांधी जी के प्रभाव में नहीं आए होते, तो हिंसक क्रान्ति का समर्थन वे निःसंकोच होकर करते।

स्वतंत्रता-संग्राम के सेनापति तो महात्मा गांधी थे, किन्तु कठोर-से-कठोर बातें भी उनके मुख से कोमल होकर निकलती थीं। 'भारत छोड़ो'–इस नारे के भीतर अर्थ चाहे जितना भी दुर्धर्ष रहा हो, मगर भाषा यह अहिंसा की है। कठोर बात गांधी जी के मुख से एक ही बार निकली थी और वह तब, जब वे भारत के राजनीतिक क्षितिज पर पहले-पहल आए थे और जनता को यह जताना चाहते थे कि मैं प्रस्ताव नहीं, कुछ करने का संकल्प लेकर आया हूँ : 'यह सरकार शैतानियत से भरी है। मैं या तो इसे सुधार दूँगा अथवा इसका संहार कर दूँगा।'

किन्तु, युद्धारूढ़ जाति की जो कटुता, अधीरता, अविनय या अहंकार गांधी जी अथवा अन्य किसी नेता के मुख से उद्गीर्ण नहीं होता था, उसे जवाहरलाल जोरों से अभिव्यक्ति देते थे। गांधी जी बमबाज बहादुरों की प्रशंसा कभी नहीं करते थे; किन्तु जवाहरलाल ने सन् 1929 के आसपास किसी भाषण में कह दिया था कि 'बम के एक धड़ाके से देश में जो जागृति फैल जाती है, वह सौ प्रस्तावों से भी नहीं फैलती।'

सन् 1945 ई. में जब नेतागण जेल से बाहर आए, तब उन्हें सन् '42 की क्रान्ति का खुलकर समर्थन करने में संकोच होने लगा, क्योंकि उस क्रान्ति में हिंसा भी हुई थी। मगर जवाहरलाल जी में दुविधा और संकोच का लेश भी नहीं था। उन्होंने कई भाषणों में कहा था कि 'अगर यह क्रान्ति हिंसक थी, तो उसकी सारी जिम्मेवारी मैं ओढ़ने को तैयार हूँ।'

जब गांधी जी गोलमेज सम्मेलन में जाने लगे, सारे देश ने मिलकर यह पुकार की कि भगतसिंह को फाँसी से बचाने का आश्वासन लिये बिना गांधी जी सम्मेलन में शरीक नहीं हों। किन्तु गांधी जी ने वायसराय से अनुनय-विनय तो बहुत की, किन्तु यह शर्त नहीं बदी कि भगत सिंह फाँसी पर चढ़ाया गया, तो कांग्रेस गोलमेज सम्मेलन में भाग नहीं लेगी। मगर जवाहरलाल ने उस समय भी गरजकर कहा था, 'मैं नहीं समझता कि हिन्दुस्तान का हाथ इंग्लैंड के उन हाथों से कैसे मिलेगा, जिनमें भगत सिंह का खून लगा हुआ है! गोलमेज सम्मेलन में एक ओर हिन्दुस्तान होगा, एक ओर इंग्लैंड होगा और दोनों के बीच भगत सिंह की लाश पड़ी होगी।'

जब माता स्वरूपरानी पर बेंत पड़ी, उस समय जवाहरलाल जी जेल में थे। इस घटना का वर्णन करते हुए उन्होंने लिखा है, 'अगर मैं उस समय वहाँ मौजूद होता, तो क्या कर डालता, यह बताना मुश्किल है। शायद, हिंसा-अहिंसा की विचिकित्सा भी मुझे रोक नहीं पाती।'

7

जवाहरलाल जी के मिजाज की तेजी को प्रकृति ने कम नहीं किया; कमी उसमें गांधी जी के प्रभाव से आई थी। मगर गांधी जी के सम्पर्क में नहीं आने पर भी वे हिटलर और मुसोलिनी नहीं बन सकते थे।

घर हमारा जो न रोते भी तो वीरां होता,
बह्र गर बह्र न होता तो बयाबां होता।

उन्नीसवीं सदी के उदारतावादी विचार उनके भीतर कूट-कूटकर भरे थे। साथ ही, राष्ट्रीय भावों का उनके भीतर प्राबल्य था। इंग्लैंड में अध्ययन करते समय उन्होंने इटली के प्रतापी वीर गेरीबाल्डी की जीवनी बड़े ही उत्साह से पढ़ी थी और गेरीबाल्डी के जीवन का उनके मन पर बहुत अच्छा प्रभाव भी पड़ा था। इसी प्रकार, भक्ति उनकी आयरलैंड के वीर नेता मैक्स्विनी पर भी थी, जिन्होंने अंग्रेजों की जेल में तिहत्तर दिनों तक अनशन करके शहादत पाई थी।

जवाहरलाल जी तीन महापुरुषों का प्रभाव अपने ऊपर स्वीकार करते थे। मेरा खयाल है, अपने पिता से उन्होंने शान और ठाठ ग्रहण किया था, गांधी जी से यथासम्भव अहिंसक बनने की शिक्षा स्वीकार की थी और अन्तरराष्ट्रीय दृष्टि उन्हें रवीन्द्रनाथ से प्राप्त हुई थी।

मनुष्य हमेशा वही नहीं बनता, जो वह बनना चाहता है। अक्सर वह वैसा बन जाता है, जैसा परिस्थितियाँ उसे बनाना चाहती हैं। जवाहरलाल जी जो कुछ थे, उन परिस्थितियों के बनाए हुए थे, जिनमें रहकर गांधी जी के साथ उन्होंने काम किया था। परिस्थितियाँ अगर भिन्न भी होतीं और गांधी जी के सम्पर्क में वे न भी आए होते, तो भी हिटलर और मुसोलिनी वे नहीं हो सकते थे। साम्यवादी शायद वे अवश्य हुए होते, किन्तु तब भी वे स्तालिन हुए होते या नहीं, इसमें मुझे सन्देह है। और तानाशाह होने पर भी तानाशाही का वही नमूना वे पेश नहीं करते, जिसे स्तालिन और माओ ने पेश किया है।

8

स्तालिन केवल जिन्दादिल ही नहीं, लगभग बेचैन मिजाज का इनसान था। वह बराबर सवाल और बहसें करता रहता था। और बहस वह हमेशा दूसरों के ही साथ नहीं, अपने साथ भी करता था। बातें करते-करते उसकी आँखों से आँसू छलक पड़ते थे और वह रोने लगता था।

पंडित जी दूसरों से सवाल बहुत कम पूछते थे, गरचे अपने-आपके खिलाफ बहस करना उनका स्वभाव था और ऐसी बहस वे सभाओं में बोलते समय कुछ ज्यादा ही करते थे। बातें करते-करते वे उबल पड़ते थे, यह ठीक है, लेकिन उन्हें मैंने रोते कभी भी नहीं देखा। जब फीरोज का देहान्त हुआ, श्री मैथिलीशरण जी और मैं मातमपुरसी के लिए पंडित जी के पास साथ ही गए थे। किन्तु उस समय भी पंडित जी की आँखों में आँसू नहीं थे। नहा-धोकर वे तैयार हो चुके थे और पाजामा, कुर्ता, बंडी और टोपी पहने खड़े लोगों का स्वागत कर रहे थे।

मिलोवन जिलास ने लिखा है कि गोर्की की मृत्यु के पीछे स्तालिन का हाथ था। इतिहास यह भी शंका करने लगा है कि लेनिन की मृत्यु के पीछे भी कहीं दूर पर स्तालिन खड़ा था। मगर ऐसी निष्ठुरता जवाहरलाल स्वप्न में भी नहीं कर सकते थे। जिलास का मत है कि ऐसा कोई भी जुर्म नहीं है, जिसे स्तालिन नहीं कर सकता था अथवा जो जुर्म उसने नहीं किया था। मानवता के सम्पूर्ण इतिहास में जिलास स्तालिन को सबसे बड़ा अपराधी मानता है।

राजमद में स्तालिन इतना मतवाला हो गया था कि वह उन लोगों की भी बात नहीं सुनता था, जिन्होंने उसकी तरक्की में सीढ़ियों की भूमिका अदा की थी। धीरे-धीरे वह इतना अभिमानी हो उठा था कि बदलती हुई हालतों को वह कोई भी अहमियत नहीं देता था, न जनमत उसके सामने कोई चीज थी।

मार्शल टीटो जब पहले-पहल मास्को गए, क्रेमलिन में उन्हें एक भारी दावत दी गई। उस दावत में तत्कालीन राष्ट्रपति कालीनिन भी मौजूद थे, मगर स्तालिन के प्रताप के मारे वे दुबके हुए थे। थोड़ी देर में कालीनिन ने टीटो से एक सिगरेट माँगी। इतने में स्तालिन बोल उठा, 'नहीं, नहीं, यह सिगरेट आप मत पिएँ, यह पूँजीवादी सिगरेट है।' स्तालिन का इतना कहना था कि कालीनिन की काँपती अँगुलियों से सिगरेट नीचे गिर गई और वे हतप्रभ-से हो गए। विचित्र बात यह है कि कालीनिन की बदहालत देखकर स्तालिन हँसने लगा। फिर उसने राष्ट्रपति के नाम पर एक जाम उठाया। शायद यह क्षतिपूर्ति का प्रयास था। मगर इस अभिनय से मजाक और भी तीखा हो गया।

ऐसी शान कोई डिक्टेटर ही दिखा सकता है। पंडित जी डिक्टेटर नहीं, पंचायती राज्य के प्रधान थे। न तो स्तालिन की तरह उनकी दावत 10 बजे रात से लेकर 4 बजे भोर तक चलती थी, न उन दावतों में किसी भी आदमी का मजाक उड़ाया जाता था। राष्ट्रपति ही नहीं, राष्ट्रपतियों के प्रति पंडित जी की शालीनता उदाहरणीय थी। एक बार संसद के सम्मिलित सत्र में भाषण देने को जब राष्ट्रपति डॉक्टर राजेन्द्र प्रसाद की सवारी आ रही थी, पंडित जी केन्द्रीय

हॉल में घूम रहे थे। जैसे ही उनकी दृष्टि जुलूस पर पड़ी, वे बच्चों की तरह यह कहते हुए अपनी सीट की ओर भागे कि 'अरे, पहुँच ही गए!' मुझे लगा, यह व्यक्ति प्रजातंत्र का सच्चा अलमबरदार है।

9

कहने को तो पंडित जी के बारे में भी लोग यह कह देते थे कि पंडित जी अपने मित्रों का उपयोग छुरी और काँटों के रूप में करते हैं। मगर मित्रों के साथ जितना निर्वाह जवाहरलाल करते थे, उतना निर्वाह और कोई प्रभुतासम्पन्न व्यक्ति नहीं कर सकता। वे हैमलेट कम, अनेकान्तवादी अधिक थे। वे बहुत-से ऐसे लोगों से भी काम लेते थे, जिनके विचारों के साथ उनके अपने विचारों का पूरा साम्य नहीं था। यह स्तालिन ही था जिसने अपने पोलित ब्यूरो में अपने से अधिक लम्बाईवाले किसी भी आदमी को नहीं रखा था। जवाहरलाल जी के मंत्रिमंडल में लालबहादुर जी भी थे और श्री मोरारजी देसाई भी।

साहित्य और समाचार-पत्रों ने अभिव्यक्ति की जिस स्वाधीनता का उपभोग जवाहरलाल के राज्य में किया, उससे अधिक स्वाधीनता की कल्पना नहीं की जा सकती। इस मामले में स्तालिन के वे बिलकुल विपरीत थे। सन् 1948 ई. में स्तालिन के दरबार में सबसे ज्यादा चलती झैडोनोव की थी। यह वह समय था, जब क्रेमलिन के हुक्मनामों से साहित्यकारों के बचे-खुचे अधिकार भी छीने जा रहे थे। उन दिनों लेनिनग्राद में एक व्यंग्य-लेखक थे, जिनका नाम जोश्चेंको था। मास्को में किसी दिन झैडोनोव ने जोश्चेंको के बारे में कोई कड़ा मजाक कर दिया। इस मजाक के लेनिनग्राद पहुँचते ही पहली घटना यह घटी कि बिना किसी शानोगुमान के जोश्चेंको का राशन-कार्ड खारिज हो गया और वह जारी फिर से तब हुआ, जब मास्को ने जोश्चेंको के पक्ष में हस्तक्षेप किया। यह कहानी खुद झैडोनोव ने जिलास से कही थी।

जवाहरलाल के राज्य में अभिव्यक्ति की स्वाधीनता पर आघात के दो-एक उदाहरण तब दिखाई पड़े, जब चीनी आक्रमण के कारण सरकार ने आपद्धर्म की घोषणा की। अन्यथा आलोचनाओं अथवा टीका-टिप्पणियों से घबराकर पंडित जी ने किसी भी साहित्यिक का अहित किया हो, ऐसी बात मुझे बिलकुल याद नहीं आती है।

कानों में बात तो यहाँ तक पड़ी थी कि रूस में जब पास्तरनेक पर मुसीबत आई और संसार भर के लेखक उसके भविष्य को लेकर चिन्तित हो

उठे, उस समय पंडित जी ने ख्रुशोव साहब को एक पत्र लिखा था कि पास्तरनेक के साथ सख्ती का बर्ताव होने से बाहर रूस का अयश बढ़ेगा, इसलिए जहाँ तक सम्भव हो, उनके साथ बर्ताव नर्मी का ही किया जाना चाहिए। कहते हैं, पंडित जी के इस बीच-बचाव से ही पास्तरनेक पर मँडलाती हुई कुछ भारी विपत्तियाँ टल गईं।

जिलास ने इस बात का भी उल्लेख किया है कि जिन दिनों वे मास्को गए थे, उन्हीं दिनों सिमोनोव नामक किसी कवि का एक प्रेमकाव्य निकला था, जो चर्चा का विषय बना हुआ था। झैडोनोव ने स्तालिन की मौजूदगी में फब्ती कसी कि इस काव्य की केवल दो ही प्रतियाँ छपनी चाहिए थीं–एक मर्द के लिए और दूसरी औरत के लिए। यह मजाक सुनकर स्तालिन को खुशी हुई और वह मुसकराने लगा। मेरा खयाल है, जवाहरलाल की मौजूदगी में किसी भी कवि के बारे में ऐसा मजाक कोई नहीं कर सकता था।

10

स्तालिन के साथ पंडित जी की तुलना में कोई तुक नहीं बैठती है। पंडित जी व्यवहार में चाहे, कभी-कभार, फिसल भी गए हों, मगर गांधी जी की यह शिक्षा उनके चरित्र में जमी हुई थी कि अपवित्र साधनों से पवित्र साध्य का संधान नहीं किया जा सकता। वैसे राजनीति पर नैतिकता की दृष्टि से विचार किया जा सकता है या नहीं, यह विषय ही सन्दिग्ध माना जाना चाहिए। राजनीति का ध्येय खास देश या जनसमूह की रक्षा और विकास है। इस कार्य में शुद्ध नैतिकता पर सदैव और सर्वत्र अविचल रहना कठिन पाया गया है। फिर भी राजनीतिज्ञों और राजपुरुषों में महिमा उन्हीं की मानी जानी चाहिए, जिनमें नैतिकता को व्यवहार से और आदर्श को सत्य से जोड़ने की शक्ति हो तथा जो अपने लक्ष्य की ओर दृढ़ता और तेजी से चलते हुए भी अपने नैतिक विश्वासों से विचलित नहीं होते हों।

इस दृष्टि से देखने पर स्तालिन और जवाहरलाल एक-दूसरे से भिन्न ही नहीं, परस्पर विरोधी दिखाई देते हैं। स्तालिन की महिमा यह थी कि वह साध्य का रवागी था। जवाहरलाल की विशेषता यह थी कि वे साधन के आराधक थे। स्तालिन की विहार-स्थली भूगोल थी। जवाहरलाल इतिहास में बसते थे।

जवाहरलाल कल्पक अधिक, व्यावहारिक कम थे। स्तालिन का कल्पना और वास्तविकता, दोनों पर समान अधिकार था। गरीबों के नेतृत्व में सारे संसार के

मनुष्यों को विश्व-बन्धुत्व के धागे में बाँधने की कल्पना उसके सामने बराबर साकार रही। स्तालिन जानता था कि वह क्रूरकर्मा है, हजारों-हजार लोगों का वह विनाश कर रहा है और एक बड़ी मानवता उसके बूटों के नीचे अशब्द रहकर भी चीत्कार कर रही है। किन्तु वह समझता था कि यही मार्ग है, जिस पर चलकर वह अपने मिशन को पूरा कर सकता है। निर्दयता की उसके मन पर जो भी प्रतिक्रिया होती थी, उसे वह इस विश्वास के कारण भूल जाता था कि अपने कर्मों में वह स्वाधीन नहीं है। इतिहास ने उसे एक खास मिशन पर नियुक्त किया है और वह इतिहास के आदेश का पालन कर रहा है।

जवाहरलाल जी में यह शक्ति नहीं थी कि ठंडे हाथों वे अपनी कल्पना को साकारता का जामा पहना सकें। विभागीय सचिव उनके स्वभाव को जानते थे। एक बार दिल्ली के सचिवालय में मैं एक संयुक्त सचिव की मेज पर बैठा था कि इतने में कोई संचिका प्रधानमंत्री के दफ्तर से वापस आई। प्रधानमंत्री ने विभाग के प्रस्ताव को नामंजूर कर दिया था। डिपुटी ने संयुक्त सचिव से पूछा, 'अब क्या होगा?'

संयुक्त सचिव ने बड़े ही भरोसे के स्वर में कहा, 'पंडित जी का मूड आने दो। छह महीने बाद यह प्रस्ताव मंजूर हो जाएगा।'

11

भारत से बाहर जहाँ-तहाँ यह शिकायत चलती थी कि भारत के लोगों में अपने अतीत के लिए बड़ा अहंकार है। इससे चौंककर ही पंडित जी विदेशवालों से बराबर कहा करते थे कि हम किसी मिशन को लेकर नहीं चल रहे हैं। किन्तु मिशन उनके सामने था। देश के भीतर वे प्रजातंत्रीय मार्ग से समाजवाद लाना चाहते थे और देश के बाहर वे शान्ति की स्थापना के लिए बेचैन थे। लेकिन दो ध्येयों में से एक भी ध्येय उनका पूरा नहीं हुआ। समाजवाद की दिशा में उन्होंने दो सुस्पष्ट कदम उठाए थे। एक तो कृषि-सहयोग का आन्दोलन और दूसरा, कर-नीति या टैक्सेसन का विस्तार। किन्तु दो में से एक का भी इच्छित परिणाम नहीं निकला। कृषि-सहयोग का आन्दोलन इसलिए धीमा पड़ गया कि राजा जी ने यह कहकर इस आन्दोलन के खिलाफ अपनी छाती रोप दी कि दो सौ सहयोग समितियों का उद्घाटन करके मैंने देख लिया है, यह तरीका काम नहीं करता है। और कर-नीति के विस्तार से समाजवाद जितना समीप आया है, उससे अधिक भ्रष्टाचार की बाढ़ उठी है। जहाँ तक विश्व-शान्ति का प्रश्न है,

चीन ने भारत को पराजित करके उसकी आवाज का वह रौब छीन लिया, जिसके कारण संसार उसकी ओर सम्मान से देखने लगा था।

मार्शल टीटो के यह कहने पर कि 'समाजवाद लाने के लिए अब पुराने तरीके अनिवार्य नहीं रहे, समाजवाद अब नये तरीकों से भी लाया जा सकता है', स्तालिन ने कहा था, 'हाँ, समाजवाद अब इंग्लैंड के राजा के अधीन भी पैदा हो सकता है। अब क्रान्ति के पुराने तरीके अनिवार्य नहीं रहे।' मगर यह राय उसने सार्वजनिक रूप से नहीं बताई। यह उसका वैयक्तिक मत था।

चूँकि इंग्लैंड की लेबर पार्टी की वैदेशिक नीति रूस की वैदेशिक नीति से भिन्न थी, इसलिए स्तालिन लेबर पार्टी को समाजवादी नहीं समझता था। किन्तु इस सम्भावना में वह भी विश्वास करता था कि समाजवाद प्रजातंत्रीय पद्धति से भी लाया जा सकता है। समाजवाद की स्थापना के प्रसंग में पंडित जी और मार्शल टीटो की रायें मिलती-जुलती थीं। किन्तु पंडित जी की सफलता मार्शल टीटो और प्रेसिडेंट नसर, दोनों की सफलताओं से न्यून रही। पता नहीं, इसके कारण की खोज हमें पंडित जी की नीति और कार्य-क्षमता में करनी चाहिए अथवा जनसंख्या की विपुलता, आलस्य, अकर्मण्यता, पवित्रता और लद्धड़पन से पीड़ित इस देश में, जो अधचेत हाथी के समान अब भी लेटा हुआ है!

बाहर से आनेवाले नेता पंडित जी से अक्सर यह कहकर वापस जाते थे कि आप अपने देश का बहुत अच्छा विकास कर रहे हैं, किन्तु यह प्रशंसा उन्हें अपने देशवासियों के मुख से सुनने को नहीं मिलती थी। इस बात का विलाप पंडित जी यह कहकर करते थे कि 'अजीब बात है! बाहरवाले हमारे जिन कामों से इतने खुश लौटते हैं, हमारे अपने देश पर उन कामों का भी कोई प्रभाव नहीं पड़ता है।'

12

तमाम निर्दयताओं के बावजूद स्तालिन ने एक पिछड़े हुए देश को शक्तिशाली और औद्योगिक राष्ट्र, बल्कि एक साम्राज्य बना दिया, जो सम्पूर्ण विश्व का नेतृत्व करने की अवस्था में आ गया है।

किन्तु सच्चाई, उदारता, कल्पनाशीलता और अध्यवसाय–इन सारे सद्‌गुणों के होते हुए भी जवाहरलाल जी की ठोस उपलब्धियाँ केवल चार ही रहीं। उनकी पहली उपलब्धि यह रही कि जब यह देश स्वाधीन हुआ, उस समय साम्प्रदायिक कलह और गृहयुद्ध के कारण ऐसा भासित होने लगा था, मानो स्वतंत्रता और

कुछ नहीं, इस देश को जड़-मूल से समाप्त कर देने का बहाना मात्र है। किन्तु जवाहरलाल ने हिंसा के उस आवर्त से इस देश को बचा लिया। उनकी दूसरी उपलब्धि यह है कि अपने जीवन-काल में तीन महाचुनाव करवाकर उन्होंने प्रजातंत्र की जड़ों को इस देश में मजबूत बना दिया। उनकी तीसरी उपलब्धि योजना-आयोग की स्थापना और उसका विकास है, तथा उनकी चौथी उपलब्धि यह है कि देश के मन पर वे इस भाव का सिक्का बिठाकर गए हैं कि एकता और स्वाधीनता–ये एक ही सिक्के के दो पहलू हैं। अगर एकता को हमने खिड़की की राह से जाने दिया, तो हमारी स्वाधीनता सदर दरवाज़ा खोलकर निकल जाएगी।

स्तालिन के मरने के बाद ख़ुशोव साहब ने इस बात के लिए कुछ थोड़ा प्रयास अवश्य किया कि रूस स्तालिन के प्रभावों से मुक्त हो जाए। किन्तु स्तालिन को गालियाँ देकर भी रूस उन प्रभावों से मुक्त नहीं हो पाया है। इन प्रभावों से, पूर्ण रूप से, मुक्त कभी वह होगा भी नहीं, क्योंकि वर्तमान रूस स्तालिन की लौहकल्पना के साँचे में ढलकर तैयार हुआ है। चाहे जितने भी सुधार किए जाएँ, किन्तु गर्भ के संस्कार उसके बने ही रहेंगे।

लगातार सत्रह साल तक शासन करके पंडित जी भी भारत के मन पर कुछ ऐसी निशानियाँ छोड़ गए हैं, जो मिटाए नहीं मिटेंगी। मसलन यह किसी भी शासक के लिए आसान नहीं होगा कि वह भारतवासियों से चिन्तन और अभिव्यक्ति की स्वाधीनता का अपहरण करे। इसी प्रकार, इस देश का अवचेतन कुछ-कुछ अन्तरराष्ट्रीय हो गया है। खाँटी राष्ट्रीयता की पूछ यहाँ कभी भी ज्यादा नहीं होगी। बली और शक्तिशाली होना जैसे अन्य देशों के लिए सम्भव है, वैसे ही वह भारत के लिए भी सम्भाव्य है। किन्तु उस ओर इस देश की प्रवृत्ति नहीं है। यह देश नैतिक गुणों का विकास करके मानवता का पौरोहित्य करनेवाला देश है और पंडित जी भी भारत के इसी भाव को उत्तेजित करके गए हैं।

गांधी और जवाहरलाल

1

जब पंडित जी जवाहरलाल नेहरू गांधी जी की शरण गए, तब यह बहुत कुछ वैसा ही दृश्य था, जैसे विवेकानन्द परमहंस रामकृष्ण की शरण में गए थे। दोनों ही मामलों में गुरु सत्य के द्रष्टा और शिष्य उसके अन्वेषी थे; दोनों ही मामलों में गुरुओं के चरण अडिग और शिष्यों की गति चंचल तथा उत्तेजनापूर्ण थी; और दोनों ही मामलों में गुरु श्रद्धा और विश्वास की प्रतिमा तथा शिष्य शंकालु थे।

पहली ही मुलाकात में परमहंस रामकृष्ण ने नरेन्द्रनाथ दत्त की छाती में अपना पाँव छुलाकर उन्हें समाधिस्थ कर दिया था, किन्तु नरेन्द्रनाथ इतने से ही पराजित नहीं हुए। वे बुद्धिवादी युवक थे और लोकोत्तर शक्तियों में उनका विश्वास नहीं था।

परमहंस रामकृष्ण ने साधनापूर्वक अपने स्वभाव का रूपान्तरण कर डाला था। यदि काँसे या पीतल के बरतन से उनका स्पर्श हो जाता, तो उनके हाथ-पाँव ऐंठने लगते थे। नरेन्द्रनाथ के भीतर कहीं यह शंका समाई हुई थी कि सम्भव है, यह सब ढोंग हो! अतएव एक दिन एकान्त पाकर उन्होंने परमहंस के बिछावन के नीचे चाँदी का एक सिक्का छिपा दिया। परमहंस जैसे ही आए और बिछावन पर बैठने लगे, वे चौंककर चौकी से अलग हो गए और बोले, 'अरे, बिच्छू ने डंक मार दिया!' लोग बिछावन को झाड़ने-बुहारने लगे, मगर कहीं भी बिच्छू या किसी और कीड़े का पता नहीं चला। निदान, लोगों ने बिछावन को उठाया तो उसके भीतर से एक रुपया टन से गच पर जा गिरा। नरेन्द्रनाथ इस दृश्य से अवाक् रह गए और शर्म से गड़कर उन्होंने गुरु को प्रणाम किया।

किन्तु गुरु के मुख पर रोष नहीं आया। वे सिर्फ इतना ही बोले कि हाँ, जिसे गुरु बनाना, उसकी जाँच अवश्य कर लेना।

किन्तु विवेकानन्द की शंकालिप्त बुद्धि इतने से पराजय मानने को तैयार नहीं हुई। अन्त समय में, परमहंस देव के गले में कैंसर हो गया था, जिसे शिष्यगण रोज धोकर साफ करते थे। उन दिनों यह अफवाह चलती थी कि कैंसर संक्रामक रोग है। अतएव शिष्यों में से कइयों के चेहरों पर जब-तब शंका और भय के भाव दिखाई पड़ने लगे। विवेकानन्द अपने गुरु-भाइयों के भीतर से इस भय को निर्मूल करना चाहते थे। अतएव एक दिन उन्होंने अघोर कर्म कर डाला। जब कैंसर का मवाद एक बरतन में जमा था, विवेकानन्द सबके सामने उसे उठाकर पी गए।

जिस दिन यह घटना घटी, उसके कई दिन पूर्व परमहंस देव विवेकानन्द को समाधि में ले जाकर अपनी सारी सिद्धियाँ उन्हें प्रदान कर चुके थे और जब विवेकानन्द प्रकृतिस्थ हुए, तब परमहंस ने उनसे रोकर कहा था, 'नरेन, आज मैं तुम्हें सब कुछ देकर कंगाल हो गया, किन्तु ये सिद्धियाँ तुममें बन्द कर दी गई हैं और उनकी कुंजी माँ ने अपने पास रख ली है। समय-समय पर ये सिद्धियाँ तुम्हारे काम आएँगी।'

समझना चाहिए कि इसके बाद विवेकानन्द के भीतर शंका नहीं उठी होगी। किन्तु नहीं, विवेकानन्द का बुद्धि-प्रेमी मन कभी भी हार माननेवाला नहीं था। परमहंस देव के शरीर छोड़ने के दो-चार दिन पूर्व एक और घटना घटी। परमहंस अपने आसन पर विराजमान थे। विवेकानन्द चुपचाप नीचे बैठे हुए थे। इतने में विवेकानन्द के भीतर शंका एक बार फिर जाग्रत हुई, 'नहीं, ऐसे नहीं मानूँगा। अगर आज कहेंगे तभी स्वीकार करूँगा।'

अन्तर्यामी रामकृष्ण को विवेकानन्द का भाव तुरन्त ज्ञात हो गया। वे शान्त स्वर से बोले, 'अरे, अब भी शंका? कह तो दिया, जो राम, जो कृष्ण, वही यह शरीर।'

विवेकानन्द हतप्रभ होकर प्रणिपात में जा गिरे।

और रामकृष्ण के स्वर्गारोहण के बाद भी विवेकानन्द की शंका ठीक से मरी नहीं। जब वे काशी में साधना कर रहे थे, उन दिनों गाजीपुर के एक सन्त पौहारी बाबा के प्रति उनमें गम्भीर आकर्षण उत्पन्न हुआ। विवेकानन्द ने चाहा कि पौहारी बाबा उन्हें अपना शिष्य बना लें और इसके लिए दो-एक बार उन्होंने प्रयत्न भी किए। निदान, परमहंस देव को प्रकट होकर शिष्य को समझाना पड़ा कि अब तुम्हें गुरु की आवश्यकता नहीं है।

2

जवाहरलाल जी ने गांधी जी को पहले-पहल सन् 1916 ई. में लखनऊ कांग्रेस में देखा था, जिसमें प्रताप लोकमान्य तिलक का चमक रहा था और गांधी जी, गोखले के परामर्शानुसार, लगभग मूक भाव से, देश की परिस्थिति का अध्ययन कर रहे थे। उस समय गांधी जी की उम्र 49 और जवाहरलाल जी की आयु 27 साल की थी।

किन्तु गांधी जी से पहले-पहल मिलनेवाला यह युवक किस मिजाज का था और उस पर गांधी जी के व्यक्तित्व का क्या प्रभाव पड़ा होगा?

गांधी जी उस समय तैयार आदमी थे। जवाहरलाल जी तैयारी के क्रम में थे। गांधी जी को जो कुछ बनना था, वे बन चुके थे। टॉल्स्टॉय की शिक्षा उनके भीतर खुशबू बनकर समा चुकी थी; सत्य, अस्तेय, अहिंसा और ब्रह्मचर्य का व्रत वे ले चुके थे और सत्याग्रही नेता के रूप में भी सन् 1913 ई. में ही उनकी कीर्ति का आरम्भ हो चुका था, जब उन्होंने 2500 भारतीय मजदूरों का नेतृत्व करते हुए नेटाल की सीमा पार करके ट्रांसवाल में जबर्दस्ती प्रवेश किया था। शक्ति, साधना और संकल्प से भरा-पूरा एक कर्मठ मनुष्य, जो भारत को आजाद कराने आया था, किन्तु परिस्थिति का अध्ययन करने को, बिना मुँह खोले, सारे देश में घूम रहा था। आत्मविश्वासी, सर्वस्वत्यागी, एक लक्ष्यव्रती, संयमी, सदाचारी और विराट, जो अपनी विराटता को अभी देहाती पगड़ी और अंगरखे में छिपाए हुए था।

जवाहरलाल की कोटि दूसरी थी। वे अमीर के बेटे थे, अमीरी में पले थे, इंग्लैंड से पढ़कर वापस आए थे और किताबों ने जो कुछ उन्हें सिखाया था, उससे प्रेरित होकर किसी बड़े काम में अपनी जिन्दगी लगाना चाहते थे। पंडित जी शुरू से ही ऐसे आदमी थे, जिसकी दृष्टि जमीन पर कम, क्षितिजों पर ज्यादा रहती है। किताब पढ़कर वे अहले-किताब बनना चाहते थे, इतिहास को मोड़कर वे इतिहास के पात्र बनना चाहते थे।

अमीरी में पलने पर भी (अथवा उसी कारण) जवाहरलाल के भीतर अकेलेपन का भाव था। मध्यवर्गीय परिवार के बच्चे शुरू से ही जिन्दगी की ठोकरों से परिचित होते हैं। धनियों के बच्चों को ठोकरों का ज्ञान नहीं होता। उनकी हर इच्छा पूरी होती चलती है, यहाँ तक कि अन्त में, अगर उनकी कोई इच्छा पूरी नहीं हुई, तो वे ठुनुक जाते हैं। जवाहरलाल जी के भीतर जो तुनुकमिजाजी थी, वह इसी परिस्थिति की देन थी।

10 या 11 साल की उम्र में जवाहरलाल जी को जो ट्यूटर पढ़ाते थे, उनका नाम ब्रुक्स था। ब्रुक्स साहब थियोसाफिस्ट थे और खुद उनके भीतर पस्ती और अकेलापन कितना गम्भीर था, इसका अनुमान इस बात से लगाया जा सकता है कि उन्होंने घबराकर आत्महत्या कर ली थी और उनकी लाश नदी में पाई गई थी।

16 वर्ष की आयु में पंडित जी इंग्लैंड के हैरो स्कूल में दाखिल हुए थे। वहाँ के छात्रावास के सुपरिंटेंडेंट की राय में जवाहरलाल 'शान्त, सुसंस्कृत और अच्छे लड़के थे'। अपने छात्र-जीवन में जवाहरलाल ने यूरोप के क्रान्तिकारी नेताओं की जीवनियाँ बड़े चाव से पढ़ी थीं और पश्चिमी जगत की राजनीतिक उथल-पुथल को ठीक से समझने का प्रयास किया था।

उनके भीतर राजनीति की प्रेरणा गांधी जी ने नहीं भरी थी, वह पहले से ही मौजूद थी। जिस साल जवाहरलाल विदेश से वापस आए, उसी साल (1912 ई.) उन्होंने प्रतिनिधि की हैसियत से कांग्रेस के पटना अधिवेशन में भाग लिया था। 'ए बंच ऑव् ओल्ड लेटर्स' की पहली चिट्ठी से यह स्पष्ट हो जाता है कि सन् 1917 ई. में पंडित जी भारतीय युवकों की राजनीति में गर्क हो चुके थे और नजरबन्द कार्यकर्ताओं को छुड़ाने के लिए किसी किस्म के आन्दोलन में भी शामिल थे।

उस समय देश में नरम और गरम—इन दो दलों की राजनीति चलती थी। जवाहरलाल जी गरमदलीय थे और अपना नेता लोकमान्य तिलक को मानते थे। नरम दल के नेता गोखले थे; किन्तु उनकी मृत्यु सन् 1915 ई. में हो गई और उनकी मृत्यु के साथ नरमदलीय राजनीति की सन्ध्या आ गई।

यह ध्यान देने की बात है कि गांधी जी अपना गुरु गोखले को मानते थे, जिससे अनुमान होता है कि आरम्भ से ही गांधी और जवाहरलाल के बीच दृष्टिकोण का कुछ थोड़ा भेद था। प्रथम विश्वयुद्ध के प्रति भी गांधी जी का भाव सहयोग का रहा था; किन्तु जवाहरलाल के भीतर दुविधा मौजूद थी। किन्तु गोखले के मरते ही भारतीय राजनीति पर तिलक जी का अकंटक राज्य हो गया। और सन् 1920 ई. में जब तिलक जी का देहावसान हुआ, तब उनकी चिता के पास गांधी जी और जवाहरलाल, दोनों के दोनों खड़े थे और दोनों के दोनों जार-जार रो रहे थे।

3

किन्तु क्या कारण हुआ कि जवाहरलाल गांधी जी के पीछे-पीछे चलने लगे और एक तिलकपंथी ने एक गोखलेपंथी के पाँव छू लिये?

जवाहरलाल शिक्षा, संस्कार और देशभक्ति से भरे एक भावुक युवक थे। वे कुछ कर गुजरने को बेचैन थे; किन्तु क्या करें, इसका निर्णय खुद नहीं कर सकते थे। उनमें एक विशेषता थी, जो अन्त तक बनी रही; और वह यह कि दूसरों की बातें अगर उन्हें पसन्द आ जाएँ, तो उन्हीं बातों को वे अपनी बनाकर बोल सकते थे और दूसरे का निकाला हुआ मार्ग अगर उन्हें पसन्द आ जाए, तो उस पर वे अपने नाम की मुहर आसानी से बिठा सकते थे।

गांधी जी ने अपने ऊपर जो देहाती पोशाकें लाद रखी थीं, वे गांधी जी की विद्रोह-वीरता को देर तक नहीं छिपा सकीं। सन् 1919 ई. में जब अमृतसर में जलियाँवाला बाग का दुष्कांड घटित हुआ, तब लोगों ने देखा कि भारत को जो कुछ बोलना है, उसकी भाषा और किसी के नहीं, गांधी जी के पास है और अंग्रेजों के अहंकार को जिस टक्कर की जरूरत है, वह टक्कर भी गांधी जी ही दे सकते हैं।

जलियाँवाला बाग की घटना से और उसके तुरन्त बाद किए गए अत्याचारों से सारे देश की छाती अपमान से खौल उठी। किन्तु इस आग की अभिव्यक्ति कैसे हो? गांधी जी ने ऐलान किया : '6 अप्रैल को सारे देश में सत्याग्रह-दिवस मनाया जाए; लोग चाहें तो उस दिन उपवास भी रख सकते हैं।' इस एक मंत्र ने सारे देश को जगा दिया और शहरों से लेकर गाँवों तक सारा भारत देश निद्रा से जागकर एक दिन में खड़ा हो गया। राष्ट्रीय अपमान के प्रश्न पर जैसी एकता उस दिन दिखाई पड़ी, उसके पहले और कभी देखी नहीं गई थी। तिलक जी उस समय जीवित थे। उन्होंने समझा, मेरा उत्तराधिकारी आ गया है।

नेतागण आशा करते थे कि इस भारतव्यापी विरोध का ब्रिटिश सरकार पर कोई अनुकूल प्रभाव पड़ेगा; किन्तु उसका अंग्रेजों पर कोई भी प्रभाव नहीं पड़ा। जेनरल डायर भारत में क्रूरकर्मा दस्यु समझा जा रहा था, लेकिन इंग्लैंड के लोग उसे 'हीरो' समझ रहे थे, राष्ट्रवीर समझ रहे थे। उसके इंग्लैंड लौटने पर अंग्रेजों ने उसका स्वागत उत्साह के साथ किया; बल्कि इंग्लैंड के 'नारी-समाज' की ओर से जेनरल डायर को एक सोने की तलवार भेंट की गई। बात स्पष्ट हो गई कि गोरा गोरा है और काला काला तथा गोरा अगर काले पर अत्याचार करे, तो गोरे लोग उसकी निन्दा नहीं करेंगे, फूल और सोने की तलवार भेंट करेंगे।

इंग्लैंड के भारतीय साम्राज्य के मूल पर पहला कुठाराघात जेनरल डायर ने किया। उसी घटना ने भारतीय क्रान्ति का मार्ग प्रशस्त किया। उसी घटना ने भारत के नेतृत्व का सूत्र गांधी जी के हाथ में थमा दिया और उसी घटना ने जवाहरलाल को गांधी जी का शिष्य बना दिया। और उसी समय से नरम-गरम

के द्वन्द्व में पड़े हुए वे भारतीय राजपुरुष अपना हृदय टटोलने लगे, जिनके भीतर कोई स्फुलिंग शेष था।

6 अप्रैल को संयुक्त प्रान्त में सत्याग्रह-दिवस को सफल बनाने का बड़ा श्रेय जवाहरलाल जी को मिला और पुत्र को आगे बढ़ते देखकर पिता से भी नहीं रहा गया। उन्होंने भी अपनी किस्मत गांधी जी के साथ बाँध दी। कहावत मशहूर है कि जवाहरलाल के आधिभौतिक पिता मोतीलाल थे; किन्तु मोतीलाल जी का राजनीतिक पिता उनका पुत्र था।

4

जवाहरलाल भावनाओं के आगार थे; कल्पना और खाँटी देशभक्ति के मतवाले थे। नरमदलीय लोगों में केवल ज्ञान था, जवाहरलाल कर्म का भी नक्शा चाहते थे। इसीलिए नरमदलीय राजनीति की प्रमुखता के समय वे तिलक जी को अपना नेता मानते थे। जब गांधी जी ने सन् 1919 ई. में विद्रोह की वाणी ध्वनित की, जवाहरलाल को लगा, यही व्यक्ति मेरा गुरु हो सकता है।

गांधी जी का ऐलान था : 'यह सरकार शैतानियत से भरी है। मैं या तो इसे सुधार दूँगा अथवा इसका संहार कर दूँगा।'

सन् 1920 ई. के 16 जून के 'यंग इंडिया' में गांधी जी ने लिखा : 'कष्टों की ज्वाला में पड़कर पवित्र हुए बिना अब तक किसी भी देश ने उन्नति नहीं की है।' और उसी वर्ष फिर सितम्बर में उन्होंने लिखा : 'हिन्दुस्तान अपनी बेइज्जती को असहाय होकर देखता रहे या कायर बनकर सहता रहे, इससे अच्छा यह है कि अपने गौरव की रक्षा के लिए वह तलवार उठाए, शस्त्रबल का प्रयोग करे।'

संयमी और विनयी मनुष्य यदि क्रोध की वाणी बोले, तो वह ज्यादातर सच समझी जाती है। गांधी जी के आक्रोश को भी भारतवासियों ने सत्य माना और सबने भीतर- ही-भीतर समझ लिया कि बहसों का जमाना लदा, अब यह कर्म की घड़ी आई हुई है।

गांधी जी की शीतल शान्ति के नीचे जो ज्वालामुखी धुँधुआ रही थी, उसे सारे देश के साथ जवाहरलाल ने भी पहचाना और वे गांधी जी की शरण चले गए।

गांधी जी के भीतर जो आग थी, उसने जवाहरलाल की आग को पकड़ लिया। और गांधी जी में जो दृढ़ता थी, अडिग रहने और नहीं झुकने का जो

भाव था, उसने मोतीलाल को आकृष्ट किया, क्योंकि ये गुण उनके अपने स्वभाव में भी थे। पीछे चलकर जवाहरलाल जी ने लिखा : 'गांधी जी ने मुझे तो एक झटके में सीधे ही खींच लिया; किन्तु पिताजी के साथ बात दूसरी थी। मेरी तरह पिताजी छलाँग नहीं मार सकते थे। उनकी प्रक्रिया लम्बी और जरा तकलीफदेह भी रही। पिताजी ऐसे आदमी नहीं थे, जो दूसरों के आगे आसानी से झुक जाएँ। मगर वे जब सोच-समझकर कोई निर्णय कर लेते थे, तब उस निर्णय से नहीं हिलते थे।'

प्रोफेसर स्वामिनाथन ने मुझे बताया है कि एक दिन उन्होंने रमण महर्षि के साथ गांधी जी की चर्चा छेड़ दी और पूछा कि आप गांधी जी को क्या समझते हैं? महर्षि बोले, 'अहिंसा की शान्ति तुम कहीं भी देख सकते हो (यानी मुझमें भी) किन्तु उसकी शक्ति केवल गांधी जी में दिखाई देती है।'

जवाहरलाल पर अहिंसा की इसी शक्ति का प्रभाव पड़ा। गांधी जी कितनी ही बार रहस्यात्मक बातें बोलते थे और रहस्यात्मक बातों से जवाहरलाल जी को चिढ़ थी। किन्तु गांधी जी को उन्होंने अनुद्विग्न भाव से संग्राम का संचालन करते देखा था; सारी निराशा, सारे क्षोभ और सारी हलचल के बीच उन्हें अनासक्त भाव से जीते देखा था। वे गांधी जी की शक्ति प्राप्त करने को गांधी जी का अनुकरण करने लगे।

मेरा खयाल है, गीता का पाठ जवाहरलाल जी ने धर्म के भाव से आरम्भ नहीं किया था, बल्कि स्थितप्रज्ञता के गुण सीखने को जो अन्ततोगत्वा धर्म की ही बात है। गुरु की स्थितप्रज्ञता शिष्य में भी आए, यही वह प्रेरणा रही होगी, जिसने जवाहरलाल जी को गीता की ओर अग्रसर किया होगा। गांधी जी में संकल्प भी था, अनासक्ति भी थी, कर्म भी था, वैराग्य भी था। गांधी जी की प्रज्ञा सन्तुलित थी। इस सन्तुलित प्रज्ञा का अपने भीतर विकास करने को जवाहरलाल जी गीता की ओर गए।

जेल में जब मोतीलाल और जवाहरलाल साथ थे, तब पिता के कपड़े भी जवाहरलाल जी अपने हाथ से धोते थे। यह गांधी जी का प्रभाव था।

गांधी जी के प्रभाव में आकर एक समय उन्होंने आमिष भोजन का भी त्याग कर दिया था और सिगरेट पीना भी छोड़ दिया था।

राष्ट्रपति राजेन्द्र प्रसाद ने एक संस्मरण में लिखा है कि एक बार वे कांग्रेस अधिवेशन में सम्मिलित होने को पटना से बम्बई जा रहे थे कि छेउंकी स्टेशन पर मोतीलाल जी और जवाहरलाल जी उसी ट्रेन में सवार होने को आए। राजेन्द्र बाबू तीसरी श्रेणी में थे। मोतीलाल जी ने रिजर्व फर्स्ट क्लास में चलना छोड़

दिया था; किन्तु वे द्वितीय श्रेणी का टिकट लिये हुए थे। मोतीलाल जी ने राजेन्द्र बाबू से कहा, 'चलो, एक समझौता ही कर डालो। मैं तो फर्स्ट क्लास से उतरकर सेकेंड क्लास में आ गया हूँ। अब तुम भी थर्ड से तरक्की करके सेकेंड में आ जाओ। फिर दोनों जने साथ ही सफर करेंगे।'

राजेन्द्र बाबू ने अपना टिकट बदलवा लिया और वे द्वितीय श्रेणी में आ गए। इतने में दिखाई पड़ा कि जवाहरलाल जी प्लेटफॉर्म पर घूम रहे हैं। मोतीलाल जी ने राजेन्द्र बाबू से कहा, 'जरा इस लड़के को देखो। यह भी तुम्हारी तरह थर्ड क्लास में सफर कर रहा है। अभी इसके मौज-मजे के दिन थे, मगर यह तो साधु हो रहा है।'

राजेन्द्र बाबू ने देखा, मोतीलाल जी की आँखों में आँसू छलक आए हैं।

गांधी जी में जो यतीवृत्ति थी, जवाहरलाल उस वृत्ति को भी अपने भीतर लाना चाहते थे। एक बार मोतीलाल जी ने गांधी जी से कहा था, 'जवाहर को बन्दरपने से बचाइए। आजकल वह 'चने-मुरमुरे' चबाता है।'

किन्तु इतनी भक्ति के बाद भी जवाहरलाल का व्यक्तित्व अलग और गांधी जी का व्यक्तित्व अलग था। जब फरवरी, 1922 में गोरखपुर जिले के चौरी चौरा थाने में हिंसा की घटनाएँ घटीं, गांधी जी ने आन्दोलन को सहसा बन्द कर दिया। उन दिनों जवाहरलाल और मोतीलाल, दोनों-के-दोनों जेल में थे। जब उन्होंने सुना, गांधी जी ने आन्दोलन रोक दिया है, गांधी जी पर उन्हें गुस्सा आया और अपना विरोध उन्होंने पत्र लिखकर प्रकट किया। और गांधी जी ने उनके और लाजपत राय के पत्र कांग्रेस कमेटी के सामने पढ़ दिये और कहा, 'जो लोग जेल में हैं, कानून की दृष्टि में वे जिन्दा नहीं हैं। इसलिए उनकी राय उन लोगों के लिए नहीं है, जो जेल से बाहर हैं और वस्तुस्थिति की सच्ची जानकारी रखते हैं।'

उसी वर्ष गांधी जी जब गिरफ्तार हुए, तब तक जवाहरलाल जेल से रिहा हो चुके थे। जिस मुकदमे में गांधी जी को छह साल की कैद की सजा हुई थी, उस मुकदमे के समय जवाहरलाल जी अदालत में मौजूद थे। उन्होंने उस जज की सौम्यता देखी थी, जिसने अपने निर्णय में कहा था : 'अपने देश के लाखों-करोड़ों लोग आपको प्रकांड देशभक्त और महान नेता समझते हैं। जिन लोगों का आपसे मतभेद है, वे भी मानते हैं कि आपका विचार ऊँचा, आदर्श उज्ज्वल और चरित्र सन्त का है।' और उन्होंने गांधी जी की वह अहिंसक वाणी भी सुनी थी जिसका प्रत्येक शब्द इस्पात का था : 'मेरा विश्वास है कि जिस अप्राकृतिक अवस्था में आज इंग्लैंड और हिन्दुस्तान खड़े हैं, असहयोग के द्वारा

उस अवस्था से निकलने का मार्ग बताकर मैंने दोनों देशों का उपकार किया है। मेरा खयाल है, पुण्य से सहयोग करना जितना बड़ा काम है, पाप से असहयोग भी वैसा ही महत् कर्तव्य है।'

असहयोग आन्दोलन के रोकने से गांधी जी पर पिता-पुत्र को जो रोष हुआ था, वह रोष टिका नहीं। क्योंकि ऐसा आन्दोलन जिसके चलाए चल सकता था, उसे आन्दोलन रोकने का भी अधिकार था। और लोग न तो ऐसा आन्दोलन छेड़ सकते थे, न उसे रोकने की बात पर सकते थे। गांधी जी की महिमा असीम थी। सच्चे अर्थों में वे नेता थे और सारा देश उनका अनुयायी मात्र था।

चौरी चौरा कांड के बाद आन्दोलन के सहसा रुक जाने से घबराहट मोतीलाल जी को ही नहीं, कुछ और लोगों को भी हुई थी। आन्दोलन रुकने पर जब कांग्रेस 'चैंजर्स' और 'नो-चैंजर्स' में बँट गई, उस समय जेल से रिहा होने पर एक बहुत बड़े नेता ने (जो अपने सूबे के बेताज बादशाह थे) मोतीलाल जी से कहा, 'कब तक हम लोग इस आदमी (गांधी जी) के पीछे-पीछे चलते रहेंगे?' किन्तु मोतीलाल जी के हृदय में ईर्ष्या नहीं, भक्ति का भाव था। उन्होंने अपने साथी से कहा, 'प्यारे भाई, भगवान को धन्यवाद दो कि उसने एक ऐसा आदमी भेज दिया है, जिसके पीछे-पीछे चलने में हमें फख्र होना चाहिए।'

मोतीलाल जी और चित्तरंजनदास ने चैंजर्स (परिवर्तनवादी) को लेकर अपनी स्वराज्य पार्टी गठित की। किन्तु जवाहरलाल जी ने अपने पिता का साथ नहीं दिया। वे अपरिवर्तनवादियों के गिरोह में शामिल होकर गुरु की शरण में रह गए।

5

मार्च, 1926 से नवम्बर, 1927 तक पंडित जी यूरोप में थे। सितम्बर, 1927 में वे पहली बार रूस गए और वहाँ चार-पाँच दिन रहे। इस मौके पर मोतीलाल जी तथा सारा परिवार उनके साथ था। इस यात्रा की याद करते हुए बाद में जाकर उन्होंने लिखा : 'सोवियत रूस के कुछ अप्रिय पहलू जरूर हैं, मगर सब मिलाकर रूस मुझे अच्छा लगा। मुझे लगा, इस देश के पास सारे संसार के लिए आशा का कोई सन्देश है।' भारत के सामने जो समस्याएँ थीं, जो उलझनें और कठिनाइयाँ थीं, उनसे निकलने में यूरोप से क्या सबक लिया जा सकता है, इस दृष्टि से उन्होंने तत्कालीन यूरोपीय राजनीति तथा अन्य विचारधाराओं का अध्ययन किया। 'यूरोप और अमरीका में जो विशाल राजनीतिक, आर्थिक एवं

सांस्कृतिक परिवर्तन घटित हो रहे थे, उनका अध्ययन मुझे अत्यन्त मोहक प्रतीत हुआ।'

श्रीमती कृष्णा हठी सिंह की पुस्तक के अनुसार इस यात्रा में पंडित जी की मुलाकात कई विशिष्ट व्यक्तियों से हुई, जिनमें से रोम्याँ रोलाँ, धनगोपाल मुखर्जी, वीरेन्द्र चट्टोपाध्याय तथा एक जर्मन कवि अर्नेस्ट टोलर के नाम प्रसिद्ध हैं। टोलर स्वतंत्रता के हामी और दृढ़ संकल्प के पुरुष थे। जर्मनी में जब नात्सीवाद आ गया, टोलर ने सन् 1929 ई. में आत्महत्या कर ली।

टोलर से पंडित जी की भेंट ब्रुसल्स में हुई थी, जहाँ वे दलित राष्ट्रों की कांग्रेस में भाग लेने को गए हुए थे। इस कांग्रेस में स्वभावतः ही पंडित जी की जान-पहचान कुछ ऐसे व्यक्तियों से हुई, जो एशिया के अनेक देशों में आजादी के लिए संघर्ष कर रहे थे। इन लोगों में से एक अन्यतम व्यक्ति चीन के सनयात सेन की सहधर्मिणी भी थीं। यहाँ समितियों में और कांग्रेस में पंडित जी को साम्यवादियों और इंग्लैंड के समाजवादियों के साथ काम करने का मौका मिला। इंग्लैंड के समाजवादी भारतीय स्वाधीनता के पक्ष में खुलकर नहीं बोलते थे। पंडित जी को स्वभावतः ही इस बात से निराशा हुई। इसके विपरीत रूस के साम्यवादियों से रूसी क्रान्ति का उन्होंने जो ब्योरा सुना, उससे रूस पर उनकी श्रद्धा बढ़ गई। 'उस समय तक मार्क्सवाद के विषय में मैंने कुछ खास नहीं पढ़ा था, लेकिन मेरी हमदर्दी लेनिन के साथ थी।'

ब्रुसल्स सम्मेलन में साम्राज्यवाद के विरुद्ध एक लीग की स्थापना की और भारत के प्रतिनिधि उसमें पंडित जवाहरलाल नेहरू रखे गए। इस लीग के प्रवर्तकों में से आइंस्टीन, रोम्याँ रोलाँ, मादाम सनयात सेन आदि कई विश्व-ख्याति के लोग थे। पीछे चलकर यह संस्था खाँटी साम्यवादी हो गई और भारत में जब गांधी-इरविन समझौता हुआ, तब साम्यवादियों ने जवाहरलाल जी को यह कहकर लीग से निष्कासित कर दिया कि यह एक ऐसे राजनीतिक दल का नेता है, जो साम्राज्यवाद के साथ समझौता करता है।

पंडित जी तब तक भारतीय क्रान्ति के नेता के रूप में विश्व-भर में विख्यात हो चुके थे। यूरोप में भारतीय क्रान्तिकारियों में से उनकी मुलाकात श्याम जी कृष्ण वर्मा, राजा महेन्द्र प्रताप, मौलवी ओबेदुल्ला तथा मादाम कामा से हुई। ये लोग भारत छोड़कर भारत से बाहर भारत का प्रचार कर रहे थे। किन्तु केवल भारतीय क्रान्तिकारी ही नहीं, अन्य देशों के क्रान्तिकारी भी उनसे मिलने लगे और इस बात की खबर ब्रिटिश गुप्तचरों को हो गई, जो सारे यूरोप में छाए हुए थे। लगता है, इसकी भनक मोतीलाल जी को इलाहाबाद में लगी। अतएव वे

1927 ई. के सितम्बर मास में 'भद्र पुरुष को सही-सलामत वापस लाने के लिए' यूरोप चले गए और नवम्बर में उन्हें वापस ले आए।

जवाहरलाल जी की यह यूरोप-यात्रा कई दृष्टियों से महत्त्वपूर्ण थी। खालिस राष्ट्रीयता बर्फ और खालिस अन्तरराष्ट्रीयता भाप है। पंडित जी के मन की स्वाभाविक गति वायवीयता की ओर रही थी। इस बार वह मन और भी अधिक वायवीय यानी अन्तरराष्ट्रीय हो गया। गुण-पक्ष में इस यात्रा का परिणाम यह हुआ कि पंडित जी मानने लगे कि केवल राजनीति से बड़ी चीजें हासिल नहीं की जा सकतीं। बड़े उद्देश्य सिद्ध करने के लिए राजनीति को सामाजिक परिवर्तनों से एकाकार होना चाहिए।

एक परिणाम यह भी निकला कि चिन्तन के धरातल पर वे गांधी जी से कुछ दूर हो गए। गांधी जी की सारी शक्ति एक देश की स्वाधीनता के प्रश्न पर केन्द्रित थी। वे उसे विश्व में चलनेवाले नाना आन्दोलनों के साथ बाँधना नहीं चाहते थे; किन्तु जवाहरलाल यूरोप से यह विचार लेकर वापस आए कि भारत का मुक्ति-संग्राम समस्त विश्व के मुक्ति-संग्राम का एक हिस्सा है और भारत को सारी दुनिया के साथ कदम-से-कदम मिलाकर चलना चाहिए।

इसी प्रकार, गांधी जी का ध्येय राजनीतिक स्वतंत्रता थी और वे वर्ग-संघर्ष की बात चलाए बिना सभी वर्गों के हिन्दुस्तानियों को एक मोर्चे पर जमा करने में लगे हुए थे। जवाहरलाल यह भाव लेकर लौटे कि अमीरों की किस्मत अलग और गरीबों की किस्मत अलग है और जब हम स्वतंत्रता की लड़ाई लड़ रहे हैं, उस समय भी हमें इस बिलगाव का ध्यान रखना चाहिए।

6

1927 के नवम्बर में पंडित जी यूरोप से भारत लौटे और दिसम्बर में कांग्रेस का जलसा मद्रास में हुआ, जिसके सभापति डॉक्टर अंसारी थे। इस कांग्रेस में जवाहरलाल जी ने ऐसे कितने ही प्रस्ताव पेश किए, जिन पर उनकी यूरोप-यात्रा की छाप थी। इन्हीं में से एक प्रस्ताव पूर्ण स्वाधीनता के बारे में था। गांधी जी अब तक स्वराज्य या सेल्फ गवर्नमेंट शब्द से कांग्रेस को बाँधे हुए थे, जिसका अर्थ औपनिवेशिक स्वराज्य और पूर्ण स्वाधीनता–दोनों हो सकते थे। वे नहीं चाहते थे कि पूर्ण स्वाधीनता को ध्येय घोषित करके कांग्रेस एक ऐसी जगह बंध जाए, जहाँ औपनिवेशिक स्वराज्य के आधार पर समझौता करना उसके लिए दुष्कर हो जाए। अतएव जवाहरलाल जी का स्वाधीनता विषयक प्रस्ताव गांधी जी

को पसन्द नहीं आया। गांधी जी सभा में आए तो, पर बहस में उन्होंने भाग नहीं लिया।

जवाहरलाल जी के बहुत-से प्रस्ताव लोगों ने बिना सोचे-समझे इसलिए पास कर दिये थे कि वे उनका मन रखना चाहते थे। यह स्थिति गांधी जी को और भी असह्य लगी। उन्होंने लिखा : 'लगता है, कांग्रेस को अपनी जिम्मेवारी का खयाल नहीं है। वह स्कूली बच्चों की डिबेटिंग सोसायटी जैसा प्रस्ताव पास करती है।'

उसी वर्ष जवाहरलाल जी रिपब्लिकन कॉन्फ्रेंस के भी सभापति बनाए गए और उस आसन से उन्होंने गर्जन-तर्जन से भरा भाषण भी किया। उन्होंने यह याद नहीं रखा कि वे कांग्रेस के महामंत्री भी हैं।

ये दोनों बातें गांधी जी को अप्रिय लगीं। उन्होंने भाँपा, जवाहरलाल मुझसे दूर जा रहा है।

मद्रास कांग्रेस के बाद 4 जनवरी, 1928 को गांधी जी ने जवाहरलाल जी को एक पत्र लिखा : 'मैं मानता हूँ कि तुम मुझे बहुत प्यार करते हो और जो कुछ मैं लिखने जा रहा हूँ, उससे तुम नाराज नहीं होओगे। और मैं भी तुम्हें इतना प्यार करता हूँ कि जो बात मैं लिखना चाहता हूँ, उसे रोक नहीं सकता।

'तुम बहुत तेज जा रहे हो। तुम्हें अपने-आपको समय देना था कि तुम अभी कुछ और सोच सको तथा जो विचार तुम्हारे भीतर जनमे हैं, उन्हें परिपक्व होने दो। बहुत-से प्रस्ताव जो तुमने तैयार करके पास करवा लिये, अभी साल भर रोके जा सकते थे। तुम्हारा रिपब्लिकन फौज में कूद पड़ना बेहद जल्दबाजी का काम था। मगर तुम्हारी इन बातों पर मुझे उतनी खीज नहीं है, जितनी इस बात पर कि तुम उपद्रवियों और शोर मचानेवालों को प्रोत्साहन देते हो। खाँटी अहिंसा में तुम्हारा विश्वास कायम है या नहीं, यह मैं नहीं जानता। लेकिन अगर तुम्हारे विचार बदल गए हों, तब भी यह तो तुम्हें मानना ही पड़ेगा कि निरंकुश हिंसा से इस देश का उद्धार होनेवाला नहीं है। यूरोप के अनुभव अगर तुम्हें यह बताते हैं कि हम लोग गलती कर रहे हैं, तो अपना विचार तुम किसी अनुशासनपूर्ण दल के द्वारा चलाओ। प्रत्येक संघर्ष में जरूरत उन्हीं लोगों की पड़ती है, जो अनुशासन के सामने माथा टेक सकें।'

लगता है, इस पत्र का वह प्रभाव नहीं हुआ, जो गांधी जी का काम्य था। अतएव 17 जनवरी, 1968 ई. को पंडित जी को गांधी जी ने दूसरा पत्र लिखा, जिसमें बातें कुछ और कड़े ढंग से कही गई थीं : 'मेरे और तुम्हारे बीच के मतभेद इतने विशाल और मौलिक हैं कि लगता है, समान भूमि है ही नहीं, जिस

पर हम दोनों मिल सकें। तुम्हारे समान वीर और निर्भीक, विश्वासी, सच्चे और सुयोग्य साथी से सम्बन्ध-विच्छेद की बात मेरे लिए घोर वेदना का विषय होगी, मगर लक्ष्य की सेवा के लिए साथियों की दोस्ती की कुर्बानी चढ़ानी पड़े, तो वह कुर्बानी भी चढ़ाई जानी चाहिए। लक्ष्य ही प्रमुख है, साथियों के साथ सम्बन्ध-निर्वाह की बातें गौण हैं।...तुम्हारे पहले पत्र को पढ़कर मैंने नष्ट कर दिया। तुम्हारा दूसरा पत्र मेरे पास है। अगर तुम्हारा यह विचार हो कि अब तुम मुझे पत्र नहीं लिखोगे, तो इस पत्र को मैं प्रकाशित कर दूँगा।'

कांग्रेस के भीतर धींगामुश्ती का जो चलन आज है, वह स्वतंत्रता संग्राम के समय भी था। किन्तु जब गांधी जी कोई आन्दोलन छेड़ देते थे, वैर-फूट आप-से-आप खत्म हो जाती थी। मगर आन्दोलन जब नहीं रहता, लोग दाँत-पेंच और बहस-मुबाहसों में फँस जाते थे। सन् 1927-28 का अथवा उससे ठीक पहले का समय शैथिल्य का था। इस वातावरण में कर्म गौण और चिन्तन प्रधान हो उठा था। कुछ इस कारण भी जवाहरलाल और गांधी जी के बीच मतभेद बढ़ गया। तब भी गांधी जी तो रचनात्मक कार्यक्रम को लेकर मस्त थे, किन्तु कई अन्य नेतागण ध्येय की सफाई अथवा उखाड़-पछाड़ में लगे हुए थे।

ऐसे समय में साइमन कमीशन के बहिष्कार का कार्यक्रम देश के समक्ष आया और आपसी मतभेद जहाँ-के-तहाँ छूट गए। देश तन्द्रा में ऊँघने लगा था। 'साइमन लौट जाओ' का गगनभेदी नारा सुनते ही उसकी तन्द्रा छूट गई। इसी आन्दोलन में लाला जी पर लाठी चली और वे शहीद हो गए। इसी आन्दोलन में पुलिस की लाठी खाकर जवाहरलाल जी बेहोश हुए। इसी आन्दोलन के सिलसिले में भगत सिंह ने एसेम्बली में बम फेंका। जब भगत सिंह का बम एसेम्बली की गच पर गिरा था, सर साइमन अध्यक्ष की दर्शक-दीर्घा में विराजमान थे। घटनाएँ इतने जोर से घटीं कि सारे देश में जिन्दगी की लहर दौड़ गई और गांधी-नेहरू बिवाद जहाँ तक पहुँचा था, वहीं खत्म हो गया।

साइमन कमीशन के बहिष्कार मात्र से देश ने अपने कर्तव्य की इतिश्री नहीं समझी। नेताओं ने यह भी निश्चय किया कि हम सभी दलों की रजामन्दी से एक संविधान तैयार करें और अंग्रेजों को बाध्य करें कि वे इस संविधान को मान लें। यह संविधान पं. मोतीलाल जी नेहरू की अध्यक्षता में तैयार किया गया और वह नेहरू-रिपोर्ट के नाम से विख्यात है। इस संविधान का आधार पूर्ण स्वाधीनता नहीं, बल्कि औपनिवेशिक स्वराज्य था।

यह रिपोर्ट सन् 1928 ई. में कलकत्ता-कांग्रेस के अवसर पर होनेवाले सर्वदल-सम्मेलन में पेश की गई, किन्तु जवाहरलाल जी तन गए कि मैं इस

रिपोर्ट को स्वीकृत नहीं होने दूँगा। कांग्रेस ने पूर्ण स्वाधीनता के पक्ष में प्रस्ताव स्वीकृत किया है। और दलों के लोग इस रिपोर्ट को भले ही कबूल कर लें, किन्तु कांग्रेस को तो यह रिपोर्ट हरगिज स्वीकार नहीं करनी चाहिए।

श्री सुभाषचन्द्र बोस पंडित जवाहरलाल के साथ थे और विरोधी मोर्चे पर खुद पं. मोतीलाल नेहरू खड़े थे। बाप-बेटे का राजनीतिक द्वन्द्व खुलकर सामने आ गया था। गांधी जी बड़ी ही पशोपेश में थे। किन्तु जवाहरलाल की बात नहीं चली और रिपोर्ट को कांग्रेस समेत सभी दलों ने स्वीकार कर लिया। समझौते के रूप में कांग्रेस ने यह बात मान ली कि अगर एक वर्ष के भीतर ब्रिटिश सरकार इस रिपोर्ट को स्वीकार नहीं करेगी, तो अगले वर्ष हम पूर्ण स्वाधीनता को अपना ध्येय घोषित कर देंगे।

पंडित जवाहरलाल जी कांग्रेस से गुस्से में भरे निकले और नौजवानों को लेकर उन्होंने भारत स्वाधीनता लीग की स्थापना कर दी और खुद ही उसके सभापति बन गए।

नेहरू-रिपोर्ट में ताल्लुकेदारों और ज़मींदारों के पक्ष में कुछ नरमी की बातें थीं। इनसे पंडित जी और भी बिदक उठे। उन्होंने कहा, 'मैं भारत स्वाधीनता लीग का अध्यक्ष हूँ। मैं किसी भी तरह सामन्तशाही से समझौता नहीं कर सकता। मेरा निवेदन है कि कांग्रेस के महासचिवत्व से मेरा इस्तीफा मंजूर किया जाए।' किन्तु कार्यसमिति ने इस्तीफे को मंजूर नहीं किया।

पंडित जी ने लिखा है : 'हम एक-दूसरे से झगड़कर भी टूटते क्यों नहीं थे, यह सोचकर आश्चर्य होता है। असल में, विच्छेद तक कोई भी जाने को तैयार नहीं था, अतएव समझौता सबको कबूल हो जाता था।'

7

27, 28 और 29 ई. में गांधी जी तो रचनात्मक कार्यक्रम को लेकर देश का दौरा कर रहे थे, किन्तु जवाहरलाल समाजवाद के प्रचार में लगे थे। खाँटी गांधीवादी लोग गांधी जी के काम में लगे हुए थे, किन्तु अल्हड़, आवेशी और उत्तेजित नौजवान जवाहरलाल और सुभाषचन्द्र के इर्द-गिर्द मँडला रहे थे। सन् 1928 ई. में कलकत्ता कांग्रेस के अवसर पर भारत स्वाधीनता लीग की जो सभा हुई, उसमें सुभाष बाबू ने खुले कंठ से घोषणा की थी : 'युवको! साबरमती और पांडिचेरी के खिलाफ विद्रोह करो।' स्वभावतः ही युवकों का दल गांधी जी, मोतीलाल जी, राजेन्द्र बाबू, सरदार पटेल आदि नेताओं को

नरम समझने लगा तथा इस बात के लक्षण प्रकट होने लगे कि देश की युवक-शक्ति उन लोगों के साथ होगी, जो हिंसा के मार्ग से भारत का उद्धार खोज रहे थे।

कांग्रेस को दुरवस्था के दलदल से निकालने के लिए मोतीलाल जी ने गांधी जी को लिखा था कि ऐसे वक्त उचित है कि कलकत्ता कांग्रेस के सभापति जवाहरलाल बना दिए जाएँ। किन्तु गांधी जी ने उनकी सलाह को यह कहकर टाल दिया था कि 'जवाहरलाल का सारा समय कांग्रेस के महल को शुद्ध रखने में नष्ट हो जाएगा। जवाहरलाल की आत्मा इतनी ऊँची है कि वह कांग्रेस के भीतर बढ़ती हुई अराजकता और शोरगुल को बर्दाश्त नहीं करेगी। लेकिन मेरा खयाल है, कांग्रेस की भीतरी अराजकता शीघ्र ही, आप-से-आप खत्म हो जाएगी और जो लोग आज शोर मचा रहे हैं, उन्हें खुद एक अनुशासक की जरूरत महसूस होगी। वही मौका जवाहरलाल के आने का होगा।'

सन् 1928 का वर्ष महत्त्वपूर्ण था। उस वर्ष सरदार वल्लभभाई पटेल ने बारदोली सत्याग्रह में अभूतपूर्व विजय प्राप्त की थी। उस वर्ष सर्वदल सम्मेलन नेहरू-रिपोर्ट पर एकमत हुआ था। और सबसे बड़ी बात यह कि साइमन कमीश्न के बहिष्कार के बहाने सारा देश जगकर खड़ा हो गया था। खुद पंडित जी मोतीलाल उस वर्ष बड़ी ही कीर्ति में थे। किन्तु बेटे को कांग्रेस की गद्दी पर आसीन देखने की लालसा उन्हें तड़पा रही थी। अतएव 1928 के जुलाई महीने में उन्होंने गांधी जी को दूसरा पत्र लिखा कि 'आज के वीर सरदार पटेल हैं। अगर वे सभापति नहीं बनाए जा सकते, तो मेरा अब भी यही खयाल है कि सभापतित्व का सेहरा जवाहरलाल के सिर पर बाँधा जाए।' किन्तु कलकत्ता कांग्रेस तूफानी कांग्रेस होनेवाली थी। 1927 के मद्रास अधिवेशन में कांग्रेस ने जवाहरलाल का यह प्रस्ताव मान लिया था कि कांग्रेस का ध्येय औपनिवेशिक स्वराज्य नहीं, पूर्ण स्वराज्य होना चाहिए। किन्तु नेहरू-रिपोर्ट औपनिवेशिक स्वराज्य के आधार पर तैयार हुई थी। अतएव, गांधी जी ने पंडित मोतीलाल जी को ही कांग्रेस का सभापति बना दिया, क्योंकि जिस समिति ने नेहरू-रिपोर्ट तैयार की थी, उसके अध्यक्ष मोतीलाल जी ही थे।

सन् 1929 की कांग्रेस सभा लाहौर में होनेवाली थी। कलकत्ता कांग्रेस ने फैसला किया था कि 31 दिसम्बर, 1929 ई. की दोपहर रात तक अगर नेहरू-रिपोर्ट को अंग्रेजों ने कबूल नहीं किया, तो लाहौर कांग्रेस पूर्ण स्वाधीनता को अपना लक्ष्य घोषित करेगी। हर आदमी जानता था कि अंग्रेज नेहरू-रिपोर्ट को नहीं मानेंगे, अतएव लाहौर कांग्रेस को नया ध्येय घोषित करना ही पड़ेगा।

इस दृष्टि से लाहौर कांग्रेस की अहमियत बहुत अधिक हो गई थी। प्रत्येक कांग्रेसी चाहता था कि लाहौर कांग्रेस का सभापतित्व स्वयं महात्मा जी करें, किन्तु मोतीलाल जी की लालसा उन्हें कुरेद रही थी। उन्होंने गांधी जी को फिर से एक पत्र लिखकर बताया कि 'इसमें कोई शुभा नहीं कि आपके सभापति होने से गद्दी का गौरव बढ़ेगा, लेकिन जवाहर या वल्लभभाई अगर सभापति बना दिए जाएँ, तब भी कोई फर्क नहीं पड़ेगा। असली ताकत तो आप हैं–चाहे आप पर्दे के भीतर हों या बाहर।' मोतीलाल जी का विचार था कि 'गांधी का दिमाग और जवाहर की भाषा' के एक होने से परिस्थिति का सामना मजे में किया जा सकेगा।

जब गांधी जी इस पत्र से भी नहीं हिले, तब मोतीलाल जी ने उन्हें दूसरा पत्र लिखा, जिसमें उनके मतों का और भी अधिक स्पष्टीकरण मिलता है :

> 'मैं निर्भीक नीति का पक्षपाती हूँ और चाहता हूँ कि उसका कार्यान्वयन भी निर्भीकता से किया जाए। अब भरोसा हमें नौजवानों का करना है और नौजवान हमारी नीति से सन्तुष्ट नहीं हैं। सवाल यह है कि हमारी नीति को नई दिशा कैसे प्रदान की जाए? इस नई नीति का निर्धारण कौन करता है, यह विषय गौण है। असली बात तो यह है कि अगर हम नौजवानों को अपने प्रभाव में रखना चाहते हैं, तो अपनी नीति को हमें नई दिशा देनी ही पड़ेगी। अगर कोई यह कहे कि कमान तो किसी नौजवान के सुपुर्द कर दी जाए; किन्तु वह 'ऋषि-परामर्श' से बँधा रहे, तो मेरा खयाल है, यह बात भी चलनेवाली नहीं है। साथ ही खतरा इसका भी है कि नौजवान बहुत आगे बढ़ जाएँगे। मगर काफी आगे बढ़े बिना हम एक ऐसी सरकार से मोर्चा भी नहीं ले सकते, जिसकी ताकत बेशुमार है।
>
> '...सच तो यह है कि नौजवानों की बगावत हकीकत हो गई है और हर सूबे में वह तेजी से फैल रही है। सरकार अन्धी है। वह जो कुछ करती है, वह आग में आहुति का काम दे रहा है। यह सिर्फ खुशामद की बात होगी, अगर कोई आपसे यह कहे कि युवकों पर आपका प्रभाव आज भी वैसा ही है, जैसा कुछ साल पूर्व था और नौजवान अपने इस भाव को छिपाना भी नहीं चाहते। इन सारी बातों से एक ही निष्कर्ष निकलता है कि गांधी के दिमाग और जवाहर की भाषा को एक किए बिना आज की परिस्थिति का मुकाबला नहीं किया जा सकता है...।

'ये जोरदार तर्क हैं, जो यह बताते हैं कि ताज आपको या जवाहरलाल को पहनना चाहिए। आप और जवाहरलाल यदि मिलकर एक साथ खड़े हो जाएँ (जिसमें मुझे तनिक भी सन्देह नहीं है) तो हमें इस बात की कोई चिन्ता नहीं कि कौन हमारे सामने और कौन हमारे पीछे खड़ा है।'

इस चिट्ठी के बाद गांधी जी निरुत्तर रह गए हों, तो कोई आश्चर्य नहीं। मोतीलाल जी की आरजू पूरी हुई और जवाहरलाल जी लाहौर कांग्रेस के सभापति बना दिये गए। जिस नेता ने मद्रास में पूर्ण स्वाधीनता का प्रस्ताव जबर्दस्ती पास करवाया था, लाहौर में उसी के सभापतित्व में कांग्रेस ने आधी रात को यह घोषणा की कि हमारा ध्येय पूर्ण स्वाधीनता की प्राप्ति है।

कहते हैं, जब जुलूस में जवाहरलाल की सवारी निकली, मोतीलाल जी अपनी जेब से मुट्ठी-की-मुट्ठी पैसे और रुपये निकालकर उन पर न्योछावर करने लगे। और जब पूर्ण स्वाधीनता का प्रस्ताव पास हो गया, पंडित जी दौड़कर झंडे के पास गए और उसके चारों ओर घूमकर नाचने लगे।

8

मोतीलाल जी के समान पिता और गांधी जी के समान गुरु को पाकर जवाहरलाल जी निहाल हो गए। उनकी बहुत-सी मुश्किलें इन्हीं दो बुजुर्गों ने आसान कर दीं। सरदार पटेल और सुभाषचन्द्र बोस से आगे निकलने में जितनी सहायता उन्हें अपनी योग्यता, अपने चरित्र और सौभाग्य से मिली, उतनी ही सहायता इन दो बुजुर्गों के आशीर्वाद से भी प्राप्त हुई।

मोतीलाल जी कहा करते थे कि मुझे केवल इस बात का गर्व है कि मैं जवाहरलाल का पिता हूँ। मोतीलाल जी का जब देहान्त हुआ, तब आनन्द भवन में गांधी जी और डॉक्टर विधानचन्द्र राय के बीच एक छोटा-सा वार्तालाप हुआ था, जो बड़ा ही मार्मिक है।

विधान बाबू ने गांधी जी से पूछा, 'मोतीलाल जी में अलौकिक गुण क्या था?'

गांधी जी ने जवाब दिया, 'जवाहरलाल के लिए असीम प्यार।'

'क्या भारत को वे प्यार नहीं करते थे?'

'नहीं। उनका देशप्रेम उनके पुत्र-प्रेम से उत्पन्न हुआ था। भारत के लिए अभिमान उनमें इस कारण था कि भारत ने जवाहरलाल को जन्म दिया है।'

जब चैंजर्स और नो-चैंजर्स का झगड़ा चल रहा था, उस समय मोतीलाल जी ने गांधी जी को एक पत्र में लिखा था : 'आप महान हैं। भारत के हक में आपकी उपलब्धियाँ भी बहुत बड़ी हैं। किन्तु मेरा खयाल है, आगे चलकर जवाहरलाल आपसे भी बड़ी उपलब्धियाँ प्राप्त करेगा।'

जवाहरलाल जी के पिता जवाहरलाल को एक ऐसा व्यक्ति मानते थे, जिसकी देशभक्ति अदमनीय थी और जो प्रचंड रूप से निर्भीक था। उन्हें बराबर यह आशंका लगी रहती थी कि जवाहरलाल कभी भी गिरफ्तार हो सकता है। एक बार गांधी जी को एक पत्र में उन्होंने लिखा था :

> ''हेली अब इंग्लैंड से वापस आ रहा है। हेली को आप ओडायर का ही दूसरा नाम समझिए। वह मार्शल लॉ और दमन का विश्वासी है। और उसके लिए जवाहर जैसे निर्भीक देशभक्त को गिरफ्तार कर लेना जरा भी मुश्किल काम नहीं है। करना हेली को सिर्फ यह होगा कि वह किसी जमींदार या ताल्लुकेदार को अपनी प्रजा पर जुल्म ढाने को उकसा दे। फिर तो डरे हुए मजलूम किसान और किसी को नहीं, जवाहरलाल को पुकारेंगे और दुनिया में ऐसी कोई ताकत नहीं है, जो चुनौती का जवाब देने से जवाहरलाल को रोक सके।'

जब गांधी जी ने यह निश्चय किया कि लाहौर कांग्रेस के सभापति जवाहरलाल बनाए जाएँ, उन्होंने पंडित जी से एक सवाल किया था :

'जो बोझ तुम पर रखने जा रहा हूँ, उसे ढोने की सामर्थ्य है?'

पंडित जी ने कहा था, 'अगर बोझ जबर्दस्ती लाद ही दिया गया, तो विचलित नहीं होऊँगा।'

फिर 'यंग इंडिया' में गांधी जी ने राष्ट्र के नाम अपनी सिफारिश लिखी :

> 'चिन्तन में जवाहरलाल अतिवादी है और सोचते-सोचते वह परिवेश के बाहर चला जाता है। मगर उसमें विनम्रता और व्यावहारिकता भी इतनी काफी है कि वह रस्सी को दूर तक नहीं खींचता कि वह टूट जाए। वह हीरे के समान स्वच्छ है। वह इतना सत्यवादी है कि उस पर कभी शंका ही नहीं हो सकती। राष्ट्र का सौभाग्य उसके हाथ में सुरक्षित है।'

9

लाहौर कांग्रेस के पूर्व एक और घटना घटी, जिससे इस बात पर प्रकाश पड़ता है कि कैसे जवाहरलाल गांधी जी से अलग भागते थे और कैसे वे हारकर फिर

गांधी जी के साथ हो जाते थे। गांधी जी के लिए मोतीलाल जी को समझाना आसान; किन्तु जवाहरलाल को समझाना मुश्किल होता था।

बात यह हुई कि लाहौर कांग्रेस से दो महीने पूर्व वायसराय इरविन ने यह घोषणा की कि ब्रिटिश सरकार यह चाहती है कि भारतीय नेतागण ब्रिटिश सरकार के प्रतिनिधियों के साथ एक गोलमेज सम्मेलन में भाग लेने को लन्दन पधारें।

वायसराय की इस घोषणा पर विचार करने को स्वर्गीय विट्ठलभाई पटेल के घर पर भारतीय नेताओं का एक सम्मेलन हुआ, जिसमें कांग्रेस के प्रतिनिधि गांधी जी और मोतीलाल जी थे। इस सम्मेलन ने एकमत होकर एक घोषणा-पत्र तैयार किया, जिसमें कई शर्तों के साथ एक शर्त यह भी थी कि बात अगर औपनिवेशिक स्वराज्य के आधार पर शुरू की जाए, तो भारतीय नेता विचार कर सकते हैं।

पं. जवाहरलाल को यह घोषणा-पत्र पसन्द नहीं आया। कांग्रेस पूर्ण स्वाधीनता के बारे में एक प्रस्ताव मद्रास में मान चुकी थी। अतएव, वे नहीं चाहते थे कि थोड़ी देर के लिए भी पूर्ण स्वाधीनता को अलग रखकर औपनिवेशिक स्वराज्य के आधार पर समझौते की बातें शुरू की जाएँ। पहले तो उन्होंने यह कहा कि मैं इस घोषणा-पत्र पर सही नहीं करूँगा; किन्तु पीछे उन्होंने गांधी जी के कहने से अपना हस्ताक्षर बना दिया। लेकिन सुभाष बाबू और डॉक्टर किचलू ने घोषणा-पत्र पर दस्तखत करने से कतई इनकार कर दिया था। इससे जवाहरलाल जी की मानसिक पीड़ा दुगुनी हो गई। इस कलंक को धोने के लिए गांधी जी से उन्होंने यह कहा कि मैं अपना दस्तखत वापस लेना चाहता हूँ और यह भी चाहता हूँ कि लाहौर कांग्रेस के सभापतित्व से मुझे छुटकारा दे दिया जाए। इस पर गांधी जी ने उन्हें मनाने को जो पत्र लिखा, उसमें उस तकनीक का खुलासा मिलता है, जिसका प्रयोग गांधी जी जवाहरलाल जी के प्रबोध के लिए किया करते थे :

> 'मैं किस विधि तुम्हारा प्रबोध करूँ? कइयों ने मुझसे कहा है कि तुम बहुत ही दुखी हो गए हो। इस पर मैंने अपने-आपसे सवाल किया–क्या मैंने तुम पर अनुचित दबाव डालने का अपराध किया है?–मैं अनुचित दबाव से तुम्हें बराबर ऊपर मानता आया हूँ। मैं तुम्हारे विरोध का आदर करता रहा हूँ। अगर मेरी बात तुम्हारे दिल या दिमाग को पसन्द नहीं आए, तो हमेशा तुम्हें मेरा विरोध करना चाहिए। तुम्हारे विरोध करने से तुम पर मेरा प्रेम कुछ कम नहीं हो जाएगा। मुझे उम्मीद है कि तुम जनमत के भय से नहीं घबरा रहे हो। अगर

> तुमने कोई गलती नहीं की है, तो फिर विलाप करने की क्या बात है? आज तुम कांग्रेस के सचिव हो, कल तुम उसके सभापति होने जा रहे हो। ऐसी हालत में अपने बहुसंख्यक साथियों की सम्मिलित राय से तुम अलग नहीं जा सकते। मुझे उम्मीद है कि पस्ती को छोड़कर तुम फिर से प्रसन्न हो जाओगे, जैसा तुम हमेशा ही रहते हो।'

पंडित जी गांधी जी की मोहक बातें मान गए और उन्होंने यह सोचना छोड़ दिया कि उन्होंने कोई गलती की है।

जवाहरलाल जी का गांधी जी से मतभेद अहिंसा पर भी था और समाजवाद पर भी। गांधी जी अहिंसा को अपना धर्म मानते थे; किन्तु जवाहरलाल उसे नीति समझते थे। लाहौर कांग्रेस के मंच से अपना मत घोषित करते हुए उन्होंने कहा था :

> 'यह सच है कि संसार आज सुसंगठित हिंसा के बल पर चल रहा है। किन्तु हमारे पास ऐसे साधन नहीं हैं कि हम हिंसा-बल का संगठन कर सकें। और लुक-छिपकर हिंसा का काम करना वीरता नहीं, कायरता का काम है। मेरा खयाल है, हममें से अधिकांश लोग इस विषय पर नैतिक नहीं, व्यावहारिक दृष्टि से विचार करते हैं। हम हिंसा के मार्ग का तिरस्कार इसलिए कर रहे हैं कि उस मार्ग से हमें कोई खास लाभ नहीं पहुँचनेवाला है।'

इसी प्रकार, आर्थिक नीतियों को लेकर भी जवाहरलाल जी और गांधी जी के बीच मतैक्य नहीं था। पंडित जी ने लाहौर कांग्रेस के ही मंच से अपने एतत्सम्बन्धी मत की भी घोषणा की थी :

> 'मैं साफ-साफ कह देना चाहता हूँ कि मैं समाजवादी हूँ और प्रजातंत्र का हामी हूँ। राजाओं और महाराजाओं में मेरा विश्वास नहीं है, न मैं उस पद्धति में विश्वास करता हूँ, जो उद्योगों के राजाओं को जन्म देती है। कहा जाता है कि कांग्रेस को चाहिए कि वह पूँजीपति और मजदूर तथा जमींदार और किसान के बीच तराजू के पलड़ों को सन्तुलित रखे; मगर तराजू तो एक तरफ को पहले से ही बेतरह झुकी हुई है। अगर हम इस स्थिति को कायम रखते हैं, तो यह स्पष्ट ही अन्याय और शोषण को कायम रखना है।'

पंडित जी को आशा थी कि वे गांधी जी को प्रभावित करके उन्हें अपने विचारों का समर्थक बना सकेंगे; किन्तु गांधी जी समाजवाद का समर्थन करने को तैयार नहीं हुए। समाज से गरीबी और शोषण को दूर करने के प्रश्न पर

गांधी जी जिस व्याकुलता से सोचते थे, उस व्याकुलता से सोचनेवाला और कोई नेता नहीं था। गरीबों के प्रति जो ममता और सहानुभूति गांधी जी में थी, वह ममता और सहानुभूति और किसी में नहीं थी। और लोग गरीबों के पक्ष में बोलने के अभ्यासी थे, गांधी जी खुद गरीब बन गए थे। अतएव, उनके भीतर जो नैतिक बल था, उसके समक्ष किताबी दलीलें टिक नहीं सकती थीं। गांधी जी को भारी उद्योगों से वितृष्णा थी। उनका खयाल था कि अर्थव्यवस्था पर अगर समूह का यांत्रिक अधिकार हो गया, तो आदमी का वैयक्तिक रूप ठिठुरकर रह जाएगा। अतएव, जीवन-दर्शन को वे समाजवाद से एकाकार नहीं करना चाहते थे। पंडित जी उन्हें समझाना चाहते थे कि ऐसा भी उपाय किया जा सकता है कि नियोजित अर्थव्यवस्था के साथ व्यक्ति की स्वतंत्रता की टक्कर नहीं हो। किन्तु व्यक्ति गांधी जी की दृष्टि में सबसे ऊपर था।

सभ्यता के सामने सनातन द्वन्द्व रहा है कि सारी धरती को चमड़े से मढ़ देना ठीक है या सही काम यह है कि हर व्यक्ति के पाँव में जूते पहना दिये जाएँ। जवाहरलाल पृथ्वी को चमड़े से मढ़ने का स्वप्न देखते थे। गांधी जी हर व्यक्ति को जूते पहनाने के पक्ष में थे। यह मतभेद गुरु और शिष्य के बीच अन्त तक बना रहा।

10

लाहौर कांग्रेस के बाद गांधी जी युद्ध की मुद्रा में आ गए। 31 जनवरी, 1930 को उन्होंने अपनी विख्यात ग्यारह-सूत्री माँग की घोषणा कर दी। जवाहरलाल उन माँगों को देखकर फिर चकित रह गए, क्योंकि उनमें पूर्ण स्वाधीनता का कहीं भी जिक्र नहीं था। नमक-कर की बात पर गांधी जी ने जो खास जोर दिया था, वह भी जवाहरलाल जी की समझ में नहीं आया।

2 मार्च, 1930 को गांधी जी ने वायसराय को पत्र लिखा कि अगर ये माँगें सरकार स्वीकार नहीं करती, तो सत्याग्रह छेड़ने के सिवा हमारे सामने और कोई रास्ता नहीं रह जाएगा। वायसराय ने विनयपूर्ण भाषा में गांधी जी की माँगों को ठुकरा दिया। अतएव 12 मार्च, 1930 के प्रातःकाल गांधी जी अपने 78 शिष्यों के साथ दांडी-यात्रा पर निकल पड़े। मोतीलाल और जवाहरलाल अहमदाबाद से लौटते समय रास्ते में उतरे और उन्होंने यात्रा पर निकले हुए वीर सेनापति से रास्ते में मुलाकात की। गांधी जी की समर-यात्रा से सारा देश उत्तेजित हो उठा और सारे देश के लोग नमक बनाने की तैयारी करने लगे।

जवाहरलाल जी पर नमक-सत्याग्रह का रहस्य अब खुला। अहमदाबाद से लौटकर उन्होंने वक्तव्य दिया :

> 'तीर्थयात्री अपने मार्ग पर आगे जा रहा है। युद्ध का क्षेत्र सारे देश के सामने खुल गया। भारत की राष्ट्रीय पताका सभी भारतवासियों का आह्वान कर रही है। आजादी हमारी राह देखती खड़ी है। क्या अब भी तुम हिचकिचाओगे, तुम जो कल तक कुछ करने को बेताब हो रहे थे? अगर हिन्दुस्तान मरा, तो जिन्दा कौन है? अगर हिन्दुस्तान जिन्दा है, तो फिर मृत्यु का भय कैसा?'

अंग्रेजों ने समझा था, गांधी खिलवाड़ को निकला है। मगर जब सारा देश आन्दोलन में कूद पड़ा, अंग्रेज घबरा गए और उन्होंने लाठियाँ चलानी शुरू कीं, नेताओं को वे जेलों में बन्द करने लगे, कई जगहों पर गोलियाँ भी चलाई गईं। साथ ही, वे इसके लिए भी चिन्तित हो उठे कि कांग्रेस के सम्मिलित हुए बिना गोलमेज सम्मेलन में वास्तविकता नहीं आएगी।

गांधी जी यरवदा जेल में थे और मोतीलाल तथा जवाहरलाल इलाहाबाद के पास नैनी जेल में। ऐसे समय 9 जुलाई, 1930 ई. को इरविन की दूसरी घोषणा आई कि दोनों देशों के बीच समझौते के लिए प्रयास किया जाना चाहिए। बीच-बचाव करने का बीड़ा सप्रू और जयकर ने उठाया और वे गांधी जी से मिलने को यरवदा जेल में गए।

गांधी जी ने कहा, 'अब पूर्ण स्वाधीनता को आधार बनाए बिना बात की जानी चाहिए या नहीं, यह विषय सन्दिग्ध हो गया है। जब तक मैं मोतीलाल और जवाहरलाल से बात नहीं कर लेता, तब तक कुछ भी कहना सम्भव नहीं होगा।' सप्रू और जयकर को गांधी जी ने मोतीलाल जी के नाम एक पत्र दिया, जिसमें लिखा कि इस मामले में आखिरी राय जवाहरलाल की ही होनी चाहिए।

सप्रू और जयकर यरवदा से इलाहाबाद गए और नैनी जेल में उन्होंने दोनों नेताओं से मुलाकात की। मोतीलाल जी और जवाहरलाल जी ने कहा, 'कार्यकारिणी समिति के सभी सदस्यों से बात किए बिना कोई भी निश्चय करना कठिन है।' अतएव नैनी जेल से पिता-पुत्र यरवदा पहुँचाए गए और वहाँ उन्होंने गांधी जी, सरदार पटेल तथा जयराम दास दौलत राम से विचार-विनिमय किया। उन लोगों ने शर्त रखी कि साम्राज्य से भारत के अलग होने का अधिकार स्वीकृत किया जाना चाहिए, राष्ट्रीय सरकार अभी ही कायम की जानी चाहिए तथा गांधी जी की ग्यारह-सूत्री माँग मान ली जानी चाहिए। इतनी बातें कबूल हों,

तभी कांग्रेस समझौता-वार्ता में भाग ले सकती है। वायसराय को ये शर्तें मंजूर नहीं हुईं और समझौते की बात खत्म हो गई।

11

प्रथम गोलमेज सम्मेलन 12 नवम्बर, 1930 को लन्दन में आरम्भ हुआ और जनवरी, 1931 में समाप्त हो गया। इस सम्मेलन में एकता और आशा की जो हवा बँधी, उससे प्रोत्साहित होकर अंग्रेज यह सोचने लगे कि कांग्रेस अब शायद गोलमेज में आ सकती है। अतएव 26 जनवरी, 1931 को सरकार ने गांधी जी समेत कार्यकारिणी समिति के सभी सदस्यों को बिना शर्त रिहा कर दिया।

दुर्भाग्यवश, 6 फरवरी को पंडित मोतीलाल नेहरू का स्वर्गवास हो गया। बीमारी के अन्तिम दिनों में गांधी जी उनके पास थे। उन्होंने मोतीलाल जी को आश्वासन देते हुए कहा था, 'इस संकट से आप उबर जाइए, तो स्वराज्य देख लीजिएगा।'

मोतीलाल जी का जवाब था, 'नहीं महात्मा जी, मैं तो जा रहा हूँ। किन्तु आप स्वराज्य हासिल कर चुके हैं।'

जवाहरलाल जी दो अभिभावकों के अधीन निश्चिन्त रहते आए थे। पिता की मृत्यु के बाद उनके एक ही अभिभावक गांधी जी बच गए। तब से पितावाली श्रद्धा भी जवाहरलाल जी ने गांधी जी को ही अर्पित कर दी।

मोतीलाल जी की मृत्यु के दो दिन बाद सप्रू, जयकर और श्रीनिवास शास्त्री गांधी जी और उनके साथियों से बात करने को इलाहाबाद पहुँचे। कोई नई बात तो नहीं निकली, फिर भी यह कहा जाता रहा कि गांधी जी को वायसराय से जरूर मिलना चाहिए, जिससे कांग्रेस के गोलमेज सम्मेलन में भाग लेने का रास्ता खोजा जा सके। अतएव, गांधी जी ने 17 फरवरी, 1931 से वायसराय के साथ अपनी वार्ता आरम्भ कर दी।

गांधी जी की शर्तें ये थीं :

1. सभी सत्याग्रही कैदियों की रिहाई,
2. दमन को तुरन्त बन्द करना,
3. जब्त जायदादों की वापसी,
4. नौकरियों से बर्खास्त लोगों को फिर से नौकरी देना,
5. बिना कर चुकाए नमक बनाने की छूट,
6. शराब और विदेशी कपड़ों की दुकानों पर धरना देने की आजादी,
7. पुलिस की ज्यादतियों की जाँच।

इन शर्तों का विवरण सुनकर जवाहरलाल जी घबरा गए। यह कैसा आदमी है, जो आन्दोलन तो इतना विशाल छेड़ता है और माँग स्वाधीनता की भी नहीं करता? इन शर्तों में कौन-सी ऐसी चीज है, जिसके हासिल होने से देश स्वतंत्रता के समीप पहुँच सकेगा? क्या इन्हीं पिद्दी बातों के लिए हमने इतनी कुर्बानियाँ दी हैं, इतने कष्ट सहे हैं, मद्रास और शोलापुर में गोलियाँ खाई हैं और पठान होकर भी लाठियों के वार अहिंसक रहकर सहे हैं?

गांधी जी रोज वायसराय से मिलते थे और रोज अपने साथियों से सलाह-मशविरा करते थे। गांधी जी ने तय कर लिया था कि वे गोलमेज सम्मेलन में जाएँगे; किन्तु उनके साथी राजी नहीं होते थे और स्वभावतः ही, सबसे कड़ा विरोध जवाहरलाल जी की ओर से था। अन्त में, गांधी जी ने सेल्फ गवर्नमेंट अथवा स्वायत्त शासन के आधार पर इरविन से समझौता कर लिया।

जवाहरलाल बहुत बिगड़े, बेतरह घबराए और कहा जाता है कि रात भर रोते रहे। भारत विजय के समीप-समीप पहुँच रहा था। गांधी जी ने यह क्या कर दिया? क्या पूर्ण स्वाधीनता का हमारा कठोर संकल्प केवल सौदेबाजी का बहाना था?

गांधी जी स्वयं अत्यधिक चिन्तित हो उठे। एक दिन टहलने के बहाने वे जवाहरलाल को अपने साथ ले गए और उन्होंने कहा, 'इतना घबराते क्यों हो? देश का मैंने कोई भी अहित नहीं किया है, न सिद्धान्तों के साथ कोई समझौता करने का मेरा खयाल है। देखते चलो कि आगे क्या होता है।'

जवाहरलाल गांधी जी की अथाह गहराई के सामने मूक रह गए। वे बोले, 'आप रह-रहकर हमें विस्मित करते रहते हैं। चौदह वर्षों से आपके साथ हूँ, मगर लगता है, अभी भी आपको समझ नहीं पाया हूँ।'

जब समझौते की वार्ता चल रही थी, गांधी जी को मालूम हो गया था कि चर्चिल इस वार्ता के खिलाफ है और इरविन को भी यह ज्ञान था कि जवाहरलाल समझौते का विरोध कर रहे हैं। इरविन चिन्तित थे कि जवाहरलाल के विरोध के कारण वार्ता कहीं टूट न जाए। वे प्रायः रोज ही गांधी जी से जवाहरलाल जी के बारे में पूछ लिया करते थे।

जवाहरलाल जी विचारों में कट्टर होते हुए भी व्यवहार में काफी लचीले थे, इसीलिए जब उनके अन्य समानधर्मा कांग्रेस को छोड़कर चले गए, जवाहरलाल जी कांग्रेस में बने रहे और 17 साल तक उन्होंने स्वतंत्र भारत का प्रधानमंत्रित्व भी किया।

और उनके लचीलेपन का सबसे बड़ा सबूत यह है कि जिस समझौते को लेकर वे रोए थे, खीजे थे और नाराज हुए थे, उसके समर्थन का प्रस्ताव करांची कांग्रेस में उन्हीं ने उपस्थित किया।

प्रस्ताव पेश करते हुए जवाहरलाल जी ने कहा, 'एक बात निश्चित है कि दो तरह के काम हम एकसाथ नहीं कर सकते। इसलिए मेरी प्रार्थना है कि आप सोच-समझकर कोई निर्णय कर डालें। अब तक हमारा निर्णय यह रहा है कि गांधी जी जो चाहेंगे, हम वही करेंगे और तब तक करते रहेंगे, जब तक गांधी-मार्ग से हमारी प्रगति अवरुद्ध न हो जाए।'

12

गांधी जी 29 अगस्त, 1931 को गोलमेज सम्मेलन के लिए रवाना हुए। जवाहरलाल जी उन्हें विदाई देने को बम्बई बन्दरगाह तक गए थे। किन्तु गोलमेज सम्मेलन से लौटते ही गांधी जी गिरफ्तार हो गए, जवाहरलाल पहले ही गिरफ्तार हो चुके थे।

इस कैद से गांधी जी 23 अगस्त, 1933 को रिहा हुए। और जवाहरलाल जी सितम्बर, 1933 में छूटे। इस बीच गांधी जी ने साम्प्रदायिक एवार्ड के खिलाफ जान की बाजी लगाकर सारे देश में जागृति पैदा कर दी थी और एक तरह से अपने अगले कार्यक्रम, हरिजनोद्धार की पुष्ट भूमिका भी तैयार कर दी थी। गांधी जी ने रिहा होते ही सत्याग्रह के स्थगन की घोषणा कर दी।

जवाहरलाल दोनों ही बातों से चकित हुए! जब गांधी जी ने साम्प्रदायिक एवार्ड के खिलाफ आमरण अनशन की घोषणा की, पंडित जी को लगा, गांधी जी फिर विचित्र काम कर रहे हैं। अगर जान की बाजी लगानी है, तो वह स्वतंत्रता के प्रश्न पर लगाई जानी चाहिए। क्या समाज-सुधार के काम के लिए गांधी जी के समान अमूल्य जीवन को संकट में डालना ठीक है? और सत्याग्रह के स्थगन का निर्णय भी उन्हें ठीक नहीं लगा।

जेल से छूटने पर पंडित जी गांधी जी से मिलने को पूना गए और गांधी जी से अपने मतभेद की बात उन्होंने खुलकर की। पंडित जी चाहते थे कि पूर्ण स्वाधीनता और समाजवाद–इन दो आदर्शों को जोर से उछालना चाहिए, जिससे जनता अपने ध्येय को पहचान सके और उसके लिए संघर्ष कर सके। किन्तु गांधी जी दोनों ही ध्येयों को गोलमटोल रखना चाहते थे। उनका खयाल था कि

जब तक भारत को स्वराज्य के अधिकार प्राप्त नहीं हो जाते, वह समाजवादी आदर्श की ओर तेजी से नहीं बढ़ सकता है।

पूना में विश्राम लेने के बाद गांधी जी अपने हरिजन कार्यक्रम के साथ देश का दौरा करने लगे। जवाहरलाल जी ने इस अवसर का उपयोग साम्प्रदायिकता पर लेखों से प्रहार करने में किया। किन्तु साम्प्रदायिक एकता से भी उनका ज्यादा जोर समाजवाद पर था। उनका कहना था कि साम्प्रदायिकता का गठबन्धन निहित स्वार्थों के साथ है। अतएव दोनों के दोनों प्रतिक्रियागामी हैं। जवाहरलाल समाजवाद के पक्ष में इस जोर से बोलने लगे कि कार्यकारिणी के सदस्य भीतर-ही-भीतर अप्रसन्न हो गए और अपने बहुसंख्यक अनुयायियों का मन रखने को गांधी जी को जवाहरलाल को, अखबार के माध्यम से, हलकी डाँट सुनानी पड़ी। इससे पंडित जी भी रंज हो गए और उन्होंने इच्छा प्रकट की कि कार्यकारिणी से उनका इस्तीफा स्वीकार कर लिया जाए। किन्तु इसकी नौबत नहीं आई। 12 फरवरी, 1934 को सरकार ने उन्हें गिरफ्तार कर लिया। असल में, 26 दिसम्बर, 1931 से लेकर 4 सितम्बर, 1935 तक पंडित जी जेल से बाहर केवल 9 महीने रहे थे।

मगर उनके जेल जाने के पूर्व 15 जनवरी, 1934 को बिहार में भूकम्प आया। गांधी जी ने कहा, यह भूकम्प इसलिए आया है कि भगवान हमें हरिजनों के प्रति हमारे दुर्व्यवहार के लिए दंड देना चाहते हैं। रवीन्द्रनाथ बोले, ऐसी बातें बोलकर गांधी जी सभ्य संसार की दृष्टि में हमें हास्यास्पद बना रहे हैं। पंडित जी इस विवाद में रवीन्द्रनाथ के साथ थे। किन्तु परिणाम से देखा जाए तो भूकम्प इसलिए आया था कि भगवान कांग्रेस को निष्क्रियता और जिच से निकालना चाहते थे।

13

जब गांधी जी भूकम्प पीड़ित बिहार का दौरा कर रहे थे, उस समय कांग्रेसजनों ने दिल्ली में डॉक्टर अंसारी के सभापतित्व में एक सम्मेलन किया और यह निर्णय किया कि स्वराज्य पार्टी को पुनरुज्जीवित करने का वक्त आ गया है; कांग्रेस को केन्द्रीय असेम्बली के लिए चुनाव लड़ने की तैयारी आरम्भ कर देनी चाहिए और यदि गांधी जी तथा कार्यकारिणी समिति को प्रस्ताव मंजूर हो, तो सत्याग्रह आन्दोलन को वापस ले लेना चाहिए।

इस सम्मेलन के बाद डॉक्टर अंसारी और डॉक्टर विधानचन्द्र राय गांधी जी से राय करने को पटना गए। उन्हें यह जानकर आश्चर्य हुआ कि उनके आगमन

के पूर्व ही, गांधी जी खुद इस बात का निश्चय कर चुके थे कि आन्दोलन का अधिकार अपने तक सीमित रखते हुए वे उसे वापस ले लेंगे। जहाँ तक असेम्बली-प्रवेश का प्रश्न था, गांधी जी ने कहा, 'इस मामले के प्रति मेरा वही रुख है, जो सन् 1924 में था।' किन्तु चुनाव लड़ने की उन्होंने कांग्रेसियों को छूट दे दी। उन्होंने सत्याग्रह आन्दोलन को वापस लेने का ऐलान पटना से ही कर दिया।

जवाहरलाल जी उन दिनों देहरादून जेल में थे। गांधी जी ने जिस आसानी से आन्दोलन को वापस ले लिया था, उससे पंडित जी को दुःख भी हुआ और गांधी जी पर खीज भी हुई। सारी चीजें उन्हें इतनी उलझी हुई दिखीं कि गांधी जी के साथ अपने-आपको बाँध देने पर उन्हें पश्चात्ताप होने लगा : 'मैंने जिन्दगी में जो कठोर शिक्षाएँ प्राप्त की थीं, उनमें से कठोरतम शिक्षा आज मेरे समक्ष थी। वह शिक्षा यह थी कि मौलिक मामलों में किसी भी व्यक्ति पर अवलम्बित होना ठीक नहीं है। जिन्दगी के मैदान में अकेला चलना ठीक है। दूसरों पर निर्भर होने से निराशा होती है।'

पटना में होनेवाली अखिल भारतीय कांग्रेस की सभा में अंसारी आदि का विरोध समाजवादियों की ओर से हुआ; किन्तु गांधी जी के भाषण के बाद विरोध ढह पड़ा। पंडित जी ने जब पटना की रिपोर्ट पढ़ी, उनकी छाती दो टूक हो गई। हाय, हम किसके साथ बँधे हैं? यह आदमी तो वर्किंग कमेटी से राय-मशविरा किए बिना ही आन्दोलन छेड़ता है और उसे रोक भी देता है। गांधी जी ने हरिजन आन्दोलन के बारे में भी किसी से राय नहीं ली थी। पंडित जी इस बात से भी अपने-आपको उपेक्षित अनुभव करने लगे।

पटना कांग्रेस ने एक ओर प्रस्ताव पास किया था, जिसमें उन नवयुवकों की आलोचना की गई थी, जो वर्ग-संघर्ष तथा वैयक्तिक जायदाद की जब्ती की भावना का प्रचार कर रहे थे। पंडित जी को लगा, यह चोट भी मुझी पर है। किन्तु वे जेल में थे।

इस बीच कमला जी जोर से बीमार हो गईं। अतएव सरकार ने जवाहरलाल जी को 11 अगस्त, 1934 को देहरादून से इलाहाबाद पहुँचाकर ग्यारह दिनों के लिए छोड़ दिया। पंडित जी के पास आ जाने से कमला जी को बड़ा भरोसा हुआ, वे कुछ प्रसन्न भी रहने लगीं; किन्तु 23 अगस्त को फिर पुलिस की गाड़ी आनन्द भवन के दरवाज़े पर पहुँची और पंडित जी गिरफ्तार कर लिये गए।

यह ग्यारह दिनों की अवधि इसलिए महत्त्वपूर्ण है कि उस बीच जवाहरलाल जी ने गांधी जी को एक काफी लम्बा पत्र लिखा, जिसमें अपना

विरोध, अपना दर्द, अपनी बेचैनी उन्होंने स्पष्ट शब्दों में व्यक्त की और गांधी जी ने उन्हें एक प्यारा-सा जवाब भी दिया। पुराने पत्रों के गुच्छे में ये दोनों पत्र छपे हैं।

जवाहरलाल जी ने अपने 13 अगस्त, 1934 के पत्र में गांधी जी को लिखा :

> 'जब मैंने सुना, आपने सत्याग्रह आन्दोलन को वापस ले लिया है, मुझे रंज हुआ। पहले मैंने केवल समाचार मात्र सुना था। पीछे जब मैंने आपका बयान पढ़ा, मुझे उससे एक ऐसा धक्का लगा, जैसा और कभी नहीं लगा था। सत्याग्रह आन्दोलन की वापसी के लिए मैं लगभग तैयार था। किन्तु उसके लिए आपने जो दलीलें दीं, उनसे मैं स्तम्भित रह गया हूँ। मुझे लगा, मेरे भीतर जो एक कीमती धागा था, वह टूट गया है। मैं महसूस करने लगा कि दुनिया में मैं अकेला रह गया हूँ। अकेलेपन का एहसास मुझे बचपन से रहा है। मगर तब भी कुछ धागे थे, जो मुझे बाँधे हुए थे; कुछ सहारा था, जो मुझे टिकाए हुए था। अब लगता है, वह सहारा भी जाता रहा।
>
> '...मेरा खयाल है, यह समय है, जब कांग्रेस को अपने सामाजिक और आर्थिक ध्येयों पर स्पष्टता से विचार करना चाहिए। लेकिन वस्तुस्थिति यह है कि कार्यकारिणी समिति इन विषयों को समझे या न समझे; किन्तु वह उन लोगों की निन्दा करने को, उन्हें जाति से अलग करने को तैयार है, जिन्होंने इन विषयों का अध्ययन किया है और जो उन पर अपने कुछ विचार रखते हैं। उन बदनाम विचारों को कोई भी समझने को तैयार नहीं है, जो विचार संसार के कुछ योग्यतम व्यक्तियों के हैं और जिनके लिए उन्होंने आजीवन बलिदान किया है।
>
> '...समाजवाद का अंग्रेजी भाषा में कोई निश्चित अर्थ है। उससे भिन्न अर्थ में इस शब्द का प्रयोग करना अजीब बात है। कोई व्यक्ति यदि अपने को इंजन-ड्राइवर कहे और तब यह बताए कि उसकी इंजन लकड़ी की है और वह बैलों से चलती है, तो स्पष्ट ही इंजन-ड्राइवर शब्द का वह दुरुपयोग करता है।
>
> '...यह कहना भी तर्क का दुरुपयोग है कि भारत की परिस्थितियाँ भिन्न हैं और जो आर्थिक कानून सारे संसार में चलते हैं, वे भारत में लागू नहीं किए जा सकते...'

इस पत्र का जवाब गांधी जी ने 17 अगस्त को दिया, जिसमें उन्होंने लिखा :

> 'मैं तुम्हारे दर्द को समझता हूँ। अपनी भावनाओं को खुली अभिव्यक्ति देकर तुमने ठीक ही किया है। लेकिन लिखित शब्दों को अगर तुम ठीक से पढ़ो, तो तुम्हें पता चलेगा कि इतना दुखी होने की कोई बात नहीं है। मैं तुम्हें आश्वासन देना चाहता हूँ कि साथी की हैसियत से तुमने मुझे खो नहीं दिया है। मैं वही हूँ, जिसे तुम 1917 ई. से जानते रहे हो। जनसाधारण के हितों के लिए मुझमें वही प्रेम और उत्साह आज भी है, जो इतने दिनों से रहता आया है। पूर्ण स्वाधीनता का अंग्रेजी भाषा में जो अर्थ है, वही स्वाधीनता मैं अपने देश के लिए चाहता हूँ। और हर प्रस्ताव, जिससे तुम्हें ठेस पहुँची है, उसी उद्देश्य को ध्यान में रखकर बनाया गया है। जो भी प्रस्ताव पास हुए हैं, उनकी जिम्मेवारी मुझ पर है और उनके साथ जिस परिवेश की कल्पना है, वह कल्पना भी मेरी ही कल्पना है। मगर मेरा खयाल है, मैं समय की नब्ज़ पहचानता हूँ और सारे प्रस्ताव उसी के जवाब हैं।
>
> '...समाजवादियों का खयाल काफी किया गया है। क्या मैं उन्हें या उनके द्वारा की गई कुर्बानियों को नहीं जानता हूँ? लेकिन समाजवादी लोग जरा जल्दी में हैं। मगर जल्दी में वे हों क्यों नहीं? मैं केवल यह चाहता हूँ कि जब मैं पिछड़ जाऊँ, वे जरा ठहर जाएँ और मुझे भी अपने साथ लिये चलें। मेरा हू-ब-हू यही रुख है। मैंने कोश में समाजवाद का अर्थ देखा है। यह अर्थ मेरी स्थिति में कोई भी परिवर्तन नहीं करता। समाजवाद की पूरी व्याप्तियाँ समझने को मुझे तुम क्या पढ़ाना चाहते हो?'
>
> '...विस्फोट के बाद रचना की बारी आनी चाहिए। सम्भव है, हमारी मुलाकात न हो सके। तो बताओ, मैं क्या करूँ, किससे बातें करूँ, जो तुम्हारे विचारों का सही प्रतिनिधित्व करता हो?'

आगे चलकर समाजवादी होने का दावा गांधी जी ने भी किया था; किन्तु कांग्रेस में वे बराबर समाजवादियों और गांधीवादियों के बीच सन्तुलन ठीक रखने को चिन्तित रहते थे। गांधी जी समाजवादी टॉल्स्टॉय के अर्थ में थे; किन्तु नेहरू और उनके समाजवादी मित्र मशीनों के भक्त थे। मगर गांधी जी एक छटाँक कर्म को एक टन कल्पना या ज्ञान से अधिक मानते थे। इसलिए

ज्यों-ज्यों समय बीतता गया, नवयुवक भी यह मानते गए कि समाजवादी दृष्टिकोण से भी गांधी जी ही सबसे बड़े क्रान्तिकारी हैं।

14

कमला जी यक्ष्मा से पीड़ित थीं। इलाज करवाने को वे जर्मनी चली गई थीं। वहाँ से अच्छी खबर नहीं आ रही थी। अतएव सरकार ने जवाहरलाल जी को 4 सितम्बर, 1935 को रिहा कर दिया और वे सीधे यूरोप चले गए। किन्तु कमला जी अच्छी नहीं हो सकीं। 28 फरवरी, 1936 को उनका देहान्त हो गया और जवाहरलाल जी भारत लौट आए।

यूरोप-प्रवास में पंडित जी ने विचारों और आदर्शों की उस टकराहट को समीप से देखा, जो प्रजातंत्रवाद और नात्सीवाद के बीच चल रही थी। इस बार समाजवाद में उनका विश्वास और भी दृढ़ हो गया और अप्रैल, 1936 में जब वे दुबारा कांग्रेस के सभापति बनाए गए, उन्होंने अपने विचारों को फिर बड़े जोर से रखा :

> 'समाजवाद केवल आर्थिक विचारधारा नहीं है, जिसे मैं पसन्द करता हूँ। वह एक शक्तिशाली विश्वास है, एक धर्म है, जिसमें मैं दिल और दिमाग, दोनों से यकीन करता हूँ। भारतीय स्वाधीनता की उपासना मैं इसलिए कर रहा हूँ कि मेरे भीतर का राष्ट्रवादी गुलामी सहने को तैयार नहीं है। स्वाधीनता के लिए और भी जोश के साथ मैं इसलिए काम करता हूँ कि सामाजिक और आर्थिक परिवर्तनों के लिए वह जरूरी कदम है। मैं चाहता हूँ कि कांग्रेस समाजवादी संस्था बन जाए और उन सभी शक्तियों से सम्मिलित होकर आगे बढ़े, जो नई सभ्यता की रचना के लिए सारे संसार में क्रियाशील हैं। मगर मैं यह भी महसूस करता हूँ कि आज की कांग्रेस का बहुमत इतनी दूर जाने को तैयार नहीं होगा।'

जवाहरलाल जी सभापति तो बना दिये गए थे; किन्तु कांग्रेस के बड़े नेता उनके साथ नहीं थे। बड़े नेताओं का सामीप्य गांधी-विचारधारा से था और वे समझते थे कि जवाहरलाल जी गांधी जी के विचारों के विरुद्ध जा रहे हैं। कार्यकारिणी समिति में जवाहरलाल वरिष्ठ नेताओं की कैद में थे। बड़ी मुश्किल से वे नरेन्द्रदेव, जयप्रकाश नारायण और अच्युत पटवर्धन को समिति में ला सके थे; किन्तु बहुमत उनके विरुद्ध था।

खटपट इतनी बढ़ी कि 29 जून, 1936 को राजेन्द्र बाबू, राजा जी और वल्लभभाई समेत सात सदस्यों ने पंडित जी को एक पत्र लिखकर कहा कि जो स्थिति है, उसमें हम लोग आगामी चुनाव-संग्राम का संचालन करने में असमर्थ हैं।

पत्र में लिखा गया :

> 'हम लोगों का खयाल है कि आज की स्थिति में कांग्रेस के सभापति और कार्यकारिणी समिति के सदस्यों द्वारा समाजवाद का प्रचार किया जाना अच्छा नहीं है। कांग्रेस ने इस ध्येय को अभी स्वीकार नहीं किया है। इस प्रकार से देश का हित नहीं सधेगा और इससे स्वाधीनता-संग्राम में बाधा भी पड़ सकती है। हम लोगों का विचार है कि हमारा तात्कालिक उद्देश्य स्वाधीनता की प्राप्ति है और वह उद्देश्य सभी उद्देश्यों से बड़ा है।
>
> 'आप यह भी समझते हैं, और आपने यह कहा भी है कि वर्तमान कार्यकारिणी समिति आपकी चुनी हुई नहीं है, वह आप पर लादी गई है। मगर हमारा लखनऊ का संस्मरण इससे भिन्न है। लखनऊ में हममें से किसी ने भी आप पर थोड़ा भी दबाव डाला हो, ऐसा हमें याद नहीं आता है।
>
> 'हमारा खयाल है, आपकी वक्तृताओं और समाजवादियों के प्रचार से सारे देश में कांग्रेस कमजोर हुई है और बदले में कांग्रेस को कोई लाभ भी नहीं पहुँचा है।
>
> 'ऐसी अवस्था में अगले चुनाव का बोझ उठाने में हम लोग असमर्थ हैं।'

पीछे राजेन्द्र बाबू आदि नेताओं ने इस पत्र को वापस ले लिया; किन्तु इससे जवाहरलाल जी को शान्ति नहीं मिली। उन्होंने बातचीत के दौरान राजेन्द्र बाबू से कहा था कि 'खंजर तो कलेजे से आपने निकाल लिया, लेकिन उसके निशान नहीं मिटे है।' और 5 जुलाई, 1936 को जवाहरलाल जी ने एक पत्र में फिर अपना रोना गांधी जी के पास रोया :

> 'प्रिय बापू, मैं शरीर से कमजोर और मन से अशान्त हूँ।...मुख्य बात यह है कि मेरी सरगर्मी कांग्रेस के हित में बाधक समझी जा रही है।...बात पर जितनी भी गर्मी से विचार कीजिए, निष्कर्ष यही निकलता है कि मैं इतना खुराफाती हूँ कि मुझे बर्दाश्त नहीं किया जा सकता। मुझमें कुछ थोड़ी योग्यता है, शक्ति है, आतुरता है और एक व्यक्तित्व है, जो आकर्षक है। ये मेरे गुण हैं, मगर ये गुण ही खतरनाक समझे

> जा रहे हैं, क्योंकि उनका उपयोग गलत उद्देश्य के लिए किया जा रहा है। इन सारी बातों से जो निष्कर्ष निकलना चाहिए, वह स्पष्ट है।'

गांधी जी ने जवाहरलाल जी को समझाते हुए उत्तर दिया :

> 'जो पत्र तुम्हें भेजा गया था, उसे मैंने देख लिया था। यह मेरा ही सुझाव था कि इस्तीफा न भेजकर पहले यह पत्र ही भेजा जाना चाहिए। मेरी इच्छा थी कि तुम इस पत्र के साथ अधिक न्यायशील होते। मेरा खयाल है, अब आगे इस्तीफे की बात नहीं उठनी चाहिए और आपसी संघर्ष शान्त हो जाना चाहिए। अगर तुमने कुछ किया, तो अखिल भारतीय कांग्रेस को लकवा मार जाएगा और वह संकट का समाधान नहीं निकाल सकेगी। तब कांग्रेस दो विरोधी भाव-धाराओं में बँट जाएगी। ऐसा संकट उत्पन्न करना गलत काम होगा। पत्र की व्याप्तियों का तुम अतिरंजन कर रहे हो। मैं तुम्हारे साथ बहस नहीं करूँगा। जिन साथियों के साथ तुमने इतने दिनों तक बिना किसी खटपट के काम किया है, उनके साथ आगे काम करने में तुम्हें कठिनाई नहीं होनी चाहिए। अगर तुम्हारे साथी असहनशील हैं, तो तुम्हारी असहनशीलता कुछ कम नहीं है।'

लेकिन साथियों के साथ बिना खटपट के काम करना पंडित जी कम जानते थे। सन् 1924 ई. में जब मौलाना मोहम्मद अली कांग्रेस के सभापति और जवाहरलाल उसके महामंत्री थे, तब भी साथियों से खटपट होने की शिकायत उन्होंने मौलाना से की थी और मौलाना ने धीरज बँधाते हुए उन्हें लिखा था : 'चूँकि कार्यकारिणी के सदस्य तुम पर विश्वास नहीं करते, तुम्हारे सचिवत्व से अपनी नाराजगी जाहिर करते हैं, इसीलिए तो सचिव के रूप में मैं तुम्हें चाहता हूँ।'

15

'द लास्ट डेज ऑव् ब्रिटिश राज' के लेखक लियोनार्ड मोसले ने जवाहरलाल जी के बारे में लिखा है कि 'सर्वोच्च सत्ता की चोटी तथा भारतीय जनता के हृदय पर प्रेमपूर्ण एकाधिपत्य पर नेहरू के पहुँचने का मार्ग तीर्थयात्री का मार्ग अवश्य था; किन्तु उस रास्ते में इतने खन्दक थे, इतनी खाइयाँ थीं कि अगर भाग्य और संयोग ने नेहरू का साथ नहीं दिया होता, तो रास्ते से वे विचलित भी हो सकते थे।'

सुभाषचन्द्र बोस को कांग्रेस ने बर्दाश्त नहीं किया, यह पहला संयोग था। सरदार पटेल ने नम्बर एक बनने की जिद नहीं की, यह दूसरा संयोग था। और जब समाजवादी लोग कांग्रेस छोड़ रहे थे, तब पंडित जी ने कांग्रेस नहीं छोड़ी, यह तीसरा संयोग था।

किन्तु संयोग भी अकारण उत्पन्न नहीं होता। उसके भी कारण होते हैं। वह कारण जवाहरलाल जी की विद्वत्ता में था, चरित्र में था, निश्छल देशभक्ति में था और एक अत्यन्त सजीव व्यक्तित्व में था। उनके भीतर कोई बात थी, जो और किसी नेता में नहीं थी। संविधान सभा की कल्पना उन्होंने निकाली थी। योजनाबद्ध विकास का स्वप्न सबसे पहले उन्होंने ही देखा था और समस्त संसार में भारत की भूमिका क्या होनी चाहिए, इसकी झाँकी भी देश के सामने उन्होंने ही प्रस्तुत की थी। हलके ढंग से यह कहकर छुट्टी पा लेना हलका काम है कि जवाहरलाल जी इसलिए बढ़े कि वे अमीर खानदान में पैदा हुए थे। जो नेता गरीब खानदानों में जनमे थे, उनमें से कौन था जो जवाहरलाल की-सी भाषा लिखता था, उनके समान हर विषय पर ऊँचाई से बोल सकता था अथवा जिसकी कल्पना सार्वभौम थी? कांग्रेस ने जवाहरलाल को बर्दाश्त करके अपनी आयु बढ़ा ली, अपना बल बढ़ा लिया, अपनी शोहरत और प्रतिष्ठा में वृद्धि की और अपने को इस योग्य बना लिया कि वह समाजवाद का भी प्रचार कर सके। और जवाहरलाल ने चुभन और काँटे बर्दाश्त करके कांग्रेस में रहकर उस सीढ़ी पर अख्तियार कर लिया, जो उन्हें सर्वोच्च शिखर तक ले जानेवाली थी।

पंडित जी वह क्रान्तिकारी थे, जिसका विश्वास सुधार और विकास में रहता है। वे आदमी शान्तिप्रिय थे और उनमें वैराग्य की भी छौंक थी; किन्तु सत्ता पर आरूढ़ होने के प्रति उनमें वैराग्य नहीं था। वे ऐसे राष्ट्रवादी थे, जिसके भाव-तन्तु अन्तरराष्ट्रीयता से बँधे हुए थे। वे एकाकी थे, निःसंग थे, अगाध शान्ति की खोज में थे; किन्तु जिन्दगी की हलचलों से खेलने में उन्हें आनन्द आता था। उनमें दृढ़ता भी थी और लचीलापन भी था, इसीलिए, कोई भी झकोरा उन्हें अपने स्थान से हिला नहीं सका।

अपने-आपके प्रति उनमें अदम्य विश्वास था। वे मानते थे कि मैं किसी भी विषय पर बोल सकता हूँ, कितना भी कठिन काम हो, कर सकता हूँ। 1937 के चुनाव में करिश्मा दिखाने को उन्होंने कांग्रेस के सभापतित्व की दुबारा कामना की और इस विषय का सुझाव गांधी जी को खुद ही दिया। और जब वे चुनावों के दौरे पर निकले, तब लगा, मानो कोई तूफान स्वतंत्रता का सन्देश लेकर सारे देश में दौड़ रहा हो।

पराधीनता के समय भी जवाहरलाल भारत के भावी निर्माण की बातें बहुत बड़े पैमाने पर सोचते थे। मगर उनकी बातें उनके वरिष्ठ साथियों को पसन्द नहीं आती थीं। वे उन बातों को हवाई समझते थे। और गांधी जी की कठिनाई यह थी कि उन्हें गांधीवादियों के साथ जवाहरलाल को लेकर चलना पड़ता था। उस समय अपने किसी अनुयायी को पत्र लिखते हुए गांधी जी ने लिखा था : 'योजना के बारे में जवाहरलाल की सारी कोशिशें बेकार हैं, मगर वह ऐसी किसी चीज से खुश ही नहीं होता, जो बड़ी नहीं हो।'

भारत के आर्थिक विकास के मामले में जवाहरलाल गांधी जी के बहुत-से विचारों को पिछड़ा समझते थे। और गांधी जी भी जवाहरलाल की बहुत-सी बातों को फालतू और भारत के लिए अनुपयुक्त मानते थे। गांधी जी का विचार था कि आदमी की आवश्यकताएँ जितनी कम हों, उतना ही अच्छा है। जवाहरलाल मानते थे कि आदमी की जरूरतें उतनी कम नहीं हैं, जितनी गांधी जी समझते हैं।

जब तक स्वराज्य नहीं हुआ था, बातें सैद्धान्तिक धरातल पर रहीं। किन्तु पंडित जी जब प्रधानमंत्री हो गए, उन पर यह बोझ आ पड़ा कि वे जो कुछ बोलते थे, उसे कार्य का रूप देकर दिखाएँ।

मन से समाजवादी और हृदय से गांधीवादी होने का परिणाम यह हुआ कि जवाहरलाल ने प्रजातंत्र के मार्ग से समाजवाद लाने का संकल्प किया। यह संकल्प अभी तक चरितार्थ नहीं हुआ है। आगे चलकर भी वह चरितार्थ होगा या नहीं, इसे काल बताएगा।

16

1936-37 तक जवाहरलाल जी का गांधी जी से मतभेद आर्थिक कार्यक्रम को लेकर चलता था; किन्तु जब सन् 1939 ई. में महायुद्ध का आरम्भ हुआ, यह मतभेद एक अन्य धरातल पर पहुँच गया।

युद्ध में भारत का रुख क्या हो, इस पर जब विचार किया जाने लगा, पंडित जी के सामने निखिल मानवता का सवाल आ गया। हिटलर और मुसोलिनी के प्रति यूरोप के प्रगतिशील लोगों का जो भाव था, उसे पंडित जी यूरोप जाकर अपनी आँखों से देख आए थे। अतएव उनका मत बना कि युद्धोद्योग में बाधा देना ठीक नहीं है। उससे मित्र-राष्ट्रों की कमजोरी और हिटलर की शक्ति बढ़ेगी। फासिस्ट-विरोधी विचार पंडित जी के पहले से ही रहे थे। युद्ध के ठीक पूर्व, यूरोप घूमने के कारण वे और भी तीव्र हो उठे थे। 1938 ई. में श्रीकृष्ण

मेनन के साथ उन्होंने स्पेन के गृहयुद्ध को स्पेन जाकर देखा था। पंडित जी की आशा थी कि इस गृहयुद्ध में विजय प्रजातंत्रवादियों को मिलेगी; किन्तु जीत फ्रैंकों की हो गई। इससे उनके हृदय पर साँप लोट गया था और वे कोई भी ऐसा काम नहीं करना चाहते थे, जिससे हिटलर और मुसोलिनी को बाल बराबर भी लाभ हो।

कांग्रेस ने युद्ध के बारे में जो पहला प्रस्ताव स्वीकृत किया, उसी में यह बात स्पष्ट हो गई थी कि यदि भारत स्वतंत्र घोषित नहीं किया गया, तो युद्ध में वह कोई सहायता नहीं देगा। उसके बाद एक महीने के लिए पंडित जी चीन चले गए। वहाँ से लौटने के बाद कार्य-समिति का एक प्रस्ताव उन्होंने और लिखा जो 14 सितम्बर, 1939 को पारित हुआ। इस प्रस्ताव में खास जोर उन्होंने इस बात पर दिया कि यह युद्ध दो शिविरों की सेनाओं की मुठभेड़ नहीं है। यह सभ्यता का संकट है और इसका प्रभाव सम्पूर्ण मानव-जाति पर पड़ेगा। किन्तु निष्कर्ष इसका भी वही था, जो पहले प्रस्ताव का, अर्थात् स्वराज्य मिल गया, तो हम सभी साधनों से मित्र-राष्ट्रों की मदद करेंगे, किन्तु स्वराज्य नहीं मिलने से हम कुछ भी करने की स्थिति में नहीं हैं।

यहीं गांधी जी से मतभेद उत्पन्न हुआ। गांधी जी का कहना था कि भारत को अगर मित्र-राष्ट्रों की मदद करनी है, तो वह मदद बिना किसी शर्त के की जानी चाहिए और वह सहायता हर हालत में अहिंसक ही हो सकती है।

जवाहरलाल गांधी जी के इस विचार से सहमत थे कि मित्र-राष्ट्रों के युद्धोद्योग में किसी भी बड़े पैमाने पर बाधा डालना अनुचित होगा। किन्तु गांधी जी की यह बात उन्हें पसन्द नहीं थी कि हम मित्र-राष्ट्रों की सहायता बिना किसी शर्त के करें अथवा हम जो सहायता दें, वह अहिंसक हो। और संयोगवश, कार्य-समिति के अधिकांश सदस्य इस मामले में गांधी जी नहीं, जवाहरलाल के साथ थे।

अब तक आर्थिक प्रश्नों पर कार्य-समिति में जवाहरलाल ही अकेले रहते आए थे। मगर अब जब हिंसा-अहिंसा का प्रश्न उठा, कार्य-समिति में अकेले गांधी जी रह गए।

लेकिन कांग्रेस की इस माँग को वायसराय लिनलिथगो ने स्वीकार नहीं किया। उलटे, चर्चिल इससे चिढ़ गए और लन्दन में उन्होंने ऐलान किया, 'देर-सबेर हमें गांधी जी और कांग्रेस को कुचलना ही पड़ेगा।'

इस स्थिति से क्षुब्ध होकर कांग्रेस फिर गांधी जी के करीब आ गई और बम्बई में उसने प्रस्ताव पास किया कि हम अहिंसक पद्धति से युद्धोद्योग का बहिष्कार करेंगे।

अक्टूबर, 1940 में पंडित जी फिर गिरफ्तार हो गए और गोरखपुर जेल के भीतर एक अंग्रेज मैजिस्ट्रेट ने उनके मुकदमे की जाँच की। इस बार अदालत के सामने जवाहरलाल जी ने जो बयान दिया, वह बड़ा ही ओजस्वी और महत्त्वपूर्ण था। अदालत को सम्बोधित करके उन्होंने कहा :

'श्रीमन्! मैं आपके सामने एक व्यक्ति के रूप में पेश किया गया हूँ, जिसने राज्य के खिलाफ जुर्म किया है। जिस सरकार के खिलाफ मैंने जुर्म किया है, आप उसके प्रतीक हैं। किन्तु मैं भी केवल व्यक्ति नहीं हूँ, व्यक्ति से कुछ बड़ी चीज हूँ। मैं आज के युग का प्रतीक हूँ, भारत की राष्ट्रीयता का प्रतीक हूँ, मैं उस देश का प्रतीक हूँ, जो गुलामी की जंजीर तोड़कर ब्रिटिश साम्राज्य से अलग होना चाहता है। आप इस मुगालते में न रहें कि आप मेरा मुकदमा देख रहे हैं या मुझे सजा देने जा रहे हैं। आप मुकदमा भारत के करोड़ों निवासियों का देख रहे हैं और सजा भी आप उन्हें ही देंगे। मेरा खयाल है, यह जिम्मेदारी किसी अहंकारी साम्राज्य के लिए भी भारी पड़ेगी।'

मैजिस्ट्रेट ने जवाहरलाल जी पर चार साल कैद की सजा ठोंक दी।

17

जब पर्ल बन्दरगाह पर जापान ने अख्तियार कर लिया, अंग्रेजों के कान फिर से खड़े हो गए। इस घटना का अर्थ यह था कि अमरीका और जापान युद्ध में प्रवेश कर रहे हैं। इसलिए दिसम्बर, 1941 में जवाहरलाल रिहा कर दिये गए।

इस बीच हिंसा-अहिंसा को लेकर फिर से मतभेद बढ़ने लगा। कांग्रेस के नेता बम्बई प्रस्ताव का अर्थ यह लगाते थे कि अहिंसा का प्रयोग हम देश की भीतरी समस्याओं के लिए कर सकते हैं। अगर आक्रमण बाहर से हो, तो वैसी हालत में हम हिंसा का भी सहारा ले सकते हैं। किन्तु गांधी जी हर हालत में हिंसा को त्याज्य समझते थे। उन्होंने लिखा : 'मेरा दृढ़ विश्वास है कि भारत और समग्र विश्व की ध्वंस से रक्षा केवल अहिंसा कर सकती है।' और इस घोषणा के साथ वे कांग्रेस से फिर अलग हो गए।

इस बीच चियाङ्-काइ-शेक ने भारत की यात्रा की और गांधी जी को उन्होंने सलाह दी कि अभी आप आन्दोलन नहीं छेड़ें, तो अच्छा रहेगा। फिर सर स्ट्रैफोर्ड क्रिप्स आए। जवाहरलाल जी की इच्छा थी कि क्रिप्स-योजना संशोधनपूर्वक मान ली जाए, तो भारत को इस विश्वयुद्ध में हिस्सा लेने का सुयोग मिले। किन्तु क्रिप्स-मिशन असफल हो गया। अतएव संसार को यह

जताने को कि हम अभी भी मित्र-राष्ट्रों को कमजोर बनाने के पक्ष में नहीं हैं, पंडित जी ने बयान दिया कि 'अगर कोई हमलावर भारत पर हमला करेगा, तो हम उसके सामने घुटने नहीं टेकेंगे, बल्कि गुरिल्ला पद्धति से उसके खिलाफ युद्ध करेंगे। अभी भी हम यही चाहते हैं कि भारत में अंग्रेजों के युद्धोद्योग में कहीं कोई बाधा नहीं दी जाए।'

एक ओर तो देश में यह हिंसा-अहिंसा का द्वन्द्व चल रहा था, दूसरी ओर जनवरी, 1941 ई. में सुभाषचन्द्र बोस पुलिस को चकमा देकर भारत से बाहर भाग गए। देश में इस बात की चर्चा चलने लगी कि अब सुभाष बाबू बाहर से भारत पर चढ़ाई करवाएँगे। यह देश के लिए भावनात्मक उलझन का समय था। क्रिप्स-मिशन असफल हो गया था; जापान तेजी से बर्मा की ओर बढ़ता आ रहा था; कांग्रेस अपमानित अनुभव कर रही थी; और जवाहरलाल की घोषणाओं के बावजूद देश में हिटलर और जापान के प्रति सहानुभूति बढ़ती जा रही थी। अतएव कांग्रेस महासमिति ने इलाहाबाद में एक प्रस्ताव स्वीकृत किया कि बाहरी हमलों से भारत को स्वाधीनता नहीं मिल सकती। अगर कोई दुश्मन चढ़ ही आया, तो जनता को चाहिए कि उसका सामना वह अहिंसा और असहयोग के उपायों से करे।

अवश्य ही जवाहरलाल जी ने गांधी जी का मन रखने को अहिंसा की यह सिफारिश की होगी। जिस व्यक्ति ने देश से अपील की थी कि वह गोरिल्ला-पद्धति से लड़ाई लड़ने को तैयार रहे, उसी ने उस प्रस्ताव का प्रारूप भी तैयार किया, जिसमें गोरिल्ला-पद्धति के बदले अहिंसा को अपनाने की बात कही गई थी। यह भी जवाहरलाल जी के लचीलेपन का ही एक प्रमाण था।

किन्तु गांधी जी अहिंसा पर जोर इसलिए दे रहे थे कि उन्हें अंग्रेजों को चैन में नहीं छोड़ना था। वे मन-ही-मन अपने जीवन के आखिरी संग्राम के लिए सन्नद्ध हो रहे थे और वे कहीं भी ऐसी भूमिका नहीं छोड़ना चाहते थे, जिससे आगे चलकर हिंसा को कोई सैद्धान्तिक प्रश्रय मिल सके। सन् '42 के अप्रैल-मई से ही गांधी जी की लेखनी से चिंगारी छिटकने लगी थी। उन्होंने अंग्रेजों को समझाना शुरू कर दिया था कि खुदा के वास्ते तुम हिन्दुस्तान छोड़कर चले जाओ और हमें अराजकता में या हमारी किस्मत पर छोड़ दो।

> 'तुम्हें यहाँ बैठे-बैठे बहुत दिन हो गए। तुमने हमारा कोई उपकार नहीं किया। मैं कहता हूँ, अब यहाँ से भागो और हमें छोड़ दो। ईश्वर के नाम पर उठो और जाओ। हमें भगवान के भरोसे छोड़ दो। तुम्हारे जाने के बाद अराजकता मचे तो मचे, मगर तुम चले जाओ।'

गांधी जी की गर्मी जितनी ही बढ़ती जाती थी, जवाहरलाल जी उतने ही परेशान होते जाते थे। गांधी जी पर राष्ट्रीयता का जो जोश छा रहा था, उससे जवाहरलाल घबराते थे और उन्हें लगता था, मानो गांधी जी भारत की हित-साधना के प्रयत्न में विशाल मानवता के हितों की उपेक्षा कर रहे हैं।

जवाहरलाल जी गांधी जी से मिलने को कई बार वर्धा गए और कई बार उनके साथ उन्होंने विचार-विमर्श किया; किन्तु गांधी जी कुछ करने को बेचैन थे। 'अंग्रेजों की तानाशाही के आगे घुटने टेककर बैठ जाना आज भयानक बात होगी। इससे देश के नैतिक बल की रीढ़ टूट जाएगी। यदि देश ने अंग्रेजों के आगे घुटने टेक दिये, तो वह अन्य हमलावर के आगे भी घुटने ही टेकेगा। अकर्मण्यता हमें लकवे का शिकार बना देगी। कर्मठता हमारी शिराओं में शक्ति का संचार करेगी।'

जवाहरलाल ने सवाल किया, 'नैतिक कारणों से अंग्रेजों के साथ संघर्ष चाहे जितना भी न्यायसंगत हो, किन्तु इससे युद्धोद्योग में क्या बाधा नहीं पड़ेगी, और एक ऐसे मौके पर जब भारत खतरे में आ गया है?'

गांधी जी का उत्तर था, 'ईश्वर में विश्वास करो। हम और तुम यही तो चाहते हैं कि युद्ध का नैतिक आधार बदल जाए? भारत औपनिवेशिक दासता का सबसे बड़ा प्रतीक है। अगर हमीं आजाद नहीं हुए, तो दुनिया के और गुलाम देशों के आगे क्या उम्मीद है? वैसी हालत में इस लड़ाई का लड़ा जाना ही व्यर्थ हो जाएगा।'

गांधी जी के साथ जवाहरलाल का इस समय इतना मतभेद हो गया था कि आचार्य नरेन्द्रदेव से गांधी जी ने पूछा, 'अगर मैंने आन्दोलन शुरू किया, तो जवाहर पर उसकी क्या प्रतिक्रिया होगी?'

नरेन्द्रदेव जी बोले, 'वे जेल से बाहर तो नहीं रहेंगे।'

गांधी जी ने कहा, 'हाँ, सो कैसे हो सकता है?'

किन्तु जब आन्दोलन समाप्त हुआ और उसके हिंसक पक्ष की जिम्मेवारी उठाने से नेतागण शरमाने लगे, तब जवाहरलाल जी ने वीर गर्जना की, 'इस आन्दोलन की सारी जिम्मेवारी मैं अपने ऊपर लेता हूँ।'

18

गांधी जी और जवाहरलाल के बीच मतभेद था, स्पर्धा नहीं थी। गांधी जी तो जवाहरलाल से स्पर्धा क्या करते, जवाहरलाल में भी इतनी नासमझी नहीं थी कि

मतभेदों से ऊबकर वे दूसरी पार्टी बनाएँ और गांधी जी को खुली चुनौती दें। जवाहरलाल अपना और गांधी जी का तुलनात्मक महत्त्व जानते थे। उनके भीतर यह श्रद्धा जम गई थी कि इस देश में अभी जो कुछ हो सकता है, गांधी जी के इशारों से ही हो सकता है। इसी प्रकार, गांधी जी भी जवाहरलाल को अपने लिए अपरिहार्य समझते थे। वे जानते थे कि देश के नौजवानों में जवाहरलाल के प्रति एक खास आकर्षण है, जिसकी पूर्ति और कोई नहीं कर सकता। वे यह भी जानते थे कि जवाहरलाल के ही पास वह भाषा है, जिसे बाहरी विश्व समझता है और जवाहरलाल के पास जो सार्वभौम दृष्टि है, वह और किसी के पास नहीं है। इसीलिए वे जवाहरलाल को अपने से दूर जाने देना नहीं चाहते थे। बहुत-से समाजवादी तथा साम्यवादी कांग्रेस से हट जाएँ, तो भी एक जवाहरलाल को लेकर कांग्रेस मजे में उनका मुकाबला कर सकती है, यह विश्वास भी गांधी जी के भीतर था और काल ने, गांधी जी के मरने के बाद भी, उसे गलत साबित होने नहीं दिया।

गांधी जी को सबसे बड़ा विश्वास इस बात का था कि जवाहर कभी भी उन्हें धोखा नहीं देगा, कभी भी उनके खिलाफ बगावत नहीं करेगा और रोना-धोना वह चाहे जितना भी करे, किन्तु उसके भीतर यह कठोरता नहीं है कि उन्हें छोड़कर वह अलग हो जाए।

जब युद्ध को लेकर दोनों नेताओं के बीच मतभेद बहुत बढ़ गया था, उन दिनों सन् 1942 ई. में वर्धा में होनेवाली अखिल भारतीय कांग्रेस कमेटी में गांधी जी ने कहा था :

> 'लोग कहते हैं कि मेरे और जवाहरलाल के बीच तनाव आ गया है और हम लोग एक-दूसरे से दूर जा पड़े हैं। हम लोगों को एक-दूसरे से दूर करने के लिए मतभेद काफी नहीं हैं। जब से हम सहकर्मी हुए, मतभेद तभी से रहे हैं और, तब भी, जो बात मैं वर्षों से कहता आया हूँ, उसे आज फिर दुहराना चाहता हूँ कि मेरे उत्तराधिकारी राजा जी नहीं होंगे, उत्तराधिकारी जवाहरलाल होगा। जवाहरलाल कहता है कि मेरी भाषा उसकी समझ में नहीं आती है, न मैं उसकी भाषा समझता हूँ। मगर भाषा न मालूम हो, तब भी दो दिल मिलते ही हैं। और मैं जानता हूँ कि मेरे मरने के बाद जवाहरलाल मेरी भाषा में बात करेगा।'

पंडित जी बड़े ही स्वाभिमानी पुरुष थे। वे अपने दैन्य या विपन्नता की बात किसी से भी नहीं करते थे, यहाँ तक कि अपने पिता से भी नहीं। किन्तु ऐसी बातें भी वे गांधी जी को निश्छल होकर बता देते थे।

नेहरू-परिवार की समृद्धि का उल्लेख लोग आँख मूँदकर करते हैं। किन्तु सच्ची बात यह है कि मोतीलाल जी की कमाई के कम होते ही यह समृद्धि घटने लगी थी। 1924 ई. में पंडित जवाहरलाल पर यह शर्म गुजरने लगी थी कि पूरा मर्द होकर भी मैं बाप की कमाई पर जी रहा हूँ। क्यों नहीं अपने पाँव पर आप खड़ा होकर पिता के बोझ को थोड़ा हलका कर दूँ? यह बात उन्होंने चुपके से गांधी जी को लिख भेजी, मगर इसकी भनक किसी तरह पं. मोतीलाल जी के कान में पड़ गई। स्वभावतः ही वे बेटे पर झल्ला उठे। किन्तु परिस्थिति सँभालने में गांधी जी से अधिक चतुर व्यक्ति की कल्पना नहीं की जा सकती। उन्होंने भी जवाहरलाल जी को चुपके से जवाब भेजा :

> 'तुम्हारा हृदयस्पर्शी, मार्मिक, वैयक्तिक पत्र मिला। तुम अपनी समस्या का सामना बहादुरी से करोगे, इसमें मुझे सन्देह नहीं है। पिताजी अभी गुस्से में हैं। अभी मुझे या तुम्हें उनके गुस्से को बढ़ाना नहीं चाहिए।...क्या तुम्हारे लिए कुछ रुपयों का इन्तजाम करूँ? मगर तुम कोई ऐसा काम क्यों नहीं करते, जिससे कुछ आय भी होती हो? पिता के घर में रहते हुए भी तुम्हें अपने पसीने की कमाई खानी ही चाहिए। क्या तुम्हें किसी पत्र का संवाददाता बनना पसन्द होगा? या कहो तो तुम्हारे लिए कहीं प्रोफेसरी की तलाश करूँ?'

लगता है, सन् 1925 ई. के आते-आते पंडित जी धनाभाव का अनुभव और भी तीव्रता से करने लगे थे, क्योंकि 30 सितम्बर, 1925 को गांधी जी ने जो पत्र उन्हें लिखा, उसमें इसी विषय की चर्चा है :

> 'मैं किसी भी व्यक्ति से यह कहने का साहस नहीं कर सकता कि तुम पंडित मोतीलाल जी की सहायता करो। लेकिन जहाँ तक तुम्हारा सवाल है, मैं एक या अनेक मित्रों से ऐसा अनुरोध कर सकता हूँ और तुम्हारी मदद करने में उन्हें फख्र ही होगा। अगर तुम्हारी स्थिति बहुत असाधारण नहीं हो, तो मेरी सलाह होगी कि तुम्हें भी सार्वजनिक कोष से सहायता स्वीकार करनी चाहिए। मेरा निश्चित मत है कि तुम्हें कोई कारोबार करना चाहिए, जिसे पारिवारिक कोष में तुम अपना अंशदान दे सको। यदि यह पसन्द नहीं हो, तो सार्वजनिक क्षेत्र में खड़ा रहने के लिए तुम्हें मित्रों का साहाय्य स्वीकार करना चाहिए। यह निर्णय जल्दबाजी में नहीं किया जाना चाहिए। मगर मुझे तो तुम्हारी फिक्र है। वह काम जरूर किया जाना चाहिए, जिससे तुम्हें मानसिक शान्ति मिले। बिजनेस-मैनेजर होकर देश का काम तुम कम नहीं करोगे, ऐसा मैं

मानता हूँ। और तुम अगर कोई रोजगार करो, तो इससे पिताजी को बुरा नहीं मानना चाहिए।'

पंडित जी को गांधी जी जो भी खत लिखते थे, अक्सर वे मुहब्बत से लबरेज होते थे और उनसे यह स्पष्ट विदित होता था कि अपने इस अद्वितीय शिष्य के लिए उन्हें कितना गौरव और अभिमान था। जब सन् 1928 ई. में साइमन कमीशन के बहिष्कार के सिलसिले में जवाहरलाल जी पर लाठी के वार हुए, गांधी जी ने उन्हें आशीर्वाद देते हुए लिखा :

'मेरा प्रेम स्वीकार करो। तुमने बड़ी बहादुरी का परिचय दिया। मगर आगे तुम्हें इससे भी बड़ी बहादुरी का परिचय देना है। भगवान तुम्हें अभी बहुत वर्षों तक आबाद रखें और हिन्दुस्तान को गुलामी से छुड़ाने में तुम्हारा उपयोग, खास तौर से चुने हुए यंत्र के रूप में, करें।'

कांग्रेस के भीतर जवाहरलाल जी के प्रतिद्वन्द्वी सुभाष बाबू नहीं, सरदार पटेल थे। पंडित जी और सरदार के बीच खास मतभेद समाजवादियों के साथ किए जानेवाले सलूक को लेकर था। पंडित जी ने कांग्रेस के भीतर अपना स्थान विद्रोही का नहीं, समाजवादियों के संरक्षक का बना रखा था। किन्तु सरदार पार्टी के सूत्रधार थे। उनके विरुद्ध जवाहरलाल जी समाजवादियों को काफी संरक्षण नहीं दे सके। नतीजा यह हुआ कि बहुत-से समाजवादियों ने कांग्रेस छोड़ दी।

जब गांधी जी नहीं रहे, एडगर स्नो ने जवाहरलाल से पूछा, 'समाजवादियों के लिए आप सहानुभूतिशील रहे हैं। किन्तु सरदार पटेल समाजवादियों को नहीं चाहते हैं। तो फिर आप पटेल के साथ मिलकर काम कैसे करते हैं?'

पंडित जी ने कहा, 'जब स्पष्ट कार्यक्रम निर्धारित करने का सवाल उठता है, तफसील में सरदार और मैं, अक्सर एक-दूसरे के विरुद्ध हो जाते हैं। पहले भी ऐसा ही होता था और आज भी ऐसी ही बात है। मगर हम दोनों के पारस्परिक विरोध का शमन पहले गांधी जी करते थे और अब वही काम उनकी याद करती है। गांधी जी अपने जीवन-काल में जितने शक्तिशाली थे, मरने के बाद उससे अधिक शक्तिशाली हो गए हैं। मैं जानता हूँ कि अगर मैं इशारा कर दूँ तो सरदार मंत्रिमंडल छोड़ देंगे और वे भी जानते हैं कि उनका इशारा पाते ही मैं मंत्रिमंडल से निकल जाऊँगा। गांधी जी की याद हम दोनों को बाँधे हुए है।'

जब गांधी जी की हत्या हुई, लॉर्ड माउंटबेटन ने पहला काम यह किया था कि जवाहरलाल और सरदार से कहा, 'अपने गुरु का चरण स्पर्श करो और शपथ लो कि तुम दोनों एक रहोगे?' उस दिन गांधी जी के शव के पास सरदार

और जवाहरलाल एक-दूसरे को अंकवार में भरकर रोए थे। वे आँसू भारत के निकटवर्ती भविष्य के लिए वरदान सिद्ध हुए।

19

सन् 1942 का आन्दोलन गांधी जी के जीवन का सबसे बड़ा आन्दोलन था। भारतवासियों ने स्वाधीनता के लिए जिस जोर से पुकार सन् 1942 में की, वैसे जोर से उन्होंने आजादी को पहले कभी नहीं पुकारा था। असफल होने पर भी क्रिप्स-योजना अंग्रेजों की बही में इस बात को रेखांकित करने में सफल हो गई थी कि भारतीय स्वाधीनता का प्रश्न अब और अधिक टाला नहीं जा सकता। इसके सिवा, नेता जी सुभाषचन्द्र बोस की आजाद हिन्द फौज ने जिस निर्भीक देशभक्ति का परिचय दिया, उससे भारत का मुकदमा और भी जोरदार हो गया।

मई, 1945 में चर्चिल ने इंग्लैंड में आम चुनाव करवाने की इच्छा प्रकट की। इससे इंग्लैंड की राजनीति में भारत की तसवीर जरा उभार पर आ गई। अर्नेस्ट बेविन ने, जो लेबर पार्टी के सदस्य थे, ऐलान किया कि 'चुनाव में अगर हमारा दल कामयाब हुआ, तो हम लन्दन के इंडिया ऑफिस में ताला लगा देंगे और इस विषय के दफ्तर को उपनिवेश में भेज देंगे।'

ब्रिटिश सरकार से राय-मशविरा करने को वायसराय वेवल लन्दन गए और वहाँ से लौटने पर उन्होंने घोषणा की कि कांग्रेस कार्यसमिति के सदस्य रिहा किए जा रहे हैं। तदनुसार पं. जवाहरलाल नेहरू 15 जून, 1945 को जेल से बाहर आ गए।

वायसराय वेवल ने यह भी ऐलान किया था कि वे भारतीय नेताओं के साथ बातचीत करेंगे। कांग्रेस कार्यसमिति के सदस्यों ने बम्बई में अपनी बैठक की और यह तय किया कि वेवल का निमंत्रण स्वीकार किया जाए।

वायसराय के साथ विचार-विमर्श के लिए सभी नेता शिमला गए। मूल प्रश्न हिन्दुओं और मुसलमानों की रजामन्दी का था और दोनों दलों की ओर से दो मुसलमान ही चोटी के प्रतिनिधि थे—मुस्लिम लीग की ओर से जिन्ना और कांग्रेस की ओर से मौलाना आजाद, जो उस समय कांग्रेस के सभापति थे। किन्तु यह वार्ता भंग हो गई और नेतागण पहाड़ से उतरकर अपने-अपने कामों में लग गए।

इस बीच इंग्लैंड के महाचुनाव में लेबर पार्टी की जीत हो गई और एटली प्रधानमंत्री बन गए। वे, जैसे भी हो, भारत की समस्या का आखिरी फैसला कर

डालना चाहते थे। अतएव 19 सितम्बर, 1945 को लन्दन से श्री क्लिमेंट एटली और दिल्ली से लॉर्ड वेवल ने एक साथ यह घोषणा की कि भारत में सभी विधान सभाओं का चुनाव करवाया जाएगा और उन्हीं प्रतिनिधियों में से चुने हुए लोग संविधान सभा के सदस्य होंगे। भारत और इंग्लैंड के बीच जो सन्धि होगी, उसकी शर्तें क्या होंगी, इसका निर्णय संविधान-सभा करेगी।

भारतीय स्वाधीनता पर जो संशय का पर्दा पड़ा हुआ था, उसे खींचकर एटली ने ऊपर उठा दिया और यह निश्चित हो गया कि आखिर को अंग्रेज भारत से अपना बिस्तर गोल करने को तैयार हैं।

किन्तु स्वराज्य को निश्चित जानकर मुस्लिम लीग घबराहट में पड़ गई। कहीं ऐसा तो नहीं होगा कि स्वराज्य भारत को मिल जाए और पाकिस्तान हमें नहीं प्राप्त हो?

आम चुनाव जनवरी, सन् 1946 में हुए। इन चुनावों की विशेषता यह थी कि मुस्लिम सदस्यों में से 75-80 फीसदी लोग मुस्लिम लीग में आ गए। मुस्लिम प्रान्तों में केवल पश्चिमोत्तर प्रदेश था, जहाँ मंत्रिमंडल कांग्रेस बना सकी।

चुनाव में मुस्लिम लीग ने जो रिकॉर्ड बनाया, उससे लीग का हौसला बढ़ गया और जो लोग भारत-विभाजन की माँग करते आए थे, उनकी आवाज काफी जोरदार हो गई।

स्वराज्य का स्वागत करने को मुसलमान कुछ कम बेचैन नहीं थे। किन्तु फर्क यह था कि वे अंग्रेजों के जाने के बाद हिन्दुओं के साथ रहना नहीं चाहते थे। सन् 1942 ई. में गांधी जी ने अंग्रेजों से कहा था, 'भारत छोड़ो।' अब मुसलमान कहने लगे थे, 'भारत जरूर छोड़ो, मगर उसे बाँटकर।'

विचित्र बात है कि जब लीग भारत-विभाजन की माँग कर रही थी, उस समय लालकिले में आजाद हिन्द फौज के तीन जवान कठघरे में बन्द थे। उनमें से एक मुसलमान, एक सिक्ख और एक हिन्दू था। किन्तु एकता के इस दृश्य का लीगियों पर कोई प्रभाव नहीं पड़ा। पाकिस्तान की माँग से हिन्दू जितने ही दुखी होते थे, लीगी मुसलमान उतने ही जोर से इस माँग का प्रचार कर रहे थे।

ठीक उन्हीं दिनों बम्बई में जल-सेना के नाविकों ने विद्रोह किया और नाविकों में भी सभी धर्मों के लोग थे। उन नाविकों की पलाइस हिन्दुओं ने भी की और मुसलमानों ने भी। फिर भी, यह शिक्षा लोग नहीं ले सके कि जब भारत की इज्जत और आजादी का सवाल सामने हो, तब सभी भारतवासियों को एक हो जाना चाहिए।

इतिहास के भीतर सदियों से हिन्दू-मुस्लिम वैमनस्य की जो आग धुँधुआती आ रही थी, वह फूटने को बेकरार हो उठी। पारस्परिक ईर्ष्या, द्वेष और असन्तोष की जो भावना युगों से दबी आ रही थी, वह अब प्रकट होने के लिए रास्ता खोजने लगी। हिन्दुओं और मुसलमानों को करीब लानेवाली इतिहास की बड़ी घटनाओं को लोग भूल गए और दोनों के बीच जो छोटी और मलिन बातें घटी थीं, उन्हें लेकर वे परस्पर तनाव में आने लगे।

20

हिन्दुस्तानियों का तो यह हाल था, मगर एटली-सरकार भारत को किसी भी तरह आजाद कर देने को बेताब होने लगी। जनवरी, 1946 में इंग्लैंड से एक संसदीय शिष्टमंडल यह देखने को भारत आया कि भारत के लोग स्वाधीन होने को कहाँ तक तैयार हैं। किन्तु यहाँ शिष्टमंडल ने जो हाल देखा, उससे उसकी आँखें खुल गईं और इंग्लैंड वह इस भाव से भरा हुआ लौटा कि भारत पर अंग्रेजी शासन चल कैसे रहा है। शिष्टमंडल की रिपोर्ट ने एटली-सरकार के संकल्प को और भी सुदृढ़ बना दिया। अतएव 19 फरवरी, 1946 को भारत-सचिव लॉर्ड पेथिक लारेंस ने लन्दन में यह घोषणा की कि ब्रिटिश सरकार का एक कैबिनेट मिशन भारत जाएगा और वह भारतीय नेताओं से मिलकर यह निश्चय करेगा कि सत्ता हस्तान्तरण का सबसे सुगम उपाय क्या है।

कैबिनेट मिशन 23 मार्च को भारत पहुँचा और यहाँ के नेताओं को जब उसने किसी निर्णय पर पहुँचते नहीं देखा, तब उसने अपनी ओर से एक योजना प्रस्तुत की। मुस्लिम लीग जितने जोर से पाकिस्तान की माँग कर रही थी, कांग्रेस उतने ही जोर से अखंड भारत के पक्ष में थी। अतएव कैबिनेट मिशन की योजना दोनों के बीच समझौते के रूप में आई। मिशन का प्रस्ताव था कि सारे भारत को तीन ग्रुपों में बाँट दिया जाए। पहले ग्रुप में वे सभी प्रदेश शामिल किए जाएँ, जिनमें हिन्दुओं का बहुमत है। दूसरे ग्रुप में पंजाब, सिन्ध, पश्चिमोत्तर प्रदेश और बलूचिस्तान सम्मिलित किए जाएँ, जहाँ मुसलमानों का बहुमत है। और असम तथा बंगाल एक अलग ग्रुप में रखे जाएँ, क्योंकि इन दो प्रान्तों में भी, गिनती में बहुमत मुसलमानों का ही था। ये तीनों ग्रुप एक संघ शासन के सदस्य हों और संघ के अधिकार केवल सुरक्षा, वैदेशिक नीति और यातायात तक सीमित कर दिए जाएँ।

गांधी जी ने इस योजना पर राय देते हुए कहा, 'इस योजना के भीतर वह बीज है, जो शोक और दर्द से भरे हुए इस देश को शोकविहीन बना सकता है।'

मिशन की इस योजना को जब कांग्रेस ने कबूल कर लिया, मिस्टर जिन्ना भी उसके पक्ष में हो गए और लीग से उन्होंने भी योजना की मंजूरी का प्रस्ताव पास करवा दिया। उस समय ऐसा दीखता था, मानो दुख-दर्द का मारा देश आजाद भी होगा, किसी कदर एक भी रहेगा और साम्प्रदायिक मार-काट से भी बच जाएगा।

किन्तु ठीक इसी समय पंडित जवाहरलाल नेहरू, मौलाना आजाद के बाद कांग्रेस के अध्यक्ष हो गए और एक प्रेस-सम्मेलन में संवाददाताओं के खोदने पर उन्होंने कह दिया कि ग्रुप पद्धति आखिर को चलेगी या नहीं, इसमें हमें भारी सन्देह है। मिशन की योजना को अन्तिम समझना गलती होगी। कांग्रेस उस योजना से बँधी हुई नहीं है। समय और परिस्थिति के अनुसार उसमें परिवर्तन लाने का हमें पूरा अधिकार है।

जिन्ना साहब ने योजना को बड़ी मुश्किल से कबूल किया था। अंग्रेजों से वे बार-बार कह रहे थे कि हिन्दू अपनी बात पर टिकने के आदी नहीं हैं। उन्हें अपने संख्या-बल का अहंकार है और मैं उनका विश्वास कठिनाई से करता हूँ। लीग ने योजना को इस भाव से स्वीकार किया था कि वह बिलकुल कटी-छँटी आखिरी चीज है और उसमें अब तबादले नहीं होंगे। पंडित जी के वक्तव्य से संकेत यह मिला कि सत्तारूढ़ होते ही कांग्रेस अपनी शक्ति और इच्छा के अनुसार योजना में परिवर्तन कर सकती है।

बस, फिर क्या था! मुस्लिम लीग के शिविर में आग लग गई और अपनी 27-7-46 की बैठक में मुस्लिम लीग ने योजना की स्वीकृति का प्रस्ताव वापस ले लिया। फिर तो परिस्थिति इतनी बिगड़ी कि वह सँभाल में आई ही नहीं। लॉर्ड वेवल ने कोशिशें कीं कि कांग्रेस और लीग के बीच मिलाप हो जाए। कांग्रेस ने एक प्रस्ताव पास करके यह ऐलान भी किया कि कैबिनेट मिशन की योजना हम तहेदिल से कबूल करते हैं और उस पर हम अडिग रहेंगे। कांग्रेस ने अपने सभापति की राय पर थोड़ी नाराजगी भी जाहिर की। मगर लीग पर इन बातों का कोई भी असर नहीं हुआ। जिन्ना भभककर आग हो गए और उन्हें यह कहने का अवसर मिल गया कि कांग्रेस की बातों पर यकीन करना मुश्किल काम है। इसी निराशा, क्रोध और विक्षोभ की अवस्था में लीग से उन्होंने 'सीधी कार्रवाई' वाला कलुषित और भयानक प्रस्ताव पास करवा लिया और भारत की एकता को छुरेबाजी के हवाले कर दिया।

लॉर्ड वेवल के बारे में आम राय थी कि वे लीग का पक्षपात करते हैं, किन्तु लीग के इस निर्णय से वे भी घबरा उठे। कैबिनेट मिशन की योजना के अनुसार

दिल्ली में एक अन्तरिम सरकार बननी थी, जिसमें पाँच सदस्य लीग के आनेवाले थे। वेवल की घबराहट यह थी कि अगर लीग ने अन्तरिम सरकार का बहिष्कार कर दिया तो स्थिति क्या होगी। अतएव उन्होंने जवाहरलाल जी पर जोर डाला कि आप एक बार और कोशिश कर देखिए, शायद जिन्ना मान जाएँ।

लीग ने सीधी कार्रवाई के लिए 16 अगस्त की तिथि निश्चित की थी और उसी दिन प्रातःकाल जवाहरलाल जी बम्बई में जिन्ना के घर गए और जिन्ना को उन्होंने समझाया कि सीधी कार्रवाई की बात भूल जाइए और लीग के प्रतिनिधियों को अन्तरिम सरकार में आने दीजिए। किन्तु जिन्ना जैसे हर समय अडिग रहे थे, उसी प्रकार इस बार भी अडिग रहे। जवाहरलाल जी को उन्होंने स्पष्ट नाहीं कर दी।

लियोनार्ड मोसले ने लिखा है कि जिन्ना के बारे में जवाहरलाल जी की राय बिलकुल खराब थी। पाकिस्तान बनने के बाद किसी से उन्होंने कहा था, 'जिन्ना में इसके सिवा और कोई सिफत नहीं है कि वे कामयाब हो गए।'

पंडित जी खुद जिस अर्थ में शिक्षित और सुसंस्कृत थे, उस अर्थ में वे जिन्ना को शिक्षित और सुसंस्कृत नहीं मानते थे। 'जिन्ना को असली शिक्षा कभी मिली ही नहीं। उन्होंने कानून की किताबें पढ़ी थीं और कभी-कभी हलके-फुल्के उपन्यास पढ़े थे। जिन्हें हम असली किताबें कहते हैं, जिन्ना ने उन्हें नहीं पढ़ा था।'

जिन्ना का यह मूल्यांकन यदि संसार को पहले मालूम रहता, तो जब गांधी जी के मरने पर जिन्ना ने उन्हें 'हिन्दू नेता' विशेषण से अभिहित किया था, तब उस बात पर किसी को भी अचरज नहीं हुआ होता।

जिन्ना ने ठान लिया था कि हिंसा के भयानक प्रदर्शन द्वारा वे अंग्रेज और कांग्रेस, दोनों के होश ठिकाने कर देंगे और सबको वे इस राय पर ले जाएँगे कि भारत-विभाजन के सिवा और कोई विकल्प नहीं है। बंगाल के प्रधानमंत्री उस समय शहीद सुहरावर्दी थे। वे क्रूर, लोभी और लम्पट मनुष्य थे। उन्होंने 5 अगस्त को कलकत्ते के 'स्टेट्समैन' में एक लेख लिखा, जिसमें हिंसा को खुली उत्तेजना दी गई थी। 'अराजकता और रक्तपात, ये हर हालत में बुरे नहीं हैं। अगर अच्छे उद्देश्य के लिए खूंरेजी की जाए, तो वह निन्दा की चीज नहीं है। और आज तो मुसलमानों के सामने पाकिस्तान से बढ़कर और कोई मकसद ही नहीं है।'

सीधी कार्रवाई के प्रस्ताव के बाद खुद जिन्ना ने कहा था, 'आज से हम वैधानिक आन्दोलनों से विदा ले रहे हैं। आज हमने एक पिस्तौल तैयार की है और हम इस हालत में भी हैं कि उसे चला सकें।'

सुहरावर्दी ने अन्तरिम सरकार के बारे में यह भी कहा था कि ऐसी सरकार यदि बनी, तो बंगाल अपने-आपको उससे स्वतंत्र समझेगा। और केवल जिन्ना और सुहरावर्दी ही नहीं, मुस्लिम लीग के अन्य कई नेताओं ने ऐसी ही भयानक बातों का प्रचार किया। नतीजा यह हुआ कि 16 अगस्त, 1946 से लेकर 19 अगस्त तक कलकत्ते में ऐसी भयानक मारकाट, अग्निलीला और खूँरेजी मची कि कितने ही नालों में लहू की धार चलने लगी। और लाशों से पटी हुई सड़कों को साफ करने के लिए दुनिया भर के गिद्ध कलकत्ते में आ जुटे। दंगा सुहरावर्दी की जानकारी में आरम्भ हुआ था और जब उसे यह शुभा हुआ कि हिन्दू पुलिस दंगा रोकने की कोशिश कर सकती है, तब वह खुद लालबाजार थाने में बैठ गया, जिससे आग पर कोई पानी नहीं डाल सके।

चूँकि दंगे की तैयारी मुसलमानों की ओर से थी और प्रान्त का प्रधानमंत्री दंगा करवाना चाहता था, इसलिए आरम्भ में हिन्दू और सिक्ख ही उसके शिकार हुए। किन्तु जब हिन्दू और सिक्ख तैयार होकर निकले, तब सुहरावर्दी को होश हुआ और वह सख्ती पर उतर आया।

कलकत्ते की आग तुरन्त सिलहट पहुँची और फिर वहाँ से वह नोआखाली तक पहुँच गई। नोआखाली के शरणार्थियों की दुख-दर्द भरी कहानियाँ सुनकर बिहार के हिन्दू भड़क उठे और वहाँ बेकसूर मुसलमानों पर विपत्ति का पहाड़ टूट पड़ा।

सीधी कार्रवाई के द्वारा अगर देश को दहलाना उद्देश्य था, तो इस उद्देश्य में जिन्ना बिलकुल सफल हो गए और आम लोगों के मुँह से यह आवाज आने लगी कि अगर एकता का अर्थ अराजकता और रक्तपात है, तो फिर देश का विभाजन ही श्रेष्ठ है।

जवाहरलाल जी के नेतृत्व में अन्तरिम सरकार ने 2 सितम्बर को कार्यभार सँभाला। वेवल के लाख समझाने पर भी लीग ने अपने प्रतिनिधि न तो अन्तरिम सरकार में भेजे, न संविधान सभा में। अन्तरिम सरकार के बनते ही लीगियों की ओर से अग्निबाण बरसने लगे। गजनफर अली ने कहा, 'इस सरकार की मुखालफत हम खूंरेजी से करेंगे।' लियाकत अली ने 2 सितम्बर को काले दिवस के रूप में मनाने का फरमान निकाला। और जिन्ना ने गर्जन किया, 'हिन्दुस्तान एक ऐसे गृहयुद्ध के कगार पर है, जो उसे बर्बाद कर देगा।'

लेकिन जिन्ना को मनाने की कोशिश तब भी चलती रही। असल में, जिन्ना जवाहरलाल से यह मनवा लेना चाहता था कि मुसलमानों की प्रतिनिधि संस्था केवल मुस्लिम लीग है और कांग्रेस के हिस्से में से राष्ट्रवादी मुसलमानों को

जगहें नहीं दी जानी चाहिए। कांग्रेस को वह केवल सवर्ण हिन्दुओं की संस्था सिद्ध करना चाहता था। अतएव, 26 अक्टूबर को जब उसने अन्तरिम सरकार में अपने पाँच प्रतिनिधियों को जाने का हुक्म दिया, तब उनमें से चार तो मुसलमान थे, किन्तु पाँचवाँ हरिजन हिन्दू यानी योगेन्द्रनाथ मंडल था।

21

कई लोग यह समझते हैं कि कैबिनेट मिशन ने भारत को एक रखने का जो प्रस्ताव किया था, वह ठीक था और उसके बारे में पत्रकार-सम्मेलन में अचिन्तित वक्तव्य देकर जवाहरलाल जी ने बहुत बड़ा गुनाह किया। खुद मौलाना आजाद ने अपनी किताब में लिखा है कि 'जवाहरलाल मेरे सबसे प्यारे दोस्त हैं। हिन्दुस्तान के राष्ट्रीय जीवन में उनका जो योगदान है, उससे अधिक योगदान और किसी का नहीं है। आजादी के बाद से जवाहरलाल हमारी राष्ट्रीय एकता और प्रगति के प्रतीक हो गए हैं। मगर खेद के साथ मुझे यह कहना पड़ता है कि जब-तब वे भावनाओं में बह जाते हैं। यही नहीं, बल्कि कभी-कभी प्रश्नों के सैद्धान्तिक पक्ष का मोह उन्हें इस कदर घेर लेता है कि वे वस्तुस्थिति का ध्यान ही नहीं रख सकते। सन् 1946 ई. में उन्होंने जो गलती की, उसकी कीमत देश को बेहिसाब चुकानी पड़ी।'

मगर लियोनार्ड मोसले की किताब से अब यह मालूम होता है कि जवाहरलाल ने पत्रकार सम्मेलन में जो कुछ कहा था, वह उनका सुचिन्तित विचार था (गर्चे मोसले भी जवाहरलाल को गुनहगार ही समझता है)। विभाजन जवाहरलाल और गांधी जी को बिलकुल पसन्द नहीं था और तीन ग्रुपों में देश का विभाजन बँटवारा नहीं तो और क्या था? अगर वह योजना लागू की गई होती, तो भारत बाहर से तो एक दीखता; किन्तु भीतर वह हिन्दुस्तान और पाकिस्तान के रूप में विभक्त रहता और हर बात में ग्रुप दो और ग्रुप तीन ग्रुप एक से झगड़ते ही रहते। कैबिनेट मिशन की योजना के साथ ये अप्रिय बातें लिपटी हुई थीं, जिन्हें एकता के जोश में नजरअन्दाज किया जा सकता था, मगर नजरअन्दाज करने की चीज वे थीं नहीं। मोसले के अनुसार आगे चलकर गांधी जी भी जवाहरलाल की ऐसी शंकाओं को बिलकुल निर्मूल नहीं समझते थे।

दंगे के दिनों में कलकत्ता जाने का सुयोग न तो जवाहरलाल को मिला, न गांधी जी को, न जिन्ना और लियाकत अली को। उस अवसर पर कलकत्ता जाने का सुयोग केवल वेवल निकाल सके और वहाँ उन्होंने लीग के नेता ख्वाजा

नजीमुद्दीन से बात की कि लीग को अब भी कैबिनेट मिशन का प्रस्ताव मान लेना चाहिए। नजीमुद्दीन की बातें जिन्ना कुछ प्यार से सुनता था, इसी आशा में वेवल ने नजीमुद्दीन के ही साथ बात चलाई थी। नजीमुद्दीन ने कहा, 'अगर कांग्रेस यह गारंटी दे कि तीनों ग्रुपों में पहले दस साल के अन्दर कोई भी परिवर्तन नहीं किया जाएगा और उन्हें ठीक उसी रूप में काम करने दिया जाएगा जिस रूप में उनके काम करने की कैबिनेट मिशन ने कल्पना की है, तो मैं जिन्ना को मनाने की कोशिश कर सकता हूँ।' अतएव वेवल ने 27 अगस्त, 1946 को गांधी जी और जवाहलाल को वायसराय भवन में बुलाया और उन्हें सुझाया कि कांग्रेस को ऐसी गारंटी दे देनी चाहिए।

मोसले लिखता है कि वेवल सिपाही रहा था, वह बातें स्पष्ट बोलना और सुनना पसन्द करता था। वकीलों के साथ बात करने में उसे घबराहट होती थी और बातचीत की कला में वह निपुण भी नहीं था। वह जुबान तभी खोलता था, जब उसे कोई महत्त्वपूर्ण बात कहनी होती थी। किन्तु गांधी जी और जवाहरलाल, दोनों-के-दोनों प्रशिक्षण से वकील थे। अतएव वेवल भारतीय नेताओं को समझाने में असमर्थ रहा और नेतागण भी अपनी बातों से उसे सन्तुष्ट नहीं कर सके।

असली बात शायद यह थी कि वेवल एटली-सरकार की भी भावनाओं के साथ नहीं था और हिन्दू-मुस्लिम विवाद में उसकी सारी सहानुभूति मुसलमानों के साथ थी। कांग्रेसी नेताओं में वेवल को केवल मौलाना आजाद पसन्द थे और मौलाना भी उसकी तारीफ करते थे। जिन्ना को शह देकर वेवल ने उसके मिजाज को आसमान पर चढ़ा रखा था। उसकी सारी नीति यह थी कि समझौता-वार्ता में हर समय 'वीटो' मुस्लिम लीग के हाथ रहे।

वेवल ने गांधी जी से कहा, 'मुझे वकालत के पेंच में न डालकर आप सिर्फ सीधी-सादी गारंटी दे दीजिए कि कैबिनेट मिशन की योजना को आप स्वीकार करते हैं।'

गांधी जी ने कहा, 'हम तो कह चुके हैं कि योजना हमें स्वीकार है, मगर हम यह गारंटी नहीं दे सकते कि हम उसे ठीक उसी अर्थ में स्वीकार करते हैं, जो अर्थ कैबिनेट मिशन लगाता है। मिशन जो कुछ चाहता है, उसकी व्याख्या हम अपने ढंग पर करेंगे।'

वेवल बोला, 'क्या तब भी, जब आपकी व्याख्या कैबिनेट मिशन की व्याख्या से भिन्न पड़ती हो?'

गांधी जी ने कहा, 'जरूर। कैबिनेट मिशन की योजना का असली अर्थ वह नहीं है, जो मिशन लगाना चाहता है, बल्कि वह जो अन्तरिम सरकार लगाएगी।'

वेवल ने कहा, 'मुस्लिम लीग के प्रतिनिधियों की गैरहाजिरी में अन्तरिम सरकार की राय महज हिन्दुओं की राय होगी, केवल कांग्रेस की राय होगी। उसे हम निष्पक्ष नहीं मान सकते।'

इस पर जवाहरलाल जी ने वेवल से कहा, 'कांग्रेस केवल हिन्दुओं की संस्था नहीं है। वह न तो हिन्दुओं का पक्षपाती है, न मुसलमानों के खिलाफ है। वह सारे देश के लोगों की संस्था है और हम ऐसा कोई भी कानून बनानेवाले नहीं हैं, जो मुस्लिम-हितों के खिलाफ पड़ता हो।'

वेवल अक्खड़ आदमी था। सचमुच ही, राजनीतिक बातें करने की सलाहियत उसमें नहीं थी। वह गरज उठा, 'मगर मुसलमान किसके पंडित नेहरू? आपके मुसलमान, कांग्रेस के मुसलमान, जो फकत कांग्रेस के पिट्ठू हैं, या मुस्लिम लीग के मुसलमान? आप समझते क्यों नहीं कि समय की माँग यह है कि आप मुस्लिम लीग को सन्तुष्ट करें और ठीक वही काम आप नहीं करना चाहते हैं। यह घड़ी कांग्रेस और मुस्लिम लीग को करीब लाने की है और शायद, यह आखिरी घड़ी है। मैं आपसे निखालिस गारंटी चाहता हूँ, जो मुस्लिम लीग को सन्तुष्ट कर सके।'

यह कहते हुए वेवल ने दराज़ से एक कागज निकाला, जिस पर वह गारंटी लिखी हुई थी, जिसे वह गांधी जी और जवाहरलाल से मनवाना चाहता था। कागज पहले गांधी जी ने लिया और देखकर उन्होंने उसे जवाहरलाल की ओर बढ़ा दिया। जवाहरलाल उसे पढ़कर बोले, 'इसे स्वीकार करने का अर्थ यह है कि कांग्रेस अपने पाँवों में जंजीर डाल ले।'

वेवल ने जवाब दिया, 'कैबिनेट मिशन की योजना का मेरे जानते यही अर्थ है। यह स्पष्ट है कि इस योजना के अनुसार भारत का विभाजन तीन ग्रुपों में हो जाएगा। जब आपने योजना को स्वीकार किया था, तभी यह बात भी आपके ध्यान में आ जानी चाहिए थी।'

गांधी जी बोले, 'कैबिनेट मिशन की इच्छा और हमारी व्याख्या में फर्क हो सकता है।'

वेवल ने कहा, 'यह तो वकील की बातचीत है। मुझसे तो साफ अंग्रेजी में बात कीजिए। मैं सीधा-सादा सिपाही हूँ। आप जब कानूनी पेंच लगाते हैं, तब मैं उलझन में पड़ जाता हूँ।'

जवाहरलाल जरा खीज में बोल उठे, 'अगर हम वकील हैं, तो इसका क्या इलाज है?'

वेवल ने कहा, 'जैसी हालत है, उसमें अगर मैं कांग्रेस को अन्तरिम सरकार बनाने का अधिकार दे दूँ, तो वह बेजा बात होगी।'

गांधी जी ने कहा, 'मगर आप तो अन्तरिम सरकार के आगमन की घोषणा कर चुके हैं। अब आप अपनी बात से कैसे फिर सकते हैं?'

वेवल ने जवाब दिया, 'तब से हालत बदल गई है। कलकत्ते की हत्याओं के कारण हिन्दुस्तान गृहयुद्ध के कगार पर आ गया है। मेरा कर्तव्य है कि मैं इस गृहयुद्ध को रोकूँ। अगर मैं मुस्लिम लीग की रज़ामन्दी के बिना कांग्रेस को अन्तरिम सरकार बनाने की छूट देता हूँ, तो यह काम गृहयुद्ध रोकने का काम नहीं होगा। तब तो मुस्लिम लीग यही सोचेगी कि 'सीधी कार्रवाई' को छोड़कर और कोई रास्ता है ही नहीं और तब जो कुछ बंगाल में हुआ है, उसकी आवृत्ति सारे देश में होगी।'

पंडित जी ने कहा, 'दूसरे शब्दों में आप मुस्लिम लीग की घुड़की (ब्लैकमेल) के आगे घुटने टेक देना चाहते हैं?'

वेवल तीर खाकर छटपटाता हुआ बोला, 'मर्द आदमी! ब्लैकमेल की बात करनेवाले तुम होते कौन हो?'

जब गांधी जी और जवाहरलाल वायसराय भवन से चले, उनके भीतर यह भाव दृढ़ हो गया था कि इस वायसराय से देश को छुटकारा मिलना ही चाहिए।

गांधी जी ने उसी दिन प्रधानमंत्री एटली को तार दिया, 'वायसराय के दिमाग की हालत ठीक नहीं है। बंगाल की दुखद घटनाओं से उनके होश-हवास गुम हो गए हैं। जरूरत इस बात की है कि उन्हें कोई सलाहकार दिया जाए जो उनसे अधिक योग्य हो और जो कानून भी समझता हो।'

साथ ही, लॉर्ड वेवल को भी उन्होंने पत्र लिखा, 'कल इस बात को आपने कई बार दुहराया कि आप सीधे-सादे सिपाही हैं तथा कानून से आप अनभिज्ञ हैं। हम लोग भी सीधे-सादे आदमी हैं, गरचे हम सिपाही नहीं हैं और थोड़ा कानून भी समझते हैं। कल शाम आपकी भाषा धमकी से पूर्ण थी। सम्राट के प्रतिनिधि होकर आप केवल फौजी होने की ज्यादती नहीं कर सकते, न आप कानूनों की उपेक्षा कर सकते हैं, खास कर उन कानूनों की, जो आपके ही बनाए हुए हैं। आपने कल हमें यह भी धमकी दी थी कि अगर आपके फार्मूले को हमने कबूल नहीं किया, तो आप संविधान सभा को आयोजित होने नहीं देंगे। अगर यह बात थी तो 12 अगस्त को आपको यह घोषणा नहीं करनी थी कि आप कांग्रेस से अनुरोध करते हैं कि वह सरकार का संगठन करे।'

और पंडित जी ऐसी ही बातें अपने उन अंग्रेज दोस्तों को लिखने लगे, जो लेबर-सरकार के कानों के पास रहते थे। 'वेवल आदमी सच्चा और ईमानदार है, मगर वह कमजोर मालूम होता है। उसके सारे सलाहकार कांग्रेस के दुश्मन और

मुस्लिम लीग के दोस्त हैं।...वेवल रथ के चक्कों को रोज कमजोर कर रहा है। आसार ये हैं कि अचानक गाड़ी का चलना ही बन्द हो जाएगा।'

लेबर-सरकार का वेवल में यों भी विश्वास नहीं था। एटली ने किसी से कहा, 'देखो, कोई अच्छा आदमी मिलते ही हम वेवल को वापस बुला लेंगे।' कानाफूसी में यह बात कही गई थी और कानाफूसी में ही वह दिल्ली में जवाहरलाल जी तक पहुँच गई।

वेवल के पाँव थरथराने लगे थे। फिर भी अपने ढंग पर कोशिश उसने जारी रखी और ब्रिटिश सरकार से एक बार और बात करने को वह जवाहरलाल, जिन्ना और लियाकत को लेकर लन्दन गया। लन्दन में भी वेवल अपनी कोई हवा नहीं बाँध सका; बल्कि हवा बाँधने में सबसे बड़ी कामयाबी वहाँ जवाहरलाल जी ने हासिल की, क्योंकि लेबर पार्टी सत्तासीन थी और उस पार्टी के बहुत-से लोग जवाहरलाल जी को चाहते थे। इसके विपरीत, जिन्ना का प्रचार टोरी दल के भीतर चला। और वेवल? वेवल ने दिल्ली लौटकर अपने दोस्तों से कहा, 'सरकार ने मेरे साथ वही सलूक किया, जो गरीब रिश्तेदार के साथ किया जाता है।'

19 फरवरी, 1947 ई. को वेवल को लन्दन से तार मिला कि भारत से लौटने को वे तैयार रहें।

22

गांधी जी का नारा अब भी यही था कि 'अंग्रेजो, भारत छोड़ दो।' वे समझते थे कि अगर अंग्रेज सचमुच ही भारत छोड़ने को तैयार हो जाएँ, तो आनेवाली जवाबदेही के भार के नीचे हिन्दू और मुसलमान परस्पर कुछ समीप आ जाएँगे। यही पट्टी, शायद, जवाहरलाल जी ने एटली को भी पढ़ाई थी। अतएव एटली ने 20 फरवरी, 1947 को ऐलान किया कि 'अधिक-से-अधिक जून, 1948 तक सारे अधिकार जवाबदेह भारतीय सरकार के हाथ में सौंप दिए जाएँगे।' उन्होंने यह घोषणा भी की कि लॉर्ड वेवल ने इस्तीफा दे दिया है और उनकी जगह पर लॉर्ड माउंटबेटन भारत के वायसराय होंगे।

जब माउंटबेटन ने भारत का कार्यभार सँभाला, उनकी उम्र सिर्फ 46 साल की थी। उन्होंने बिजली की गति से आते ही अपना कार्य आरम्भ कर दिया। जब लन्दन में उनके नाम की घोषणा हुई थी, सरदार पटेल ने उनके बारे में अपने अखबारी दोस्तों के जरिये एक रिपोर्ट मँगवाई थी और उस रिपोर्ट को

देखकर कहा था, 'अच्छा खिलौना आ रहा है। जवाहरलाल जी इस खिलौने से खेलेंगे और हम तब तक क्रान्ति का काम पूरा करेंगे।'

लेकिन माउंटबेटन खिलौना नहीं था। 46 साल का यह नौजवान भारत के गुरुओं का भी गुरु निकला। जब माउंटबेटन लन्दन से चले थे, उनके मन में आशंकाएँ थीं कि न जाने, हिन्दुस्तान के शेरों से कैसे सलूक करना होगा! किन्तु एक महीना दिल्ली रहने के बाद उन्होंने कहा, 'ये शेर कागजी शेर हैं।' और भारत के लौहपुरुष सरदार पटेल के बारे में भी उनकी राय यह बनी कि 'आदमी बाहर से तो काफी कड़ा है, मगर एक बार तोड़ दो तो भीतर पुलपुला ही दीखता है।'

पंडित जी की माउंटबेटन से मुलाकात पहले की थी, इसलिए जब माउंटबेटन दिल्ली पधारे, दोनों जने दोस्त की तरह मिले। जवाहरलाल और माउंटबेटन में से, दोनों-के-दोनों स्वभाव से अहंकारी और मिजाज से अमीर थे। दोनों के भीतर आभिजात्य का विकास चरम सीमा तक हुआ था। मगर संवेदनशीलता की दृष्टि से देखें तो जवाहरलाल ऊँचे और महान पड़ते थे, क्योंकि सफलता के समय भी वे अपने-आप पर सन्देह कर सकते थे। किन्तु माउंटबेटन धीर, गम्भीर और आत्मविश्वास से पूर्ण मनुष्य थे। उन्हें द्विविधा और शंका नहीं सताती थी। जितना नियंत्रण उनका अपने-आप पर था, उतना ही नियंत्रण वे उन लोगों पर भी रखते थे, जो उनके वृत्त में थे। कांग्रेस के नेताओं से सलूक करने में उन्हें कोई कठिनाई नहीं हुई। कठिनाई हुई जिन्ना का सामना करने में। जिन्ना के साथ पहली मुलाकात के बाद माउंटबेटन ने कहा था, 'या मेरे खुदा! यह आदमी तो बर्फ की तरह जमा हुआ है। सारा समय तो उसे पिघलाने में सर्फ हो जाता है।' और उस मुलाकात से निकलकर जिन्ना ने कहा था, 'यह वायसराय बातें समझता ही नहीं है।'

माउंटबेटन के आने से कांग्रेस को आशा हुई कि बातें अब शायद कुछ सुधर जाएँगी। मुस्लिम लीगवालों को खौफ हुआ, यह आदमी कांग्रेस के मेल में है, इसलिए हमें अभी और तनकर रहना चाहिए। और माउंटबेटन सारी स्थिति को समझकर इस निश्चय पर आ गए कि विभाजन के सिवा और कोई रास्ता नहीं है। मगर कांग्रेसवालों को खास कर, गांधी, आजाद, नेहरू और पटेल को इस निर्णय की घुट्टी कैसे पिलाई जाए?

मुस्लिम लीग ने अन्तरिम सरकार के भीतर घुसकर कांग्रेसियों की नाक में दम कर रखा था और बाहर उनके आदमी देश में मारकाट मचा रहे थे। लियाकत अली ने जानबूझकर समाजवादी बजट तैयार किया, क्योंकि उसका

भार सेठों पर पड़ता था और सेठ, बहुतायत से, हिन्दू थे। लियाकत अली ने समाजवाद का भी उपयोग साम्प्रदायिकता उभारने के लिए किया। सरदार उस बजट से जल उठे थे और उनके अन्य सहयोगी भी उससे नाराज थे। बातें इस कदर बिगड़ चुकी थीं कि कांग्रेस के नेता भी धीरे-धीरे इस निष्कर्ष पर आ रहे थे कि विभाजन, शायद, कबूल करना ही पड़ेगा।

गांधी जी इन सारी बातों से दुखी और गमगीन थे। उन्हें एक मिनट को भी विभाजन की चर्चा अच्छी नहीं लगती थी। किन्तु उनके जो अनुयायी वायसराय के साथ भारतीय स्वाधीनता को लेकर मोल-तोल कर रहे थे, उनके भीतर विभाजन की अपरिहार्यता की छाया मँडराने लगी थी। वे अपने गुरु और नेता से खुलकर बातें करने में शरमाने लगे थे और गांधी जी साफ देख रहे थे कि जो लोग अब तक जी-जान से उनके साथ थे, वे अब उन्हीं से कतरा रहे हैं। अतएव, गांधी जी ने और कोई उपाय नहीं देखकर वायसराय को यह राय दी कि अन्तरिम सरकार इस्तीफा दे दे तथा वायसराय मिस्टर जिन्ना से कहें कि सरकार खुद मिस्टर जिन्ना बनाएँ। यह जिन्ना के ईमान पर निर्भर करेगा कि सरकार वे हिन्दुओं को साथ लेकर बनाते हैं अथवा उन्हें छोड़कर।

माउंटबेटन धूर्त राजनीतिज्ञ थे। उन्होंने गांधी जी से तो यह कहा कि आपके प्रस्ताव के प्रति मेरी पूरी सहानुभूति है; किन्तु उस पर अमल करने का रास्ता तभी निकलेगा, जब कांग्रेस उसे स्वीकार करेगी। किन्तु गांधी जी के जाते ही उन्होंने प्रस्ताव के लिए कठिनाई पैदा करना शुरू कर दिया। माउंटबेटन का तरीका क्या रहा होगा, यह अनुमान का विषय है। शायद यह कि, 'देखो, गांधी जी तो पूरा हिन्दुस्तान मुस्लिम लीग के हवाले कर रहे हैं। जिन्ना जिस मुद्रा में हैं, उसमें ऐसा करना जोखिम का काम है। क्या ऐसा प्रस्ताव व्यवहार में लाया जा सकता है?'

कांग्रेस के नेतागण इस प्रस्ताव से झल्ला उठे और गांधी जी ने देखा, वे अपने घर के सरदार नहीं रह गए हैं। अजब नहीं कि माउंटबेटन की दुरंगी नीति का भी पता उन्हें चल गया हो! अतएव निराशा में भरकर उन्होंने कहा, 'आज से समझौता-वार्ता या कांग्रेस की राजनीति में मैं अगुआ का काम नहीं करूँगा।' और वे नाराज मुद्रा में दिल्ली से बिहार चले गए, जहाँ से वायसराय से बात करने को वे दिल्ली पधारे थे।

यह वह समय था, जब दंगे पंजाब में भी चलने लगे थे। सरदार पटेल से यह सब देखा नहीं गया, अतएव उन्होंने यह ठान लिया कि चाहे जैसे भी हो, मुस्लिम लीग से छुट्टी मिलनी ही चाहिए। बात करते-करते कांग्रेसी नेता थक

चुके थे। अतएव सरदार ने चाहा कि अब कर्म के द्वारा जिन्ना को यह समझाया जाए कि तुम जिस पाकिस्तान की माँग कर रहे हो, वह अखंड नहीं, खंडित होगा। अतएव कार्यसमिति से उन्होंने यह प्रस्ताव पास करवाया कि पंजाब दो टुकड़ों में बाँट दिया जाए और सिक्खों को यह छूट दे दी जाए कि वे चाहे जिस खंड में रह सकते हैं।

यह प्रस्ताव उस दिन पास हुआ, जब गांधी जी बिहार में और मौलाना आजाद दिल्ली से बाहर थे। इस प्रस्ताव की प्रतिलिपि गांधी जी को नहीं भेजी गई। वे सूचना के लिए दोनों शिष्यों को लिखते रहे, मगर सरदार और जवाहरलाल ने जवाब बहुत अरसे के बाद दिये।

इससे दो बातें स्पष्ट होती हैं। एक तो यह कि कांग्रेस के नेता विभाजन के लिए तैयार हो गए थे। दूसरी यह कि जिन्ना को यह धमकी दी जा रही थी कि पाकिस्तान अगर मिलेगा भी तो इसी खंडित रूप में मिलेगा।

अफसोस कि धमकी सच हो गई, और खंडित ही सही; किन्तु पाकिस्तान बन गया।

पंडित जी शर्म के मारे विभाजन की बात न तो गांधी जी से कहते थे, न मौलाना आजाद से। मगर शर्म उन्हें ज्यादा दिनों तक रोक नहीं सकी। आखिर को मौलाना से उन्हें खुलकर कहना पड़ा, 'अब कोई उपाय नहीं है। जो घटना अवश्यम्भावी है, उसे घटने दीजिए और इस बात को लेकर अब माउंटबेटन का विरोध मत कीजिए।'

मौलाना ने अपनी किताब में इस बात पर आश्चर्य प्रकट किया है कि हिन्दुस्तान की एकता का उतना बड़ा हामी विभाजन को कैसे मान गया! किन्तु कारण कई थे। सबसे बड़ा कारण यह था कि नेतागण जेल जाते-जाते आजिज आ गए थे, थक गए थे और अब फिर सत्याग्रह आरम्भ करके जहमत झेलने को तैयार नहीं थे। कुछ यह भाव भी रहा होगा कि आते हुए अधिकार को छोड़ना ठीक नहीं है।

मोसले की किताब से यह पता भी चलता है कि माउंटबेटन को जो काम सौंपा गया था, उसे वे जल्दी-से-जल्दी पूरा करके अपनी पगड़ी में नई कलंगी लगाना चाहते थे। उन्हें अपनी कामयाबी की जितनी चिन्ता थी, उतना भारत के हितों का ध्यान नहीं था। उन्होंने अपनी बीवी को पंडित जी के पीछे लगा दिया, अपनी पुत्री को गांधी जी की प्रार्थना में भेजना शुरू किया। और अपने सेक्रेटरी कैम्पबेल से पंडित जी की दोस्ती बढ़ा दी। मैत्री का जाल बिछाकर उन्होंने जवाहरलाल जी को नर्म कर दिया और एक तरह से गांधी जी और आजाद से

उन्हें फोड़ लिया। सरदार खुद ही बँटवारे की मुद्रा में आ चुके थे। अतएव सरदार और नेहरू के बदल जाने के बाद सभी कांग्रेसी बदल गए और गांधी जी रेगिस्तान में अकेले छूट गए। गांधी जी उस समय 78 साल के, सरदार 72 के और जवाहरलाल जी 58 के थे।

सरदार पटेल की दलील यह थी कि पाकिस्तान बन जाने के बाद जिन्ना हिन्दुस्तान की प्रगति रोकने की अवस्था में नहीं रहेगा।

पंडित जी सनकी की भाषा में कहते थे, 'सिर काटकर हम सिरदर्द से निजात पाना चाहते हैं।'

किन्तु गांधी जी उन दिनों जब भी बोलते थे, उनकी आवाज दर्द से भर्राई होती थी :

> 'जवाहरलाल हम लोगों का राजा है, लेकिन राजा का हर काम हमें पसन्द ही हो, यह कोई जरूरी बात नहीं है। अगर हमारे लिए वह कोई अच्छा काम करता है, तो हम उसकी बड़ाई करेंगे। लेकिन अगर वह अच्छा काम नहीं करता, तो यह बात हम उसके मुँह पर कहेंगे...।
>
> 'किसी को भी यह कहने का अधिकार नहीं है कि हिन्दुस्तान जो टुकड़ों में बाँटा जा रहा है, उसके पीछे गांधी का भी हाथ है। लेकिन आज तो हर आदमी आजादी के लिए अधीर हो रहा है। कांग्रेस ने देश के विभाजन को स्वीकार करने का, व्यवहारतः निश्चय कर लिया है। इस नई योजना के रूप में लोगों को काठ की एक रोटी दी जा रही है। अगर इस रोटी को वे खाएँगे तो दर्द से मरेंगे, अगर नहीं खाएँगे तो भूखों मरेंगे।'

बापू की भविष्यवाणी सत्य हो गई। काठ की रोटी खाकर 'कॉलिक' दर्द से केवल हिन्दुस्तान ही नहीं, पाकिस्तान भी परेशान है।

2 जून, 1947 को जब विभाजन को स्वीकार करते हुए नेताओं ने ब्राडकास्ट किया, तब पंडित जी का वाक्य यह था, 'इन प्रस्तावों की सिफारिश करते हुए मेरे हृदय में आनन्द का भाव नहीं है। मगर मुझे इसमें कोई सन्देह नहीं कि आज की स्थिति में यही सबसे अच्छा रास्ता है।'

23

समय-समय पर कठिनाइयों का सामना जवाहरलाल जी बराबर करते ही आए थे; किन्तु उनकी असली अग्नि-परीक्षा का समय स्वराज के साथ आ गया।

दिल्ली सूनी करके गांधी जी नोआखाली और बिहार में घूम रहे थे। उनके लिए स्वराज्य का दिन सबसे बड़ी व्यथा का दिन था। उन्होंने देश को एक रखने के लिए अन्त तक प्रयास किया था; किन्तु उनका प्यारा देश टूटकर खंड-खंड हो गया था। उन्होंने हिन्दुओं और मुसलमानों को परस्पर करीब लाना चाहा था, किन्तु आज हिन्दू और मुसलमान एक-दूसरे के खून के प्यासे हो रहे थे। गांधी जी ने 27 साल तक अनवरत अहिंसा की शिक्षा दी थी, ऊँची सुसभ्य मानवता का उपदेश दिया था; किन्तु आज मानवता भारत में बेपनाह फिर रही थी और लोग वह काम कर रहे थे, जिसे पशु भी उस पैमाने पर नहीं करते।

यदि 1920 ई. से ही गांधी जी ने केवल 'मारो-मारो' की शिक्षा दी होती, तब भी उतने लोग मरते या नहीं जितने '46 और '47 में मारे गए, यह सोचने का विषय है। उस समय यह सिद्ध हो गया कि अहिंसा का प्रभाव वीर ही ग्रहण कर सकता है, कायर नहीं।

क्या पैगम्बरों का अन्त ऐसा ही होता है?

कृष्ण ने जीवन-भर देश को सँभालने की कोशिश की, लोगों को ऊँची राजनीति की शिक्षा दी, युद्ध लड़े, उन्होंने गीता का पाठ पढ़ाया; किन्तु अन्त में?

अन्त में यदुवंशियों का नाश उन्होंने अपनी आँखों से देखा और खुद वे एक व्याधे के तीर से बिंधकर चले गए।

और राम?

सीता का वनवास, लक्ष्मण की आत्महत्या और निराशा में राम का शरीर-त्याग। सर्वत्र बातें असीम वेदना, असीम निराशा में ही पर्यवसित होती हैं।

जैसे ही विभाजन की रेखा खींची गई, रेखा से इधर के लोग उधर जाने और उधर के लोग इधर आने लगे। कुल मिलाकर एक करोड़ पन्द्रह लाख लोगों को इस या उस देश में शरणार्थी बनकर जाना पड़ा। इतिहास में यहूदियों का निष्क्रमण सबसे बड़े पैमाने पर हुआ था। किन्तु हिन्दुस्तानियों और पाकिस्तानियों का निष्क्रमण, शायद, उससे भी विशाल था।

और इस निष्क्रमण की मुसीबतें कितनी बड़ी थीं! पूरी-की-पूरी ट्रेन में भरे हिन्दुओं को मुसलमानों ने काट डाला और पूरी-की-पूरी ट्रेन में भरे मुसलमानों का हिन्दुओं ने सफाया कर दिया। और यह सब इसलिए नहीं कि किसी को किसी से अखज या वैर था, बल्कि इसलिए कि हिन्दू और सिक्ख मुसलमानों को जिन्दा छोड़ना नहीं चाहते थे और मुसलमान भी इसके लिए तैयार थे कि कोई भी हिन्दू या सिक्ख जिन्दा न छूट जाए।

कहते हैं, उस अवसर पर आततायियों के हाथों मरनेवालों की कुल संख्या छह लाख थी। अगर ये छह लाख लोग, तैयारी के साथ, गृहयुद्ध लड़कर मरे होते तो उनके बलिदान से हिन्दुस्तान का इतिहास बदल गया होता और शायद जो कमजोरियाँ आज हिन्दुस्तान और पाकिस्तान को सता रही हैं, वे उसी गृहयुद्ध की ज्वाला में जलकर खाक हो गई होतीं। मगर यह वीरता का युद्ध नहीं था। यह कायरता की लड़ाई थी। जहाँ हिन्दू असहाय और असंग थे, वहाँ उन्हें मुसलमानों ने मार डाला और जहाँ मुसलमान कमजोर थे, वहाँ हिन्दुओं ने उन्हें काट डाला। और दोनों तरफ के डाकुओं ने नारी-जाति की इज्जत पर जो हमले किए, उनसे हिन्दुस्तान और पाकिस्तान, दोनों ही देशों के इतिहास काले पड़ गए हैं। पता नहीं, इन दो देशों ने आजादी के स्वागत के समय जो पाप किए, उनका कैसा प्रायश्चित्त इन्हें भोगना पड़ेगा!

परिस्थिति ऐसी संगीन थी कि बड़े-बड़ों के होश गुम हो गए थे। किन्तु जवाहरलाल ने घुटना नहीं टेका। वे विद्युत की गति से दौड़कर हर तरफ लोगों को दिलासा देते रहे, हर तरफ लुटेरों और हत्यारों को डाँटते रहे।

जलन्धर में उनकी भेंट श्री श्रीप्रकाश जी से हुई। पंडित जी ने उनसे पूछा, 'स्वराज्य और पाकिस्तान के बारे में क्या समझते हो?' फिर खुद ही बोले, 'दो ही रास्ते सामने हैं–या तो हमें इस बाढ़ पर काबू पाना है या इसके भीतर गर्क हो जाना है। हम गर्क होने को तैयार नहीं हैं।'

माउंटबेटन के सेक्रेटरी कैम्पबेल जॉनसन ने लिखा है :

> 'आज सभ्यता और मानवता की चेतना में विश्वास जवाहरलाल को देखकर होता था। साम्प्रदायिकता के व्यापक उन्माद के बीच वे लगभग अकेले खड़े थे। उनके चारों ओर या तो व्यक्तियों के बिछाए हुए षड्यंत्रों के जाल थे अथवा उन्हें घेरकर समूह का पागलपन उमड़ रहा था। किन्तु तब भी उनके मुख से जो भी उद्गार निकलते थे, वे दया और उदारता के उद्गार थे, बुद्धि और विवेक के उद्गार थे।'

गांधी जी जवाहरलाल को संकटों से घिरा देखकर रोते थे, विलाप करते थे। मगर देश हिंसा के जिस वात्याचक्र में फँसकर चक्कर खा रहा था, उससे उसे निकालनेवाला गांधी और जवाहरलाल को छोड़कर तीसरा और कौन था?

माउंटबेटन ने पंजाब की सुरक्षा के लिए वहाँ पचास हजार फौज भेज दी थी, किन्तु इन फौजियों के रोके ज्यादा उत्पात नहीं रुके। यही सुझाव माउंटबेटन ने बंगाल के गवर्नर को भी दिया था। किन्तु बंगाल के गवर्नर ने अतिरिक्त फौज लेने से इनकार कर दिया था।

जब गांधी जी कलकत्ते में रहकर हिन्दुओं और मुसलमानों को समझाने लगे, वहाँ अच्छी-खासी शान्ति छा गई। इस स्थिति पर गांधी जी का अभिनन्दन करते हुए लॉर्ड माउंटबेटन ने उन्हें लिखा था :

> 'आप हमारी एक सिपाहीवाली फौज हैं, जिसके कारण पूर्वी सरहद पर शान्ति विराज रही है। मगर शान्ति वहाँ नहीं है, जहाँ हमने एक नहीं, पचास हजार सिपाही तैनात कर रखे हैं।'

24

ज्यों-ज्यों दिल्ली में शरणार्थियों का हुजूम बढ़ने लगा, त्यों-त्यों शहर से शान्ति विदा होने लगी। शरणार्थियों के साथ अत्याचार, अन्याय, पाप, कदाचार और अमानुषिकता की ऐसी लोमहर्षक कहानियाँ चलती थीं कि उन्हें सुनकर सही आदमी भी अपने दिल और दिमाग पर काबू नहीं रख पाता था। जब दिल्ली की स्थिति काफी बिगड़ गई, माउंटबेटन ने गांधी जी का आह्वान किया। अतएव गांधी जी कलकत्ते से दिल्ली चले आए।

बापू ने दिल्ली में जब उपवास किया था, तब उनकी सहानुभूति में जवाहरलाल भी निराहार रहे थे। किन्तु गांधी जी ने जवाहरलाल जी को अनशन करने से यह कहकर रोक दिया था कि 'तुम तो जवाहरलाल नहीं, देश के जवाहर हो। तुम्हें अभी बहुत दिन जीना चाहिए।'

हिन्दू-मुस्लिम वैमनस्य के सिवा एक बात और थी, जो गांधी जी को चैन नहीं लेने देती थी। वह बात थी मुसलमानों को लेकर सरदार और जवाहरलाल के बीच मतभेद। गांधी जी और जवाहरलाल हिन्दू को हिन्दू और मुसलमान को मुसलमान नहीं समझते थे। हिन्दू और मुसलमान होने के पहले दोनों-के-दोनों इनसान थे और ऊँची राह बताकर गांधी जी दोनों को इनसानियत के उस धरातल पर फिर से वापस लाना चाहते थे, जहाँ से लुढ़ककर वे नीचे गिर गए थे।

जो काम गांधी जी पैगम्बर के रूप में कर रहे थे, वही काम पंडित जी राजा की हैसियत से करते थे।

किन्तु सरदार की छाती पाकिस्तान में हिन्दुओं और सिक्खों पर किए गए जुल्मों से जली हुई थी। उनकी समझ में ही यह बात नहीं आती थी कि इतना कुछ गुजर चुकने पर भी गांधी जी और जवाहरलाल मुसलमानों की इतनी पलाइस क्यों करते हैं!

गांधी जी दिल्ली में रोज प्रार्थना-सभा करते थे। 'रघुपति राघव राजा राम तथा ईश्वर अल्ला तेरे नाम' का कीर्तन करवाते थे और रोज हिन्दुओं और सिक्खों से वे अनुरोध करते थे कि शरणार्थी लोग मस्जिदों को खाली कर दें और सब लोग ऐसा आचरण बनाएँ कि मुसलमानों को दिल्ली में राह चलते भय का अनुभव नहीं हो।

20 जनवरी की प्रार्थना-सभा में किसी ने एक बम फेंक दिया। गांधी जी मुसकराकर रह गए। उन्होंने भीतर-ही-भीतर यह व्रत ले रखा था कि अगर ये लोग नहीं मानते, तो इन्हें यह भी दिखा दूँगा कि सत्याग्रही मरता कैसे है।

सरकार के नेता चौंके जरूर और उन्होंने पहरेदारों की संख्या भी बढ़ाई, किन्तु जो घटना घटनेवाली होती है, उसे पहरेदार नहीं रोक पाते हैं।

एक दिन राजकुमारी अमृत कौर ने गांधी जी से पूछा, 'आज तो सभा में कोई शोरगुल नहीं हुआ?'

गांधी जी ने अनुद्विग्न भाव से कहा, 'तुम्हारे पूछने से लगता है, तुम लोग मुझे लेकर चिन्तित हो रहे हो। मुझे अगर किसी पगले की गोली खाकर मरना है तो फिर मुझे हँसते हुए ही मरना चाहिए। उस समय मेरे भीतर क्रोध की गन्ध तक नहीं होनी चाहिए। मेरे हृदय में और मेरी जीभ पर उस समय केवल 'राम' रहेंगे।'

और सचमुच ही, गलत विचारधारा की अति उपासना से विक्षिप्त एक युवक ने गांधी जी पर गोली चला दी और वे 'हे राम' कहते-कहते धराशायी हो गए।

गांधी जी के जीवन-काल में जो लोग उनके भक्त नहीं हुए थे, गांधी जी के मरने के बाद उनका भी संशय मिट गया, क्योंकि जीवन से अन्तिम विदाई लेते समय राम का नाम उसी के मुख से निकलता है, जिसने आजीवन उसकी तैयारी की हो।

गांधी जी अपने जीवन-काल में अत्यन्त महान थे; किन्तु मरने के बाद वे और भी महान हो गए। दिल्ली में साम्प्रदायिक द्वेष की आग बड़े जोर से धधक रही थी। गांधी जी की आहुति पाकर उसकी लपटें शान्त हो गईं।

काश कि हिन्दू और मुसलमान अब भी यह महसूस करते कि साम्प्रदायिक द्वेष की आग सबसे कीमती आहुति पा चुकी है और अब उसे भड़कने का कोई अधिकार नहीं है!

पंडित जी को जैसे ही खबर मिली, वे दौड़े हुए आए और गांधी जी की बाँह पकड़कर सिसकने, रोने और काँपने लगे, मानो कोई अनाथ बेटा बाप की लाश से लिपटकर चीत्कार कर रहा हो!

सरदार का चेहरा घोर विषाद में डूब गया। आँसू तो उन्होंने जब्त कर लिये, मगर भीतर से उनकी छाती हमेशा के लिए टूट गई।

माउंटबेटन ने आते ही पहला काम यह किया कि जवाहरलाल और पटेल को खींचकर वे पासवाले कमरे में ले गए और उनसे कहा, 'गांधी जी से पिछली बार जब मेरी मुलाकात हुई, उन्होंने मुझसे यह कहा था कि मेरी सबसे बड़ी इच्छा यह है कि सरदार और जवाहरलाल मिलकर परस्पर एक हो जाएँ।'

जवाहरलाल और सरदार ने एक क्षण एक-दूसरे को कातरता से देखा, फिर उन्होंने उस व्यक्ति का ध्यान किया, जिसकी लाश बगलवाले कमरे में पड़ी हुई थी और दोनों एक-दूसरे से लिपटकर रोने लगे।

इस छोटे-से कृत्य के द्वारा लॉर्ड माउंटबेटन ने हिन्दुस्तान को बहुत बड़े खतरे से बचा लिया।

रात में राष्ट्र के नाम अपने ब्राडकास्ट में पंडित जी ने कहा :

> 'हमारी जिन्दगी में जो रोशनी थी, वह बुझ गई और अब चारों ओर अँधेरा-ही-अँधेरा है। मैं समझ ही नहीं पाता कि आपसे क्या कहूँ और कैसे कहूँ! हमारे प्यारे नेता, जिन्हें हम 'बापू' कहते थे और जो हमारे राष्ट्रपिता थे, अब नहीं रहे। शायद मेरा ऐसा कहना बिलकुल सही नहीं है, मगर तब भी हम उन्हें उस रूप में तो नहीं ही देख सकेंगे, जिस रूप में इतने वर्षों से हम उन्हें देखने के आदी रहे हैं। अब सलाह-मशविरे के लिए उनके पास दौड़कर जाने की बात खत्म हो गई। अब धीरज और ढाढ़स बँधाने को वे मुझे नहीं मिलेंगे। यही चोट भयानक है और यह चोट केवल मुझे ही नहीं, इस देश के करोड़ों लोगों को लगी है। और मैं या कोई और शख्स आपको जो भी सलाह देगा, उससे इस चोट के दर्द में कमी नहीं आएगी।'

गांधी जी का शव जब चिता पर रखा जाने लगा, जवाहरलाल ने एक श्रद्धावान शिष्य के रूप में उनके पाँव का चुम्बन किया। और जब गांधी जी की अस्थियाँ चुनी जा रही थीं, जवाहरलाल ने उन पर कुछ पुष्प चढ़ाए और कहा, 'बापू जी, ये फूल हैं, जिन्हें आज तो मैं आपकी अस्थियों और भस्म पर चढ़ा रहा हूँ, मगर कल से ये पुष्प कहाँ चढ़ाऊँगा, किसे चढ़ाऊँगा?'

पंडित जी का जीवन-दर्शन

धर्म

धर्म के दृष्टिकोण से देखने पर जवाहरलाल वह मनुष्य हैं, जो परम्परा और विज्ञान के संगम पर खड़ा होकर यह सोचने में गर्क है कि सत्य कहाँ है यानी वह आँख मूँदकर विश्वास करने में है अथवा बुद्धिपूर्वक परीक्षा करने में? परम्परा और विज्ञान में से जवाहरलाल विज्ञान के आदमी थे। ईश्वर उनकी समझ में नहीं आता था। किन्तु वे यह भी नहीं मानते थे कि सत्य उतना ही है, जितना वह दिखाई देता है अथवा विज्ञान की छड़ी से छुआ जा सकता है। सत्य को वे निस्सीम समझते थे और उनका विश्वास था कि विज्ञान भी यह दावा नहीं कर सकता कि उसने सम्पूर्ण सत्य पर अधिकार पा लिया है। पूरे सत्य का हृदयंगम न तो कोई व्यक्ति कर सकता है, न वह किसी एक ग्रन्थ में समा सकता है।

किन्तु धर्म के आचार-पक्ष में उनका पूरा विश्वास था। अतएव ज्ञान के उतने ही अंश को वे मूल्यवान समझते थे, जितने का आदमी आचरण कर सके। इसीलिए विश्वास से जवाहरलाल धार्मिक रहे हों या नहीं; किन्तु कर्म से वे धार्मिक अवश्य थे। गांधी जी कहते थे कि ईश्वर को नहीं मानने पर भी जवाहरलाल ईश्वर के करीब हैं। मौलाना मोहम्मद अली तो जवाहरलाल को मजहबी भी मानते थे। इस पर पंडित जी को आश्चर्य होता था और वे कहा करते थे कि अवश्य ही मौलाना साहब का यहाँ धर्म से कुछ और अभिप्राय होगा।

सत्य के मार्ग पर कौन है और कौन नहीं है, इसका फैसला आसान नहीं है। मगर यह देखा गया है कि सत्य के मार्ग पर आया हुआ आदमी हठी नहीं होता, जिद्दी नहीं होता, दुराग्रही नहीं होता। उसके भीतर यह शंका बनी रहती है कि सम्भव है, विरोधी की ही बात ठीक हो। यह धर्म का असली भाव है। पंडित जी में यह भाव काफी प्रबल था। वे खुद भी शंका करते थे और दूसरों की शंकाओं

को भी आदर से देखते थे। उनका अपना प्यारा मार्ग विज्ञान का मार्ग था; किन्तु आणविक युग में आकर उन्हें विज्ञान भी दर्शन के समीप होता दिखाई देने लगा था। दिल्ली विश्वविद्यालय के दीक्षान्त भाषण में उन्होंने कहा था कि भौतिकी के नवीन अनुसन्धानों से जो स्थिति उत्पन्न हुई है, उससे ऐसा लगता है कि हम फिर शंकर के मायावाद के समीप पहुँच रहे हैं।

वैसे हिन्दी के एक मासिक पत्र 'कल्याण' ने इधर उनके दो-एक ऐसे फोटो भी छापे हैं, जिनमें जवाहरलाल जी आनन्दमयी माँ के पास समाधिमग्न बैठे हैं। किन्तु, इसे मैं अपवाद कहूँगा। उनके विषय में जो बात खास जोर देकर कही जा सकती है, वह यह है कि जवाहरलाल जी ईश्वर की सत्ता को समझ नहीं पाते थे, न वे धर्म के बाहरी अनुष्ठानों को महत्त्व देते थे। किन्तु कर्म उनके सारे-के-सारे धार्मिक मनुष्य के थे। वे धर्म की व्याख्या में न फँसकर उसे जीने के अभ्यासी थे। इसीलिए भारतीय जनता ने उनका उतना सम्मान किया। भारत के सारे इतिहास में जनता ने सबसे अधिक पूजा उन व्यक्तियों की की है, जो धर्म के मनुष्य थे। केवल 'सेक्युलर' गुणों के कारण इस देश में सम्मान के अधिकारी केवल जवाहरलाल जी हुए। यह अपने-आपमें इस बात का प्रमाण है कि जनता ने उन्हें यह सम्मान उनकी चारित्रिक विशिष्टताओं के कारण दिया। और धर्म पर उनकी शंका को जनता ने एक अत्यन्त सच्चे और ईमानदार आदमी की सात्त्विक जिज्ञासा समझा।

भगवान राम और भगवान कृष्ण पर जवाहरलाल जी की श्रद्धा थी या नहीं, यह मुझे मालूम नहीं है; किन्तु भगवान बुद्ध पर उनकी श्रद्धा अटूट थी। भगवान बुद्ध अपने समय से बहुत पूर्व जनमे थे अथवा यह कहना चाहिए कि उनका समय अब आया है। बुद्ध अगर बीसवीं सदी में जनमे होते, तो उनके सबसे निकटवर्ती आत्मबन्धु गांधी जी और जवाहरलाल जी हुए होते। बुद्ध का ईश्वर के विषय में क्या मत था?—ऐसे सभी प्रश्नों को बुद्ध ने अव्याकृत कोटि में डाल रखा था। किन्तु वे अगर आज मौजूद होते और हम उनसे यह पूछते कि ईश्वर है या नहीं, तो उनका जवाब होता, तुम्हें प्रश्न करना नहीं आया। और हमारा सवाल-जवाब कुछ इस प्रकार से चलता :

'मान लो कि ईश्वर है और तुम्हारे कर्म अच्छे हैं, तो परिणाम क्या होगा?'

'अच्छा होगा।'

'और मान लो कि ईश्वर है और तुम्हारे कर्म अच्छे नहीं हैं, तो परिणाम क्या होगा?'

'परिणाम बुरा होगा।'

'अब मान लो कि ईश्वर नहीं है और तुम्हारे कर्म अच्छे हैं, तो परिणाम क्या होगा?'

'परिणाम को तो अच्छा ही होना चाहिए।'

'और मान लो कि ईश्वर नहीं है और तुम्हारे कर्म बुरे हैं, तो परिणाम क्या होगा?'

'परिणाम बुरा होगा।'

'तो फिर पूछना यह चाहिए कि तुम हो या नहीं तथा तुम्हारे कर्म कैसे हैं?'

वैसे जवाहरलाल जी गीता के प्रेमी थे और गांधी जी को देखकर उन्हें यह विश्वास हो गया था कि स्थितप्रज्ञ की कल्पना हवाई कल्पना नहीं है। साधना करने से स्थितप्रज्ञता प्राप्त की जा सकती है। निरी भौतिकता में उनका विश्वास नहीं था। उनके भीतर यह शंका दिनोंदिन प्रबल होती जा रही थी कि दृश्य के परे कोई और सत्य है, जो अदृश्य है तथा जिसे हम तर्कों से नहीं जान सकते। विनोबा जी ने जब यह सूक्ति कही कि अगला युग विज्ञान और धर्म का नहीं, बल्कि विज्ञान और अध्यात्म का है, तब यह सूक्ति पंडित जी को बहुत पसन्द आई थी।

हिंसा-अहिंसा

गांधी जी अहिंसा को धर्म समझते थे; किन्तु जवाहरलाल जी ने अहिंसा को धर्म कभी भी नहीं माना। वे उसे नीति मानते थे। चूँकि जवाहरलाल गांधी जी के अनुयायी थे, इसलिए अहिंसा का पालन वे भी करते थे; किन्तु अहिंसा के समर्थन में गांधी जी जो दलीलें देते थे, वे दलीलें पंडित जी की समझ में नहीं आती थीं। पंडित जी मानते थे कि व्यक्ति अगर चाहे तो अहिंसा को अपना वैयक्तिक धर्म समझ सकता है, जैसे कोई-कोई आदमी उपवास और आत्मपीड़न को भी अपना धर्म मान लेता है। किन्तु समूह अथवा राजनीतिक दल का धर्म अहिंसा नहीं हो सकती। जब गांधी जी ने चौरी चौरा में हिंसा होने के कारण असहयोग आन्दोलन को रोक दिया था, तब गांधी जी के इस कृत्य से जवाहरलाल जी को ठेस पहुँची थी। उनका खयाल था कि छिटपुट हिंसा के होने पर भी राष्ट्रीय आन्दोलन को रोकना नहीं चाहिए। हिंसा सन् 1942 ई. की महाक्रान्ति में भी हुई थी और सन् '45 में जब देश के नेता जेलों से बाहर आए, उन्हें यह सूझता ही नहीं था कि हिंसक घटनाओं के प्रसंग में वे क्या कहें।

किन्तु पंडित जी ने जनता की ओर से किए गए सभी हिंसक कृत्यों को अपने ऊपर ओढ़ लिया और उन्होंने खुली घोषणा की कि सन् '42 की क्रान्ति की सारी जिम्मेवारी मेरे ऊपर है।

यह भी ध्यान देने की बात है कि द्वितीय महायुद्ध में गांधी जी का मत यह था कि सरकार के युद्धोद्योग में अगर सहायता देनी है, तो वह सहायता बिना शर्त दी जानी चाहिए और उसका रूप अहिंसक होना चाहिए। किन्तु जवाहरलाल जी की स्पष्ट राय थी कि युद्धोद्योग में सहायता तभी दी जा सकती है, जब इंग्लैंड भारत को स्वाधीन कर दे और यह सहायता भारत युद्ध में हथियार उठाकर देगा।

सन् 1962 ई. में दिल्ली में जो आणविक अस्त्र-विरोधी अन्तरराष्ट्रीय सम्मेलन हुआ था, उसमें संसार के नेताओं ने हिंसा-अहिंसा की विचिकित्सा बड़ी ही बारीकी के साथ की थी। किन्तु उस सम्मेलन में पंडित जी का जो भाषण हुआ, उससे हिंसा-अहिंसा विषयक उनका मत बिलकुल स्पष्ट हो गया। उस दिन पंडित जी ने बताया था कि अहिंसा व्यक्ति के लिए शक्य किन्तु समूह के लिए अशक्य कृत्य है। जनता जैसे हिंसक कार्रवाइयों के लिए तैयार की जाती है, वैसे ही वह अहिंसक कार्रवाई के लिए भी तैयार की जा सकती है। किन्तु विशाल धरातल पर यह तैयारी करना आसान काम नहीं है और उसमें अवतारी पुरुषों को भी सफलता कठिनाई से मिलती है। क्योंकि व्यक्ति को संयम सिखलाना जितना आसान है, समूह को संयमी बनाना उतना आसान नहीं है। इसलिए व्यक्ति के धर्म को अगर हम समूह पर लाद दें, तो इससे लाभ की अपेक्षा हानि अधिक होगी। समूह के धरातल पर अहिंसा के प्रयोग में यही कठिनाई है। और मुसीबत यह है कि जनता अगर अहिंसा चलाने में असफल हो गई तो, अहिंसा और कायरता में कोई भेद नहीं रह जाएगा और समूह की पराजय टाली नहीं जा सकेगी।

पंडित जी अहिंसा को सत्य से भी अभिन्न नहीं मानते थे। उनकी दृष्टि में सत्य और चीज तथा अहिंसा और चीज थी। पंडित जी अहिंसा की महिमा को भली भाँति समझते थे और मानते थे कि अहिंसा का सर्वत्र पालन वही व्यक्ति कर सकता है, जिसके भीतर की मानवता अत्यन्त विकसित और सजीव हो, जो भारी-से-भारी कष्ट सहकर भी उत्तेजना में न आए। किन्तु अहिंसा की भी सूक्ष्म छाँहें और भंगिमाएँ हैं, जिनके कारण कभी वह ग्राह्य और कभी अग्राह्य हो सकती है। पंडित जी गांधी जी का उद्धरण देकर बतलाते थे कि हिंसा गरचे बुरी चीज है, मगर चुनाव जहाँ कायरता और हिंसा के बीच हो, वहाँ मनुष्य को

हिंसा का ही साथ देना चाहिए। लेकिन भय के भाव और कायरता, ये खुद बुरी चीजें हैं। अतएव पंडित जी चाहते थे कि जनता निर्भय और वीर हो तथा उसके भीतर उच्च मानवता को विकास करने के लिए वे अहिंसा का उपदेश देते थे।

राष्ट्रीयता और अन्तरराष्ट्रीयता

राष्ट्रीयता के दो लक्षण अत्यन्त प्रमुख हैं : एक तो यह कि वह गुलाम देशों में अत्यन्त प्रखर होती है, क्योंकि गुलाम देश अपने मालिकों से घृणा करते हैं और यही घृणा उनकी राष्ट्रीय एकता को मजबूत बना देती है। दूसरा यह कि जब भी किसी देश या जाति के भीतर राष्ट्रीय भावना की जागृति होती है, तब उस देश या जाति के लोग अपने अतीत का स्मरण करने लगते हैं। इससे दो खतरे पैदा हो सकते हैं। एक तो यह कि घृणा के भाव पर पलती हुई राष्ट्रीयता फासिस्ट बन जा सकती है। दूसरा यह कि अतीत को जिन्दा करने की कोशिश में जातियाँ रिवाइवलिस्ट बन जा सकती हैं।

पंडित जी का ध्यान इन दोनों खतरों पर था। जहाँ तक अतीत के ध्यान से जाति में एकता और आत्मविश्वास का भाव पैदा होता है, वहाँ तक पंडित जी अतीत का मूल्य समझते थे। किन्तु अतीत के अनुकरण को वे राष्ट्रीयता का दोष समझते थे। इसी प्रकार राष्ट्रीयता के घृणा-पक्ष को वे बढ़ावा नहीं देते थे। संघर्ष के दिनों में भी उनका कहना यह था कि लड़ाई हमारी अंग्रेजों के साम्राज्यवाद के खिलाफ है, अंग्रेज जाति से हम घृणा नहीं करते हैं।

ऐतिहासिक कारणों से भारत में राष्ट्रीयता छिपे-छिपे हिन्दू-धारा और मुस्लिम-धारा में बहने लगी थी। पंडित जी इसे संकीर्णता समझते थे और जिन्दगी-भर वे इन संकीर्ण प्रवृत्तियों के खिलाफ युद्ध करते रहे। उनकी दृष्टि में भारत की राष्ट्रीयता केवल भारतीय है। उसे हिन्दू और मुस्लिम धाराओं में अलग-अलग बहाने की कोशिश राष्ट्रीयता का पालन नहीं, उसका विरोधी रूप है। भारत में जो भी लोग बसते हैं, वे एक हैं; क्योंकि उनका इतिहास एक है, उनका तौर-तरीका एक है, उनका रहन-सहन और मिजाज एक है। एक के हिन्दू, दूसरे के मुसलमान और तीसरे के सिक्ख या क्रिस्तान होने से किसी की राष्ट्रीयता नहीं बदलती। इस देश के अल्पसंख्यक राष्ट्रीय अल्पसंख्यक नहीं हैं, वे धार्मिक अल्पसंख्यक हैं और अल्पसंख्यकों के धर्म-भेद से पूरे समूह की राष्ट्रीयता में कोई फर्क नहीं आता है।

पंडित जी चाहते थे कि हिन्दू, मुस्लिम, सिक्ख, पारसी और क्रिस्तान—ये भारत के इतिहास के प्रति समान रूप से गौरव का भाव रखें और पूरे इतिहास को अपना ही इतिहास समझें। हिन्दू अगर अपने अतीत की याद करें और मुसलमान अपने माजी की, तो इससे हमारी राष्ट्रीयता में दरार पड़ जाएगी। पंडित जी चाहते थे कि हिन्दू और मुसलमान पीछे की ओर देखना छोड़कर उस राह पर एक साथ चलें, जो सीधे भविष्य को जाती है।

जैसे पंडित जी धार्मिक विभेद को राष्ट्रीयता की बाधा नहीं मानते थे, वैसे ही उनका विश्वास था कि भाषाओं की भिन्नता से इस देश की एकता नहीं टूटेगी। कई देश हैं, जिनमें अनेक भाषाएँ बोली जाती हैं। तो फिर भारत ही अनेक भाषाएँ बोलकर एक क्यों नहीं रह सकता? वे सरल हिन्दी के पक्षपाती थे और हिन्दी के उसी रूप को भारत भर में फैलाना चाहते थे।

किन्तु पंडित जी के भीतर राष्ट्रीयता और अन्तरराष्ट्रीय के बीच संघर्ष नहीं था। भारत की राष्ट्रीयता जन्म से ही अन्तरराष्ट्रीय रही थी। राजा राममोहन राय ने संसार में पहले-पहल यह आवाज उठाई थी कि पासपोर्ट की पद्धति उन्मूलित कर दी जाए और संसार भर के देशों का कोई संघ हो, जो सभी देशों की सुख-सुविधा का विचार करे। स्वामी विवेकानन्द ने इस बात पर जोर दिया था कि भारत को अपना सम्पर्क अन्य देशों के साथ स्थापित करना चाहिए। अन्य देशों से कटकर अलग जीने की कोशिश से भारत की अवनति हुई है। रवीन्द्रनाथ ने पश्चिम और पूर्व के आदर्शों के बीच समन्वय लाकर भारतीय राष्ट्रीयता की बुनियाद को विस्तार दिया था। खुद गांधी जी ने राष्ट्रीयता को घृणा के दलदल से निकाल लिया था। गांधी जी कहते थे कि भारतीय राष्ट्रीयता का ध्येय भारत को स्वाधीन बनाना है। किन्तु बृहत् मानवता के कल्याण के लिए अगर भारत को मृत्यु का वरण करना पड़े, तो उसे इस कुर्बानी के लिए भी तैयार रहना चाहिए।

पंडित जी ने इन आदर्शों के उत्तराधिकार का सफलतापूर्वक वहन किया। संसार के अन्य गुलाम और शोषित देशों में मुक्ति के जो आन्दोलन चल रहे थे, भारत के स्वतंत्रता-आन्दोलन को पंडित जी उन सभी आन्दोलनों से एकाकार मानते थे। वे बार-बार इस बात पर जोर देते थे कि भारतीय राष्ट्रीयता को अन्तरराष्ट्रीयता की प्रगतिशील प्रवृत्तियों के साथ एक होकर चलना चाहिए। पंडित जी समाजवादी थे, अतएव यह स्वाभाविक था कि अन्तरराष्ट्रीयता के प्रति उनका अकृत्रिम रुझान हो।

किन्तु अन्तरराष्ट्रीयता के मोह में वे राष्ट्रीयता की उपेक्षा नहीं करते थे। उनका निश्चित मत था कि अगर राष्ट्रीयता और अन्तरराष्ट्रीयता के बीच

कोई द्वन्द्व छिड़ गया, तो जीत राष्ट्रीयता की होगी। क्योंकि राष्ट्रीयता मनुष्य की स्वाभाविक प्रवृत्ति है और अन्तरराष्ट्रीयता को वह बुद्धि की प्रेरणा से ग्रहण करता है। वे यह भी मानते थे कि अन्तरराष्ट्रीयता के प्रति प्रेम केवल व्यक्ति दिखा सकता है और वही अन्तरराष्ट्रीय ध्येयों के लिए थोड़ी कुर्बानी भी कर सकता है। किन्तु राष्ट्र अन्तरराष्ट्रीय ध्येयों को वहीं तक स्वीकार करते हैं, जहाँ तक वे ध्येय राष्ट्रों के अपने हितों के अनुकूल हैं। अन्तरराष्ट्रीयता के लिए त्याग तभी व्यक्ति करता है। राष्ट्रों के भीतर इस त्याग का भाव नहीं है।

पंडित जी का विचार था कि अन्तरराष्ट्रीयता का सम्यक् विकास स्वतंत्र देशों में हो सकता है। जो देश गुलाम हैं, वे अपने राष्ट्रीय भावों को शिथिल होने देना नहीं चाहते।

किन्तु पंडित जी के सामने संसार के भविष्य की जो कल्पना थी, वह उत्तरोत्तर अन्तरराष्ट्रीयता के विकास की कल्पना थी। अपनी पुत्री को लिखे गए एक पत्र में उन्होंने कहा है कि संसार दिनोंदिन छोटा होता जा रहा है और सभी देश एक-दूसरे के करीब होते जा रहे हैं और उनके पारस्परिक दान-प्रतिदान और प्रभाव की मात्रा बढ़ती जा रही है। अब वह समय आ गया है, जब देशों के अलग-अलग इतिहासों का विशेष महत्त्व नहीं रहेगा। इतिहास अब पूरे संसार का, पूरी मानवता का एक साथ लिखा जाना चाहिए।

गुलाम देशों के लिए राष्ट्रीयता का जो अपरिमित महत्त्व है, उसे पंडित जी भली भाँति समझते थे और उसका आदर भी करते थे। किन्तु उनका ध्यान इस पर भी था कि अगर राष्ट्रीयता की प्रवृत्ति बेरोक बढ़ती गई, तो उससे विश्व की एकता में बाधा पड़ सकती है। अतएव वे चाहते थे कि राष्ट्रीयता आरम्भ से ही अपना तालमेल अन्तरराष्ट्रीयता के साथ बिठाकर चले, तो इससे राष्ट्र और सम्पूर्ण विश्व, दोनों का कल्याण होगा।

भारत के मन को अन्तरराष्ट्रीय बनाने को पंडित जी अत्यन्त बेचैन थे। राष्ट्रीय पताका पर अशोक-चक्र का रखना उन्होंने इसलिए पसन्द किया था, चूँकि अशोक की दृष्टि अन्तरराष्ट्रीय थी। संविधान सभा में झंडे पर भाषण देते हुए उन्होंने कहा था, हमारी राष्ट्रीय पताका केवल हमारी ही स्वाधीनता का चिह्न नहीं है। जिन लोगों की भी दृष्टि इस झंडे पर पड़ेगी, उन्हें यह झंडा यह सन्देश देगा कि भारत सभी राष्ट्रों के साथ प्रेम का सम्बन्ध रखना चाहता है और जो भी लोग अपनी स्वाधीनता के लिए संघर्ष कर रहे हैं, उन्हें भारत मदद पहुँचाना चाहता है।

अन्तरराष्ट्रीयता का ध्येय पंडित जी विश्व-संघ की स्थापना मानते थे। उनका दृढ़ विश्वास था कि संसार में एक विश्व-शासन की स्थापना अनिवार्य है, क्योंकि संसार के रोगों का इसके सिवा कोई और इलाज नहीं है। युद्ध और संघर्ष की स्मृतियाँ अगर भुलाई नहीं जातीं, तो अन्तरराष्ट्रीय सद्भावना कमजोर हो जाती है।

प्रजातंत्र

नात्सीवाद और फासिस्टवाद ने यह सिद्धान्त चलाया था कि राष्ट्र, देश और राज्य के प्रति गौरव की भावना ही प्रधान है और जीवित मनुष्य जो उस राज्य में बसते हैं, इस भावना के सामने बिलकुल गौण हैं। फासिस्टवाद और नात्सीवाद प्रजातंत्र तथा उदारता की भावना को स्वीकार नहीं करते। उनके लिए राज्य प्रमुख और नागरिक गौण थे।

पंडित जी व्यक्ति के व्यक्तित्व का आदर करते थे और यह मानते थे कि असली प्रजातंत्र वह है, जहाँ सारी जनता मतदान के द्वारा अपनी राय जाहिर करती है और राज्य का शासन उसी राय के अनुसार चलता है।

राजनीतिक स्वतंत्रता, सामाजिक समानता और शान्तिमय उपायों से प्रगति करना, इसे पंडित जी प्रजातंत्र का ध्येय समझते थे। लेकिन फासिस्टवाद और साम्यवाद के बीच अगर चुनाव की विवशता आती, तो पंडित जी साम्यवाद ही चुनते।

एक हद तक शिक्षा और समृद्धि लाये बिना प्रजातंत्र ठीक से काम नहीं करता है। अगर इस भाव की अवज्ञा नहीं की जा सकती, तो प्रजातंत्र का सम्पूर्ण रूप भारत में चलाया नहीं जा सकता था। किन्तु पंडित जी प्रजातंत्र के प्रयोक्ता थे। प्रजातंत्र के तरीकों में उनका ऐसा अटल विश्वास था कि उन्होंने भारत में प्रचलित घोर अशिक्षा और दरिद्रता की बाधा को स्वीकार नहीं किया और सीधे इस निर्णय पर आ गए कि हम जनता को पहले प्रजातंत्र का सम्पूर्ण अधिकार दे देंगे और बाद में शिक्षा तथा समृद्धि का प्रचार करेंगे।

युद्ध को पंडित जी प्रजातंत्र का घोर शत्रु समझते थे, क्योंकि जब युद्ध आता है, तब उदार देश भी कुछ थोड़े धर्म अधिनायकवाद को ग्रहण कर लेते हैं।

पंडित जी जनमत का आदर करते थे। एक बार सवाल यह उठा कि विधिमंत्री को ही एटार्नी जनरल भी होना चाहिए। किन्तु जनमत को इस प्रस्ताव

के विरुद्ध देखकर उन्होंने अपना पाँव पीछे हटा लिया। इसी प्रकार संविधान में जब 18वाँ संशोधन होने लगा, पंडित जी जनमत को विरुद्ध देखकर सतर्क हो गए और सरकार ने विधेयक वापस ले लिया। अनिवार्य बचत-योजना के प्रसंग में वित्तमंत्री श्री मोरारजी देसाई की एक बार संसद-सदस्यों से इस बात पर झड़प हो गई कि एटार्नी जनरल लोकसभा में बुलाए जाएँ या नहीं। मोरारजी भाई इस पक्ष में नहीं थे कि एटार्नी जनरल सभा में बुलाए जाएँ। लेकिन एटार्नी जनरल सभा में बुलाए गए और उन्होंने वित्तमंत्री के प्रस्ताव का समर्थन भी किया। किन्तु इन सारे नाटकों के बाद पंडित जी ने मोरारजी भाई को यह सलाह दी कि अब बात विरोधी दल की ही मान जाइए।

दुष्टों की दुष्टता की बात कान में पड़ने पर वे मौन हो जाते थे और असहनशील व्यक्ति की बातें भी वे पूरी सहनशीलता के साथ सुनते थे।

उनका विचार था कि प्रजातंत्र केवल मतदान की प्रक्रिया नहीं है। वह समाज की एक मनोदशा भी है, लोगों के आचरण की एक पद्धति भी है। भारतीय प्रजातंत्र का जन्म केवल राजनीतिक प्रभावों के कारण नहीं हुआ, उसका जन्म कुछ नैतिक मूल्यों के प्रभावों की छाया में भी हुआ है, जिनके जन्मदाता गांधी जी थे। पंडित जी मानते थे कि जैसे कुछ नैतिक सिद्धान्तों की अवहेलना करने से व्यक्ति का ह्रास होता है, उसी प्रकार नैतिक मूल्यों की अवज्ञा से राष्ट्र का भी पतन हो जाता है।

समाजवाद

सन् 1929 ई. में पंडित जी ने लाहौर कांग्रेस के सभापति-पद से ऐलान किया था कि मैं समाजवादी हूँ और राजाओं के राज्य तथा उद्योगपतियों के साम्राज्य के मैं खिलाफ हूँ।

फिर सन् 1933 ई. में उन्होंने कहा था, फासिस्टवाद और साम्यवाद के बीच कोई मध्यमार्ग नहीं है। दोनों में से किसी एक का चुनाव हमें करना ही चाहिए और अपने लिए मैं साम्यवाद पसन्द करता हूँ।

गांधी जी हृदय-परिवर्तन में विश्वास करते थे। जवाहरलाल इस नीति को समाजवादी नीति के खिलाफ समझते थे।

पंडित जी की इतिहास-विषयक दृष्टि मार्क्सीय थी। समाजवादी मार्ग को वे मार्क्सवादी मार्ग समझते थे। सामाजिक विकास का जो विश्लेषण मार्क्स ने दिया है, उससे पंडित जी सोलहों आने सहमत थे। किन्तु उनका खयाल था कि मार्क्स

के बाद संसार में जो अनेक घटनाएँ घटी हैं, उनसे मार्क्सवादी सिद्धान्तों में से अनेक अप्रासंगिक हो गए हैं।

सन् 1955 ई. में उन्होंने कहा था, समाजवाद अथवा साम्यवाद से हमें इस काम में मदद मिल सकती है कि भारत में जो सम्पत्ति है, उसका हम बँटवारा कर दें। मगर सब मिलाकर भारत एक निर्धन देश है और इसकी सम्पत्ति का बँटवारा, असल में, इसकी गरीबी का ही बँटवारा होगा। भारत को अभी जरूरत गरीबी के बँटवारे की नहीं, धन के उत्पादन की है। गरीबी पर आधारित अर्थनीति भारत के अनुकूल नहीं है।

गांधी जी धनियों को समाज का ट्रस्टी बनाना चाहते थे। जवाहरलाल की समझ में यह नीति नहीं आती थी।

अपनी आत्मकथा में पंडित जी ने लिखा था कि समाजवाद के मार्ग में जो बाधाएँ हैं, उन्हें हम नर्मी से दूर करेंगे, मगर यदि आवश्यक हुआ तो उन्हें हटाने को हम बल का भी प्रयोग कर सकते हैं। किन्तु सत्तासीन होने पर उनका बलप्रयोग और दमन का भाव प्रजातंत्र से बहुत ही प्रभावित हो गया और मत-परिवर्तन के काम को वे अधिक महत्त्व देने लगे।

सन् 1955 ई. में ही उन्होंने यह भी कहा था कि वर्गों के बीच द्वन्द्व है, तो इस द्वन्द्व को शान्तिमय उपायों से हटाना चाहिए, वर्ग-संघर्ष के द्वारा नहीं। मार्क्स महापुरुष थे और उनसे हम सब लोग कुछ-न-कुछ सीख सकते हैं। किन्तु 19वीं सदी के मध्य में उत्पन्न होनेवाले मार्क्स से यह पूछना अन्याय है कि 20वीं सदी के मध्य में हम क्या करें।

प्रजातंत्र और समाजवाद को वे एक ही सिक्के के दो पहलू समझते थे। समाजवाद के समान प्रजातंत्र को भी वे सामाजिक विषमताओं के अपनोदन का साधन समझते थे। अतएव उनका विचार था कि समाजवाद का भी असली रूप प्रजातंत्रीय ही हो सकता है, अधिनायकवादी नहीं। किन्तु उनका यह भी खयाल था कि उत्पादन के यंत्रों पर अगर स्वामित्व व्यक्तियों का रहा, तो विषमता दूर नहीं होगी। वैयक्तिक सम्पत्ति की अधिकता को वे प्रजातंत्रीय मार्ग की बाधा मानते थे।

समाजवाद को वे वैयक्तिक स्वतंत्रता की बाधा नहीं मानते थे। उनका खयाल था कि समाजवाद के अधीन व्यक्ति की स्वाधीनता आज की अपेक्षा कुछ अधिक ही होगी, कम नहीं। विवेक की स्वाधीनता, सोचने की स्वाधीनता, काम करने की स्वाधीनता, इन पर समाजवाद अंकुश नहीं लगाएगा। रह गई सम्पत्ति, तो एक सीमा के अन्दर सम्पत्ति का वैयक्तिक स्वामित्व भी समाजवाद

के अन्दर चल सकता है। किन्तु सबसे बड़ी स्वाधीनता तो यह है कि समाजवाद के अन्दर आर्थिक सुरक्षा का भाव सबको प्राप्त होगा, जो आज थोड़े ही लोगों को प्राप्त है।

पंडित जी मिजाज से व्यक्तिवादी और बुद्धि से सोशलिस्ट थे।

राष्ट्रीयकरण

सन् 1954 ई. में उन्होंने कहा था, समाजवाद विषयक हमारी आम धारणा यह है कि उससे उद्योगों का राष्ट्रीयकरण होता है। इसलिए यह सोचा जा सकता है कि हम भी तुरन्त उद्योगों का राष्ट्रीयकरण कर दें। यह ठीक है कि जैसे-जैसे समाजवाद की प्रगति होगी, अधिक-से-अधिक उद्योग राष्ट्रीय सेक्टर में होंगे। किन्तु अभी हमारा उद्देश्य धन के उत्पादन और रोजगार में वृद्धि होनी चाहिए। अतएव हमें कोई भी ऐसा कदम नहीं उठाना चाहिए, जिससे धनोत्पादन की प्रगति शिथिल हो जाए अथवा बेकारी और भी बढ़ जाए।

राज्य और व्यक्ति

पंडित जी मानते थे कि आज तक राज्य का उद्देश्य वैदेशिक आक्रमण और आन्तरिक उत्पात से समाज की रक्षा करना रहा है। लेकिन अब कल्याणकारी राज्य का ध्येय जनता की शिक्षा, स्वास्थ्य, रोजी आदि समस्याओं का भी समाधान निकालना हो गया है।

आधुनिक राज्यों की प्रवृत्ति केन्द्रीकरण की ओर है। केन्द्रीकरण की प्रगति से व्यक्ति की आजादी में खलल पहुँचता है। किन्तु केन्द्रीकरण की प्रक्रिया ही ऐसी है कि उसे रोकना दुश्वार है। केन्द्रीकरण समाजवाद की शिक्षा है। व्यक्ति की स्वतंत्रता का सम्मान गांधी-धर्म है। जवाहरलाल इन दोनों के बीच तालमेल बिठाना चाहते थे।

व्यक्ति की स्वाधीनता की रक्षा के लिए वे संविधान का सहारा लेते थे। किन्तु उनका यह भी भाव था कि अपार जनता के अधिकारों की रक्षा के लिए गिने-चुने लोगों के अधिकारों का अपहरण कोई अन्याय नहीं है।

पंडित जी और भारतीय एकता

काल का कारण राजा होता है या राजा का कारण काल—इस प्रश्न का सबसे सही उत्तर यह है कि महापुरुष काल की प्रेरणा से जन्म लेते हैं और फिर वे काल को प्रभावित भी करते हैं। जवाहरलाल जी जिस युग में जनमे, वह बहुत पहले से एकता की खोज में बेचैन चला आ रहा था। गांधी जी और जवाहरलाल ने उस बेचैनी में वृद्धि कर दी और जनता के मन पर यह बात बिठा दी कि एकता और आजादी एक ही सिक्के के दो पहलू हैं। एकता आई तो आजादी भी आकर रहेगी और एकता न टिकी, तो आजादी के भी टिकने की आशा व्यर्थ है।

जहाँ तक एकता की धार्मिक बाधा का सवाल है, भारत में दो धाराएँ साथ-साथ बही हैं। जो लोग राष्ट्रीयता के प्रेमी थे, उन्होंने एकता की खोज राजनीतिक कारणों से की। किन्तु जो लोग धर्म-साधना में लगे थे, वे धार्मिक भाव से ही इस निष्कर्ष पर पहुँच गए कि संसार में जितने भी धर्म हैं, वे वास्तव में एक ही धर्म हैं। पिछले सौ वर्षों के भीतर धर्म और आध्यात्मिकता के क्षेत्र में भी भारत ने बड़े ही साहसी प्रयोग किए हैं। इस्लामी साधना के रहस्य को समझने के लिए परमहंस रामकृष्ण कुछ दिनों तक मुसलमान हो गए थे और फिर ईसाइयत का मर्म समझने को थोड़े दिनों के लिए वे ईसाई भी बन गए थे। महायोगी अरविन्द और महर्षि रमण भी धर्म के आनुष्ठानिक पक्ष को महत्त्व नहीं देते थे। इन दोनों महात्माओं के भक्त बहुत-से ईसाई, पारसी और मुसलमान भी हुए हैं; किन्तु किसी भी भक्त से उन्होंने यह नहीं कहा कि मोक्ष-लाभ के लिए हिन्दू हो जाना आवश्यक है। हिन्दू, मुसलमान या ईसाई होना धर्म का बाहरी रूप है। सच्चा धर्म वह है, जिसके जान लेने पर हिन्दू पहले से अच्छा हिन्दू और मुसलमान पहले से अच्छा मुसलमान हो जाता है।

भारत में पिछले सौ वर्षों के भीतर धर्म बड़ी तेजी के साथ डालों से उतरकर मूल की ओर आ रहा है। धर्म के इसी रूप को डॉक्टर राधाकृष्णन ने आत्मा का

धर्म कहा है। धर्म के इसी सार को आचार्य विनोबा केवल अध्यात्म कहते हैं। विवेकानन्द कहते थे, वैज्ञानिक युग का धर्म केवल वेदान्त हो सकता है। विनोबा जी कहते हैं, भविष्य में विज्ञान के साथ धर्म नहीं, अध्यात्म रहेगा।

ये सारी परम्पराएँ गांधी जी के आविर्भाव के पूर्व बहुत दूर तक विकसित हो चुकी थीं। गांधी जी की विशेषता यह रही कि इन सिद्धान्तों को उन्होंने जीवन में उतारने का प्रयोग किया। गांधी जी भविष्य की ओर से नहीं, भारत के अतीत की ओर से आए थे। इसलिए जनता बिना किसी कठिनाई के उन्हें पहचान गई। लेकिन जवाहरलाल जी का आगमन भविष्य की ओर से हुआ, अतएव गांधी जी की बहुत-सी बातें ठीक से उनके हृदय में बैठ नहीं सकीं। शंकाएँ उन्हें सताती रहीं, सन्देह उन्हें घेरते रहे, लेकिन हर दुविधा के समय उन्हें भासित यही हुआ कि सम्भवतः मैं ही गलत हूँ, गांधी जी ठीक हैं। अनेकान्तवाद की प्रवृत्ति जवाहरलाल जी में शायद पहले से ही मौजूद थी। इसी अनेकान्तवाद ने उन्हें गांधी जी से टूटने से रोका। इसी अनेकान्तवादी प्रवृत्ति ने अन्त में उन्हें गांधी जी का पट्ट शिष्य बना दिया।

परमहंस रामकृष्ण और स्वामी विवेकानन्द के प्रसंग में भी यही हुआ था। रामकृष्ण अतीत की ओर से आए थे और स्वामी विवेकानन्द भविष्य की ओर से। इस कारण रामकृष्ण की बहुत-सी बातें विवेकानन्द की समझ में नहीं आती थीं। लेकिन सब मिलाकर विवेकानन्द का भी यही भाव था कि गलत मैं ही हो सकता हूँ, परमहंस ठीक हैं।

जब विवेकानन्द रामकृष्ण की शरण गए थे, तब नई दुनिया ही एक तरह से पुरानी दुनिया की शरण में पहुँची थी। जब जवाहरलाल गांधी जी की शरण गए, तब एक बार फिर भारत का भविष्य भारत के अतीत की शरण गया। पुराने और बड़े देश उस प्रकार बदले नहीं जा सकते, जिस प्रकार नये और छोटे देश बदले जा सकते हैं। खास कर भारत जितना ही बदलता है, उतना ही अपने मूल रूप के अधिक समीप पहुँच जाता है। गांधी और जवाहरलाल भारत के अतीत और भविष्य के समान लगते थे। किन्तु दोनों को देखने से यह भी भासित होता है कि भारत का भविष्य उसके अतीत से बहुत ज्यादा भिन्न नहीं है।

अतीत की ओर से आने के कारण गांधी जी का रास्ता वह रहा, जिस पर अशोक चले थे, जिस पर कबीर, अकबर और दारा शिकोह ने कदम रखे थे। अर्थात् यह बात कि धर्म सही है और सभी धर्म एक ही धर्म हैं। एकता भारतीय स्वतंत्रता का मूल मंत्र थी। इस एकता की आराधना और खोज जवाहरलाल जी

भी जीवन के अन्त तक करते रहे; किन्तु भविष्य की ओर से आने के कारण उनका मार्ग भिन्न हो गया। इसीलिए धर्म सही है या गलत, इस पर उन्होंने कभी कोई राय नहीं दी किन्तु धर्मान्धता, अन्धविश्वास और पूर्वग्रहों से लड़ने को उन्होंने विज्ञान और बुद्धिवाद का सहारा लिया। गांधी और रवीन्द्र खुलकर धर्म में विश्वास करते थे; किन्तु उनका उपदेश यह था कि सभी धर्म ठीक हैं और मूल में वे एक ही धर्म हैं। धर्म का बहुवचन नहीं होता। वह हमेशा एक वचन रहता है। इसलिए हमें चाहिए कि धर्म को हम पकड़े रहें, लेकिन धर्मों को छोड़ दें।

किन्तु जवाहरलाल धर्म के पचड़े में पड़ना ही नहीं चाहते थे। जिस ध्येय की प्राप्ति के लिए गांधी जी ने सर्व-धर्म-समन्वय का तरीका अख्तियार किया था, उसी ध्येय की प्राप्ति के लिए जवाहरलाल जी ने आधुनिकीकरण के साधन चुने। धर्म को वे आदमी का बिलकुल निजी मामला समझते थे। वह राजनीति में घसीटी जाने की चीज नहीं है। उसे मनुष्य-मनुष्य के बीच विभेद डालने का कोई अधिकार नहीं है। जन्म से सभी मनुष्य समान हैं। आदमी धर्म या अन्धविश्वास लेकर पैदा नहीं होता। मनुष्य का वैयक्तिक और सामाजिक जीवन बुद्धिवाद और तर्क के सहारे चलना चाहिए। इसके बाद व्यक्ति को अगर धर्म की चिन्ता है, तो यह उसका बिलकुल निजी सवाल है।

देश की एकता को लेकर जो चिन्तन राममोहन राय के समय से चलता आ रहा था, उसका प्रभाव हमारे स्वतंत्रता-संग्राम पर पड़ा और स्वतंत्रता-संग्राम ने जिन मूल्यों को जन्म दिया या संजीवनी पिलाई, वे सारे-के-सारे मूल्य हमारे संविधान में दर्ज हो गए। इस प्रकार ऐसा कुछ भी नहीं घटा है, जो सर्वथा नवीन हो। मैल के जल जाने पर सोना निखर उठता है, चमकने लगता है। अन्यथा सोना हमेशा सोना ही रहता है। जवाहरलाल जी की अन्तरराष्ट्रीयता नवीन लगती है; किन्तु राममोहन राय की अन्तरराष्ट्रीयता कितनी बड़ी थी कि आज से 136 वर्ष पूर्व उन्होंने फ्रांसीसी सरकार को सुझाव दिया था कि पासपोर्ट की पद्धति दुनिया से उठ जानी चाहिए।

जवाहरलाल जी ने भारत के इतिहास को निष्पक्ष दृष्टिकोण से समझा था, इसीलिए उनका दृढ़ विश्वास था कि इस देश की संस्कृति किसी एक जाति या वर्ग की रचना नहीं है। उसके निर्माण में केवल आर्यों और द्रविड़ों का ही नहीं, उन असंख्य मानवों का भी हाथ है, जो समय-समय पर बाहर से इस देश में आए और फिर यहीं के हो रहे। आदिवासियों, हरिजनों और गिरिजनों ने भारतीय संस्कृति के विकास में कितना योगदान दिया है, इस विषय की चर्चा उन्हें बहुत

प्यारी लगती थी। द्रविड़ों ने भारतीय संस्कृति को कैसे प्रभावित किया था, इस विषय की चर्चा भी वे पसन्द करते थे। एक दिन पंडित जी ने मुझसे कहा, 'डॉक्टर सुनीतिकुमार चटर्जी मुझसे कह रहे थे कि बहुत प्राचीन काल में तमिल भाषा के बहुत-से शब्द संस्कृत में प्रवेश पा गए और अब वे संस्कृत के साथ इस तरह घुलमिल गए हैं कि उन्हें पहचानना भी मुश्किल है।'

मैंने कहा, 'पंडित जी! बात ठीक है। रेवरेंड क्विटेल ने अपने कन्नड़-अंग्रेजी कोश में ऐसे चार सौ शब्दों की सूची दी है, जो द्रविड़ भंडार से आकर संस्कृत में मिल गए हैं। और तुर्रा तो यह है कि 'पंडित' और 'पूजा' जैसे शब्द भी संस्कृत के अपने शब्द नहीं हैं। वे किसी समय द्रविड़ स्रोत से आए थे।'

बहुत-से हिन्दुओं के बीच पंडित जी इस बात के लिए बदनाम थे कि वे मुसलमानों का पक्षपात करते हैं। किन्तु पंडित जी पक्ष ऐसे लोगों का लेते थे, जो संख्या में थोड़े अथवा समाज में दबे हुए हैं। आदिवासियों की हित-चिन्तना वे जिस निर्भीकता और वीरता से करते थे, उसे देखकर उनके महापुरुषत्व पर भक्ति होती थी। एक बार दिल्ली में राज्य सभा के लिए टिकट बाँटा जा रहा था। जब बिहार की बात आई, पता यह चला कि पाँच उम्मीदवार कांग्रेस के जीत सकते हैं; किन्तु छठे के लिए वोट कुछ कम पड़ेंगे। पंडित जी ने कहा, ज्यादा जहमत झेलना बेकार है। जितने वोट बच जाएँ, वे सारे-के-सारे वोट अमुक आदिवासी महिला को दिलवा दीजिए कि वह भी जीत जाए। वह महिला झारखंड पार्टी से खड़ी होनेवाली थी और झारखंड पार्टी उस समय कांग्रेस के खिलाफ थी। लेकिन आदिवासियों और महिलाओं के प्रसंग में पंडित जी ऐसा भी करते थे।

एक बार संसदीय हिन्दी परिषद की गोष्ठी पंडित जी के घर पर हो रही थी। पंडित जी उस समय घर पर नहीं थे, भाषण देने को कहीं बाहर गए हुए थे। जब वे आए, गोष्ठी में मेरा व्याख्यान चल रहा था और मैं लोगों को यह समझा रहा था कि भारतीय जनता के पूर्ण रूप से एक होने में बाधाएँ क्या-क्या हैं। इतने में पंडित जी आ गए और जब वे बोलने लगे, उन्होंने कहा, 'अभी मैं उड़ीसा गया हुआ था। सुना, वहाँ के आदिवासी भाई आर्य रक्तवालों से नाराज हैं। वे कहते हैं कि एकलव्य अनार्य था और द्रोणाचार्य आर्य थे। इसी कारण द्रोणाचार्य ने उस अनार्य नौजवान का अँगूठा कटवा लिया।'

यह बात सुनकर सभी श्रोता हँसने लगे; किन्तु पंडित जी को हँसी नहीं आई; बल्कि विचलित होकर उन्होंने कहा, 'और अपनी बात मैं आपको बताऊँ? यह सब सुनकर द्रोणाचार्य पर मुझे गुस्सा हो आया।'

द्वापर से कलियुग बहुत दूर है। किन्तु पंडित जी की मानवता इतनी प्रखर थी कि वह कलियुग में खड़ी होकर भी द्वापर के अन्याय पर क्रोध कर सकती थी।

पंडित जी मानते थे कि भारत बहुत पुराना, बहुत ही बड़ा मगर बेहद कँटीला देश है और इसकी एकता की रक्षा का कार्य सबसे अधिक महत्त्व का कार्य है। वे यह भी मानते थे कि भारत की जनता भोली तो है, लेकिन उसके भीतर शक्ति की कमी नहीं है। हाँ, भय उन्हें उन व्यक्तियों और दलों से महसूस होता था, जो धर्म, प्रान्त, जाति या भाषा के नारे लगाकर सीधी जनता को गुमराह करते हैं। इसीलिए वे अपने भाषणों में भारतीय जनता की प्रशंसा और जनता को गुमराह करने की कोशिश करनेवाले गिरोहों की निन्दा करते थे। सम्प्रदायवादी वृत्ति उन्हें किसी की भी पसन्द नहीं थी—न हिन्दुओं की, न मुसलमानों की, न सिक्खों की, न ईसाइयों की। न वे इसी बात को उचित समझते थे कि सारे भारत की जनता का खान-पान, पहनावा-ओढ़ावा, संस्कृति और भाषा एक हो जाए। मध्यकालीन संस्कारों के दलदल से उठाकर भारत को वे उस जगह पहुँचाना चाहते थे, जहाँ धर्मान्धता और अन्धविश्वास का दौरदौरा नहीं हो, जहाँ आदमी तर्क और बुद्धिवाद की मशाल जलाकर चले; जहाँ धर्म, संस्कृतियाँ और रीति-रिवाज अलग-अलग कायम रहें, मगर सारे देश की जनता भौगोलिक तथा मानसिक रूप से एक रहे। भारत में विज्ञान और टेक्नोलॉजी से सभी सामान मुहैया हो जाएँ, इसे पंडित जी काफी नहीं समझते थे। वे यह भी चाहते थे कि भारत के प्रत्येक व्यक्ति का मन विज्ञान से युक्त हो और सवालों पर वह उस दृष्टि से सोच सके, जिस दृष्टि से आधुनिक मनुष्य को सोचना चाहिए। उनका अटल विश्वास था कि जिस दिन भारतीय जनता के भीतर वैज्ञानिक दृष्टिकोण घर कर लेगा, उस दिन सम्प्रदायवाद, धर्मान्धता, अन्धविश्वास तथा जाति, प्रान्त और भाषा के झगड़े आप-से-आप समाप्त हो जाएँगे।

इस बात का रोना बहुत-से लोग आज भी रोते हैं कि पंडित जी ने भाषावार प्रान्तों का संगठन क्यों होने दिया। परन्तु पंडित जी ने यह काम किसी दबाव में आकर नहीं किया था। कांग्रेस हमेशा से इस विचार की समर्थक रही थी और पंडित जी खुद भी यह समझते थे कि भारत के प्रान्त तब तक विकास नहीं कर पाएँगे, जब तक उन्हें उनकी भाषाएँ न मिल जाएँ। प्रत्येक प्रान्त में वहाँ की भाषा और सारे देश में हिन्दी, यह विचार उन्हें पसन्द था। किन्तु कानून का सहारा लिये बिना वे अंग्रेजी को भी इस देश में कायम रखना चाहते थे, क्योंकि यही वह यंत्र है, जिसके जरिये भारत में अभी आधुनिकता का प्रचार हो रहा है।

अनेक बार उन्होंने यह खुली घोषणा की थी कि अंग्रेजी इस देश की भाषा नहीं हो सकती, न संविधान में उसे स्थान मिल सकता है। और उतनी ही बार उन्होंने यह ऐलान भी किया था कि अंग्रेजी हमारे लिए अन्तरराष्ट्रीय वातायन का काम दे रही है तथा अंग्रेजी को हमने कहीं बिलकुल छोड़ दिया, तो विज्ञान के क्षेत्र में हम काफी उन्नति नहीं कर सकेंगे।

संविधान ने हिन्दी के बारे में जो निर्णय किया है, उसका पंडित जी आदर करते थे। किन्तु सरकारी दफ्तरों में हिन्दी जो रूप लेने लगी है, उससे वे निराश थे। उनकी अपनी पसन्द की भाषा हिन्दुस्तानी थी। गांधी जी के समान उनका भी यह विश्वास था कि हिन्दी के जिस रूप को उत्तर के हिन्दू, मुसलमान, सिक्ख, पारसी और क्रिस्तान पसन्द करते हैं, भाषा के उसी रूप को हमें सार्वदेशिक बनाना चाहिए। लेकिन अपने जीवनकाल में उन्हें यह जानने का भी मौका मिल गया था कि हिन्दी के जिस रूप को मुसलमान, सिक्ख और ईसाई आसान समझते हैं, हिन्दी का वह रूप अहिन्दीभाषी प्रान्तों को कठिन मालूम होता है और हिन्दी के जिस रूप को बंगाल अथवा दक्षिण भारत पसन्द करता है, वह भाषा उर्दू के करीब रहनेवालों को भारी मालूम होती है। फिर भी पंडित जी के विचार में कोई परिवर्तन आया हो, इसका मुझे ज्ञान नहीं है। वे आए दिन सभा-सम्मेलनों में कठिन हिन्दी का मजाक उड़ाया करते थे, जिससे उन सभी लोगों को दिलासा मिलती थी, जो संस्कृतनिष्ठ हिन्दी को कठिन मानते हैं।

भाषा के मामले में पंडित जी हर तरह के उतावलेपन और जल्दबाजी के खिलाफ थे। खास कर हिन्दी के मामले में वे फूँक-फूँककर कदम धरते थे। संविधान ने जो यह गारंटी दी है कि हिन्दी इस तरह से लाई जाएगी, जिससे किसी भी भारतवासी के हित में कोई बाधा न पड़े, उस गारंटी की वे पूरी तरह से रक्षा करना चाहते थे। यही कारण था कि जब सन् 1963 ई. में भाषा-विधेयक संसद में लाया गया, पंडित जी ने अहिन्दीभाषियों के आश्वासन के लिए यह घोषणा कर दी कि जब तक अहिन्दीभाषी लोग चाहेंगे, हिन्दी के साथ अंग्रेजी भी राजकाज में चलती रहेगी। अवश्य ही यह घोषणा पंडित जी ने भारतीय एकता के हित में की थी। इस घोषणा के कारण हिन्दी क्षेत्रों में उनके विरुद्ध आलोचना चलने लगी थी; किन्तु इसी घोषणा ने उनके प्रति अहिन्दीभाषियों को और भी अनुरक्त बना दिया।

कहते हैं, महापुरुषों के जीवन में अक्सर ऐसा होता है कि असफलता अन्त-अन्त तक उनका पीछा करती है। यही नहीं, बहुधा जाहिरा तौर पर वे असफल हो भी जाते हैं। लेकिन दुनिया को ऐसी असफलता से जितनी रोशनी

मिलती है, उतनी रोशनी बड़ी-से-बड़ी सफलताओं से भी नहीं मिलती। सफलता चाहे जितनी भी बड़ी हो, वह सीमित होती है। निस्सीमता असफलता का गुण है। राम, कृष्ण, सुकरात, ईसा, कबीर और गांधी—ये अपने जीवन में कामयाब नहीं हुए थे, मगर दुनिया को रोशनी उन्हीं के आदर्शों से मिल रही है। स्थान के अखाड़े में जो युद्ध चला, उसमें गांधी जी हार गए। अब वही लड़ाई काल के अखाड़े में चल रही है। इस लड़ाई में सबसे ज्यादा रोशनी गांधी जी की कुर्बानी से आ रही है, जवाहरलाल जी की उन कोशिशों से आ रही है जो उन्होंने हिन्दू-मुस्लिम एकता के लिए की थीं और जिन कोशिशों में वे नाकामयाब रहे।

हिन्दू-मुस्लिम एकता के लिए गांधी जी और जवाहरलाल जी ने वह सब किया, जो किसी भी देश या युग का नेता कर सकता था, किन्तु असफलता ने उनका पीछा नहीं छोड़ा। और असफलता जितनी ही प्रत्यक्ष होती गई, इन दोनों नेताओं की कोशिशें भी उतनी ही तेज होती गईं। और अन्त में वह समय आया, जब स्वतंत्रता के स्वागत में भारत और पाकिस्तान, दोनों ही देशों में खून की नदियाँ उमड़ पड़ीं। सूर्योदय के समय अन्धकार का यह एक ऐसा गहरा आक्रमण था, जिसकी मिसाल सारी दुनिया के इतिहास में नहीं है। लेकिन, इसी अन्धकार में गांधी जी ने अपने जीवन-रूपी महाकाव्य का सबसे उज्ज्वल सर्ग लिखा और इसी अन्धकार में उनके शिष्य की भी अग्निपरीक्षा हुई।

अन्धकार जितना ही गहरा होता गया, जवाहरलाल जी की आवाज उतनी ही तेज होती गई। जब अन्धकार अपनी चरम सीमा पर पहुँचा, पंडित जी ने निर्भीक स्वरों में हुंकार किया, 'शासन के मूल में जब तक मेरा हाथ है, मैं भारत को हिन्दू-राज्य बनने नहीं दूँगा।'

जब दिल्ली में क्रोधोन्मत्त शरणार्थियों का हुजूम था, तब ऐसी बात कोई साहसी ही बोल सकता था। और पंडित जी गांधी जी से कम साहसी नहीं थे। हथियारों से लैस भीड़ों का पीछा उन्होंने अकेले और खाली हाथों किया था और एक बार भीड़ में घुसकर एक नौजवान के हाथ से उन्होंने तलवार भी छीन ली थी। गांधी जी मारे गए और जवाहरलाल बच गए, यह विधि का विधान था, वरना अपनी जान गँवाने के सारे तरीके जवाहरलाल जी ने अख्तियार कर लिये थे।

हर महापुरुष को मुसीबतें झेलनी पड़ती हैं, निराशा का सामना करना पड़ता है। और हर महापुरुष निराशा और मुसीबत के समय उस अमृत को पीकर जीता है, जिसकी धारा उसकी अपनी आस्था से प्रवाहित होती है। पंडित जी ने इस आस्था का वर्णन करते हुए संविधान सभा के 14 अगस्त, 1947 की रात में

होनेवाले अधिवेशन में कहा था कि 'मैं इस निष्कर्ष पर आ गया हूँ कि अगर हम लोग अपने व्यवहार में कुछ नैतिक सिद्धान्तों का पालन नहीं करेंगे, तो हमारे लिए यह असम्भव हो जाएगा कि हम अपनी अस्तमित गरिमा को फिर से प्राप्त कर सकें।' और इस आस्था को कुछ और स्पष्ट करते हुए 15 अगस्त, 1947 को उन्होंने कहा था, 'हम चाहे जिस किसी भी मजहब के माननेवाले हों, हम समान रूप से भारतमाता की सन्तान हैं। साम्प्रदायिकता या संकीर्णता को हम बढ़ावा नहीं दे सकते, क्योंकि जिस किसी भी देश के नागरिक मन, वचन या कर्म में संकीर्ण हैं, वह देश कभी भी ऊपर नहीं उठेगा।'

स्वतंत्रता-प्राप्ति के समय देश हिंसा और आवेश के जिस भँवर से ग्रस्त हो गया था, उसके कारण दिल्ली में मुसलमान की रक्षा करने की बात बोलना भी गुनाह था। किन्तु इस समय पंडित जी हिमालय के समान मस्तक तानकर अडिग खड़े हो गए। जीवन में उन्होंने अग्निपरीक्षाएँ अनेक बार दी थीं। किन्तु यह सबसे बड़ी और भयानक अग्निपरीक्षा थी। और जितनी ही भयानक यह अग्निपरीक्षा थी, उतना ही प्रबल जवाहरलाल जी का आत्मविश्वास था। अमृत कहीं था तो वह गांधी जी की आँखों में चमकता था। बाकी चारों ओर विष-ही-विष फैल रहा था और जवाहरलाल जी देश की समस्त प्रतिक्रियागामी शक्तियों से लगभग अकेले जूझ रहे थे। उस समय जवाहरलाल जी ने जो हिम्मत और दिलेरी दिखाई, जिस दृढ़ता और औदार्य का परिचय दिया, वह सब-का-सब मानवता के इतिहास में बेजोड़ है।

पाकिस्तान बनने के बाद अच्छे-से-अच्छे हिन्दुओं का विश्वास डाँवाँडोल हो गया और वे गम्भीरता से यह सोचने लगे कि भारत को धर्मनिरपेक्ष रहना चाहिए या नहीं। किन्तु पंडित जी पर इसका कोई प्रभाव नहीं पड़ा। उनका सोचने का ढंग यह था कि जिस असाम्प्रदायिकता को अपने संघर्ष-काल में हमने उतना मान और महत्त्व दिया, वह आज क्या इसलिए छूँछी हो जाएगी कि देश को एक रखने में हम नाकामयाब हो गए? असाम्प्रदायिकता यदि पहले गुण का प्रतीक थी, तो आज वह अवगुण कैसे हो सकती है? पाकिस्तान अपने घर में चाहे जो करे, हम भारत को साम्प्रदायिक बनने नहीं देंगे।

मैं पंडित जी के सम्पर्क में सन् 1952 ई. में आया और तब से उन्हें नजदीक से देखने और समझने के मुझे अनेक अवसर मिले। मैंने उनका उत्साह देखा, मैंने उनकी चतुराई देखी; किन्तु उनके धीरज को देखकर मैं बिलकुल दंग रह गया। वर्षों तक सम्प्रदायवादियों के आन्दोलन को उन्होंने दबाकर रखा। वर्षों तक पाकिस्तान से आनेवाली उत्तेजनाओं से वे अनुद्विग्न रहे। वर्षों तक देश

के भीतर बसनेवाले पंचमाँगियों के उपद्रवों को वे सहते रहे। किन्तु उनकी जिह्वा पर से जहर की एक भी बूँद नहीं छलकी। वे जब भी अपना मुँह खोलते थे, यह बात वे अवश्य कहते थे कि भारत के सबसे बड़े शत्रु वे हैं, जो सम्प्रदायवादी हैं। सन् 1955 ई. में एक भाषण के दौरान उन्होंने कहा था, 'सम्प्रदायवादी किसी अतीत के अवशेष हैं। वे न तो भूत में बसते हैं, न वर्तमान में, वे हवा में लटके हुए हैं। भारत हर आदमी को बर्दाश्त करता है, हर चीज को बर्दाश्त करता है, यहाँ तक कि वह पागलपन को भी बर्दाश्त करता है। इसलिए सम्प्रदायवादी भी इस देश में हैं। मगर हमें यह नहीं भूलना चाहिए कि उनकी विचारधारा खौफनाक है। यह विचारधारा घृणा से भरी हुई है। यह प्रवृत्ति भारत के लिए अकल्याणकर है–चाहे हिन्दू साम्प्रदायिकता हो या मुस्लिम साम्प्रदायिकता; चाहे ईसाई साम्प्रदायिकता हो या सिक्ख साम्प्रदायिकता–मगर वह कायम रही, तो भारत की धज्जियाँ उड़ जाएँगी और वह टूटकर टुकड़े-टुकड़े हो जाएगा।'

केवल भारत को ही नहीं, वे समग्र मानवता को अन्धविश्वास, पूर्वग्रह और दुराग्रह से मुक्त करना चाहते थे। वे मानते थे कि देश देश के शत्रु नहीं हैं, सभी देशों का शत्रु युद्ध है और युद्ध अक्सर गलतफहमी से पैदा होते हैं। अतएव शान्ति का पहला रास्ता यह है कि हम उत्तेजना में न आएँ, बल्कि धीरज के साथ गलतफहमी को दूर करने की कोशिश करें। जो काम वे भारत के भीतर करते थे, वही काम उन्होंने भारत के बाहर भी किया। घर के भीतर वे एक सम्प्रदाय से दूसरे सम्प्रदाय का मतभेद मिटाने में लगे रहे और घर के बाहर उन्होंने परस्पर विरोधी देशों, परस्पर विरोधी विचारधाराओं के बीच सेतु-निर्माण का कार्य किया। विदेशों में वे जो कुछ करते थे, उससे उनकी गृहवाली शक्ति में वृद्धि होती थी और भारत के भीतर वे जो कुछ करते थे, उससे बाहर उनकी कीर्ति में और भी चार चाँद लग जाते थे। जब पंडित जी अरब देश के भ्रमण पर निकले, अरबों ने उनका स्वागत 'रसूले-अम्न' कहकर किया। और, सचमुच ही, देश के भीतर और बाहर उनका काम रसूले-अम्न का ही काम था, शान्तिदूत का ही काम था।

हर साल जनवरी महीने में जब वे देश के कोने-कोने से दिल्ली आनेवाले लोकनर्तकों के गले में बाँहें डालकर सार्वजनिक रूप से नाचते थे, तब उस नाच से भी देश की एकता को ताकत मिलती थी। मेरा अपना खयाल तो यह भी है कि पंडित जी का समाजवाद भी भारतीय एकता की चिन्ता से प्रभावित था। देश की एकता को खतरा केवल धर्म, भाषा और प्रान्त के झगड़ों से ही नहीं है, खतरे का एक कारण लोगों की गरीबी भी है। पंडित जी चीजों का उत्पादन

बढ़ाकर इस गरीबी को खत्म करना चाहते थे। किन्तु, इस उद्देश्य की प्राप्ति के लिए वे तानाशाह बनने को तैयार नहीं थे। समाजवाद को वे व्यक्ति का दलन करके लाना नहीं चाहते थे। उनकी सारी कोशिश यह थी कि भारत बेलगाम पूँजीवादी और तानाशाही के बीच किसी नये मार्ग का पता लगा ले।

पंडित जी को अतीत का राग अलापने से प्रेम नहीं था। वे सीधे भविष्य की चुनौतियों को स्वीकार करने के पक्ष में थे। उनकी बहुत-सी बातों से कितने ही लोग अधीर रहा करते थे। किन्तु अब जब पंडित जी नहीं हैं, तब यह और भी प्रत्यक्ष हो रहा है कि भारत की एकता नेहरू-नीति से ही बचाई और मजबूत बनाई जा सकती है।